AF178032

LARA ADRIAN
Hunter Legacy
Düstere Leidenschaft

LARA ADRIAN

HUNTER LEGACY
DÜSTERE LEIDENSCHAFT

Roman

Ins Deutsche übertragen
von Firouzeh Akhavan-Zandjani

LYX in der Bastei Lübbe AG
Dieser Titel ist auch als E-Book erschienen.
Die Originalausgabe erschien 2018 unter dem Titel
»Born of Darkness«.
Copyright © 2018 by Lara Adrian, LLC

Die Bastei Lübbe AG verfolgt eine nachhaltige Buchproduktion.
Wir verwenden Papiere aus nachhaltiger Forstwirtschaft und
verzichten darauf, Bücher einzeln in Folie zu verpacken. Wir stellen
unsere Bücher in Deutschland und Europa (EU) her und arbeiten mit
den Druckereien kontinuierlich an einer positiven Ökobilanz.

Für die deutschsprachige Ausgabe:
Copyright © 2018 by Bastei Lübbe AG, Schanzenstraße 6 – 20, 51063 Köln, Deutschland
Bei Fragen zur Produktsicherheit wende dich bitte an:
produktsicherheit@bastei-luebbe.de

Vervielfältigungen dieses Werkes für das Text- und Data-Mining bleiben vorbehalten.
Die Verwendung des Werkes oder Teilen davon zum Training künstlicher Intelligenz-
Technologien oder -Systeme ist untersagt.

Textredaktion: Nicola Härms
Umschlaggestaltung: Birgit Gitschier, Augsburg und
Mona Kashani-Far, München unter Verwendung von Motive von
© InnervisionArt/shutterstock; Anna Om/shutterstock;
ArtMari/shutterstock; Checubus/shutterstock
Satz: Greiner & Reichel, Köln
Gesetzt aus der New Caledonia
Druck und Verarbeitung: Druckerei C.H. Beck, Nördlingen

Printed in Germany
ISBN 978-3-7363-0715-5

3   5   7   6   4

Weitere Informationen unter:
lyx-verlag.de
bastei-luebbe.de | lesejury.de

1

Die Mojave-Wüste erstreckte sich schier endlos unter einem pechschwarzen Himmel. Niemandsland … nur viele Morgen öder Landschaft, die aus abweisender Vegetation und allen möglichen nachtaktiven Raubtieren bestand, welche die Dunkelheit auf der Suche nach Beute durchstreiften.

Aber so bedrohlich die wilden Bewohner der Mojave auch sein mochten, gab es doch keinen gefährlicheren Jäger als den Stammesvampir, der jetzt hinter dem Steuer eines alten Pickups über die schmale Piste raste.

Aber heute Abend hatte Asher sich nicht aufgemacht, um für sich selbst zu jagen. Er hatte die alte Ranch, die etwas mehr als dreißig Meilen von der nächsten Stadt entfernt in der Wüste lag, verlassen, um Futter für die Tiere sowie Vorräte zu besorgen. Die Fahrt zurück in die Zivilisation an der Grenze des Bundesstaates Nevada gehörte zwar nicht zu seinen Lieblingsbeschäftigungen, doch es war eine Pflicht, die er übernommen hatte, um sich bei dem in die Jahre gekommenen Menschen zu revanchieren, von dem er vor fünfzehn Jahren aufgenommen worden war. Ned Freeman hatte ihm ohne viele Fragen Unterschlupf gewährt. Auch war ihm keine Furcht anzumerken gewesen oder Abscheu davor, wer – oder was – Asher war oder vor dem, was er gewesen war, ehe es ihn auf das Land des alten Mannes in der Wüste verschlagen hatte.

Seit Neds Ableben im letzten Jahr gab es niemanden, der sich um das bescheidene Gehöft und die Tiere gekümmert hätte, und so war Asher geblieben. Warum auch nicht? Er musste nirgends dringend hin, und es gab auch niemanden, der auf ihn wartete. Als ein im Labor gezüchteter Killer war er geboren und aufgezogen worden, ein Leben als Einzelgänger zu führen. Selbst jetzt kannte und wollte er es nicht anders.

Die leere Weite der Landschaft, die Ashers Zuhause geworden war, stellte während der Fahrt mit Neds Pick-up auf der sich windenden Schotterpiste mitten durch die Mojave National Preserve nur einen schwachen Trost dar. Der Einkauf mit Hin- und Rückfahrt, der normalerweise nur zwei Stunden gedauert hätte und zu dem er um acht Uhr abends aufgebrochen war, hatte sich zu einem fünfstündigen Trip verlängert, nachdem unterwegs ein Reifen geplatzt war. Der Ersatzreifen, den Ned hinter den Sitzen in der Fahrerkabine verstaut hatte, war in keinem besseren Zustand, hatte Asher feststellen müssen, und so war ihm nichts anderes übrig geblieben, als zu Fuß zu einer rund um die Uhr geöffneten Tankstelle am Highway zu laufen und Flickzeug zu besorgen.

Es war eine Erleichterung, endlich nach Stunden mitten im Gewühl von lärmenden Menschen auf die Ranch zurückzukehren. Menschen machten ihn nervös, und zwar nicht nur weil sein Anblick die meisten Sterblichen beunruhigte. Mit seiner Größe von fast zwei Metern, einem Gewicht von hundertzwanzig Kilo an einem Tag mit wenig Nahrung und den Tätowierungen ähnelnden Dermaglyphen, die ihn als Stammesvampir reinsten Blutes auswiesen, verschmolz er nicht gerade mit der Masse.

Zwanzig Jahre war es jetzt her, dass die Existenz der Stammesvampire, die sich den Planeten mit den Menschen teilten, enthüllt worden war. Doch das Verhältnis zwischen den Spezies war immer noch gespannt – um es vorsichtig auszudrücken. Glücklicherweise kümmerten sich andere Abkömmlinge seiner Art um diese Probleme. Asher überließ die diplomatischen und heldenhaften Bemühungen, für Frieden zu sorgen, gern den Kriegern des Ordens und ihren Commandern, die in den größeren Städten auf der ganzen Welt stationiert waren. Und er? Er hatte genug Morde begangen, und ein Held war er schon gar nicht gewesen.

Mit weit geöffnetem Fenster, um die kühle Nachtluft hereinzulassen, saß er bequem hinter dem Steuer und schaute nach vorn auf die schmale Straße mit den unzähligen Löchern im Asphalt, die vom schwachen, gelben Licht der Scheinwerfer des ratternden Pick-ups erhellt wurden. In der Ferne heulte ein Kojote, und kurz darauf fielen andere in den Jagdgesang ein.

Asher respektierte und achtete diese Jäger. Zwar hatte er einmal einen von ihnen töten müssen, als alle Warnungen, sich von Neds Hühnern fernzuhalten, nicht gefruchtet hatten, doch es hatte keinen Spaß gemacht. Allerdings war Töten niemals mit Spaß verbunden.

Tu deine Pflicht, Junge.

Der leise, drohende Befehl wisperte durch seinen Geist – die Stimme seines alten Herrn und Meisters, jenes wahnsinnigen Stammesvampirs, der Asher und zig andere wie ihn in seinem Labor gezüchtet hatte. Schnaubend verdrängte Asher die Erinnerung an Dragos und das höllische Hunter-Zuchtprogramm und schaltete das Autoradio an. Er drehte den einzigen Sender, der nicht rauschte, voll auf.

Es brachte nichts, sich in Erinnerungen an die Vergangenheit zu ergehen. Sie war mit lauter höchst unerfreulichen Ereignissen gespickt. Stattdessen übertönte ein übellauniger Country-Song die genauso unangenehmen Geräusche in seinem Kopf, während sein Blick fest nach vorn auf die Straße gerichtet war.

Es war nur noch eine Viertelstunde Fahrt bis zur Ranch, als

seine Scheinwerfer ungefähr in einer Meile Entfernung etwas erfassten. Als er näher kam, stellte er fest, dass es sich um eine schwarze Limousine handelte, die knapp fünfzig Meter vom Straßenrand entfernt auf festem Wüstenboden abgestellt war.

Ashers Nasenflügel flatterten, als ihn ein ungutes Gefühl erfasste. So weit von der I-15 entfernt hatten nicht viele etwas zu erledigen, und für gewöhnlich kam auch nichts Gutes dabei heraus, wenn sie sich so tief in die von Dornengestrüpp überwucherte lebensfeindliche Landschaft vorwagten. Entweder begab man sich mit Absicht oder weil man gezwungen wurde zu so später Stunde in die tiefe, dunkle Wüste.

Im Laufe der Zeit hatte er beides häufig genug erlebt, um alle anderen Möglichkeiten auszuschließen.

Er erinnerte sich plötzlich an eine Nacht vor gut zwölf Jahren, als er in diesem entlegenen Winkel der Wüste auf einen anderen Stammesvampir – einen ehemaligen Jäger wie er selbst – gestoßen war. Der Name des Mannes war Scythe gewesen, und er hatte sich in die Mojave geschleppt, um in der Sonne zu sterben, nachdem er eine Frau, die er geliebt hatte, und ihren kleinen Sohn verloren hatte. Ned war es gewesen, der darauf bestanden hatte, Scythe auf die Ranch zu bringen und zu versuchen, ihn zu heilen. Doch es war schließlich Asher gewesen, der sich geweigert hatte zuzulassen, dass der andere sich aufgab. Während der ganzen Zeit der Genesung hatte er Scythe sozusagen immer wieder in den Arsch getreten, bis Scythe sich schließlich so weit erholt hatte, dass er die Ranch verlassen konnte.

Aber Asher machte sich nichts vor – eine gute Tat würde nie all das Falsche ausgleichen, das er in seinem Leben getan hatte. Nicht einmal ansatzweise würde das gelingen. Trotzdem war er froh, dass Scythe überlebt hatte, und obwohl sie nur sehr sporadisch voneinander hörten, war Asher zu Ohren gekommen, dass der andere inzwischen mit einer Stammesgefährtin zusammen war und glücklich irgendwo in Italien lebte.

Er hatte das Gefühl, dass das, was da in der Nähe des geparkten schwarzen Wagens ablief, längst kein so gutes Ende nehmen würde.

Das ging ihn nichts an.

Und es war auch nicht sein Problem.

Knurrend schaltete Asher die Musik aus und brachte damit die raue Stimme des Mannes zum Schweigen, der sein Leid wegen einer Frau klagte, bei der er erst gemerkt hatte, wie sehr er sie liebte, als sie fort war. Unwillkürlich ging sein Fuß vom Gaspedal, als er den großen Wagen vor ihm musterte.

Er sah leer aus, doch wie lange schon, konnte er nicht erkennen. Reifenprobleme schienen nicht der Grund für den Stopp gewesen zu sein, Brandgeruch konnte er auch nicht feststellen, und andere Anzeichen für eine Autopanne gab es ebenfalls nicht. Das bedeutete, dass das wirkliche Problem sich gerade irgendwo rechter Hand in der Wüste zwischen den spindeldürren Josua-Palmlilien und vereinzelt stehenden Kakteen abspielte.

Die Scheinwerfer des alten Pick-ups waren im Grunde nur Funzeln, aber Asher schaltete sie trotzdem ganz aus und kam ein paar Meter hinter dem anderen Wagen zum Stehen. Er stellte den Motor ab und drückte die rostige Tür auf.

Kaum berührten seine Stiefel den Boden, wusste er mit absoluter Sicherheit, dass irgendetwas nicht stimmte.

Es war still. Unnatürlich still. Man hörte noch nicht einmal Käfer über den Sand huschen, keine Skorpione, die raschelnd über Steine krabbelten, oder den Flügelschlag von Fledermäusen.

Er legte den Kopf in den Nacken und atmete den Geruch ein, der in der Luft lag.

Menschen.

Drei Männer, von denen zwei sich anscheinend um die Wette mit widerlich süßlichem Rasierwasser übergossen hatten, während der dritte nach seiner letzten Mahlzeit stank, die offensichtlich hauptsächlich aus Knoblauch bestanden hatte. Er dünstete den Geruch so intensiv aus, dass es sich nur um eine riesengroße Knoblauchpizza mit Knoblauchbelag gehandelt haben konnte, die mit einem Knoblauch-Smoothie heruntergespült worden war.

In der Ferne waren Stimmen zu hören, und er konnte massige Gestalten erkennen, die sich zwischen den Palmlilien und dornigem Gestrüpp bewegten. Das Trio, das eine einzige Beleidigung für seine Nase war, schob im Dunkeln jemanden vor sich her. Das Geräusch eines harten, metallischen Gegenstands, der auf weiches Fleisch und Schädelknochen traf, wurde von einem lauten, schmerzerfüllten Keuchen, einem plötzlichen Stolpern und einem dumpfen Laut übertönt, als jemand zu Boden stürzte.

»Steh auf!« Der scharfe Befehl war nur ein leises Zischen, doch in Ashers Ohren klang er laut wie ein Schuss.

Eine andere Stimme antwortete. Diese war mehrere Oktaven höher und redete schnell. Die Worte konnte er selbst mit seinem scharfen Gehör nicht verstehen. Aber er brauchte gar nicht zu hören, was gesagt wurde. Die Angst, die fast greifbar in der Luft hing, war unverkennbar. Genau wie das bedrohliche Auftreten der drei Männer, die keine Ahnung hatten, dass sie nicht die einzigen Killer im näheren Umkreis waren.

»Du hast gehört, was er gesagt hat. Komm verdammt noch mal hoch und geh weiter«, befahl der andere, dessen Knoblauchatem zusammen mit seinem leisen, sadistischen Lachen im leichten Wind zu Asher hinüberwehte. »Aber vielleicht willst du ja, dass wir dich gleich hier verbuddeln. Dem Boss ist es egal, wie das hier abläuft. Er will nur nicht, dass du jemals zurückkommst.«

Wieder ertönte ein leiser Schrei, dem die schwach hervorgestoßene Bitte um Erbarmen folgte, was Asher vor Ingrimm die Zähne zusammenbeißen ließ.

Verdammt.

Erinnerungen kamen wie eine schwarze Woge zu schnell und mit zu viel Macht angerast, sodass er nicht in der Lage war, sie im Zaum zu halten. Ein ganzer Chor ähnlicher flehentlicher Schreie erfüllte seine Ohren, der seine Sinne erbarmungslos und in voller Schärfe mit all den Sünden überflutete, bei denen er in der Vergangenheit dabei gewesen war.

Und die er selbst begangen hatte.

Die unerwünschte Erinnerung an sich selbst von einst war schon schlimm genug, aber zusammen mit seiner einzigartigen Fähigkeit als Stammesvampir, nur durch eine kurze Berührung auch die schmerzhaftesten Erfahrungen anderer bis ins kleinste Detail und alle damit einhergehenden Empfindungen wie seine eigenen zu erleben, hatte dafür gesorgt, dass Ashers Bedürfnis nach Einsamkeit nicht nur ein selbst gewählter Lebensstil war, sondern beinahe eine Notwendigkeit.

Deshalb konnte er es jetzt wirklich überhaupt nicht gebrauchen, in das hineingezogen zu werden, was da zwischen Knobi, seinen in Parfümwolken gehüllten Kumpanen und dem dürren Teenager ablief, der offensichtlich irgendjemanden so sehr auf die Palme gebracht hatte, dass dem nichts Besseres eingefallen war, als ihn von diesen Männern in die Wüste schleifen zu lassen, wo ihn der sichere Tod erwartete.

Doch diese Überlegungen hielten Ashers Füße nicht davon ab, sich in Bewegung zu setzen und direkt auf das Übel loszumarschieren, das nur Ärger bedeuten konnte.

»Gibt's ein Problem, meine Herren?«

»He, shit!« Einer von den Typen mit dem billigen Duftwasser wirbelte auf seinen auf Hochglanz polierten Schuhen herum. Dabei flog sein Jackett auf, sodass man das leere Pistolenhalfter sehen konnte, welches er umgeschnallt hatte. Die Waffe in seiner Hand wies hellrote Blutflecken auf. Offensichtlich war das der stumpfe Gegenstand gewesen, mit dem er dem dunkelhaarigen Jugendlichen, der einen übergroßen Kapuzenpullover und locker sitzende Jeans trug, eins übergezogen hatte. Jetzt wirkte der Schlägertyp gar nicht mehr so taff. Die Waffe zitterte in seiner Hand, als er den Blick hob und den Kopf dann noch ein bisschen mehr in den Nacken legen musste, um Asher in die schmalen Augen blicken zu können. »Wo zum Teufel bist du denn plötzlich her …«

Das Stammeln setzte aus, als er Asher ansah – ihn wirklich wahrnahm – und das außerirdische Glühen in dessen Augen und die spitzen Fänge bemerkte, die angesichts der Wut, die jetzt durch seine Adern strömte, hervorgetreten waren.

»Verflucht.« Der Ganove taumelte nach hinten und ließ seine Waffe mit einem erstickten Schrei fallen. Er raste davon und stolperte blindlings in die Wüste hinein, während sein ebenfalls mit Parfüm getränkter Kamerad Richtung Auto stürmte. Asher machte sich noch nicht einmal die Mühe, den beiden hinterherzuschauen. Die Duftspur in ihrem Kielwasser war wie ein unsichtbarer Faden, der ihn zu den beiden führen würde, egal wie schnell sie versuchten wegzulaufen.

Knobi war nicht so schlau wie seine Kumpane. »Dreckiger Blutsauger«, knurrte er.

Die eine Hand war in die schmale Schulter des Teenagers gekrallt. Wahrscheinlich hielt nur das den in sich zusammengesackten, windelweich geprügelten Jungen aufrecht. Der Kopf hing schlaff herunter, und durch das ziemlich lange, blutgetränkte Haar waren die zarten, asiatischen Gesichtszüge nur andeutungsweise zu erkennen.

Knobi drückte seinen schweigenden Gefangenen mit einer Hand auf den Boden. Seine ganze Aufmerksamkeit – und seine Waffe – war jetzt auf Asher gerichtet. Die Halbautomatik, die er mit seiner fleischigen Hand umklammerte, zitterte kein bisschen.

»Friss Blei, du lausiger Stammesvampir!«

Laut brüllend drückte er mehrmals ab. Von den drei Schüssen, die er aus kürzester Entfernung auf Asher abgab, verfehlten ihn alle bis auf den ersten. Zwar wurde Asher von der Kugel, die ihn rechts in der Brust traf, nicht gebremst – geschweige denn umgebracht –, aber sie reizte ihn bis aufs Blut.

Ehe Knobi sein Magazin ganz leeren konnte, packte Asher die Waffe am Lauf und verbog sie, als bestünde sie nur aus Blech.

»Was hast du gesagt?«

Vor Entsetzen weit aufgerissene Augen sahen in Ashers ausdrucksloses Gesicht. Der Schläger wäre nicht einmal in der Lage gewesen zu antworten, wenn er es versucht hätte. Ashers Faust lag an der Gurgel des Mannes. Er drückte nur leicht zu und zerquetschte die Luftröhre. Mit einem nach Knoblauch stinkenden Gurgeln hauchte der Mensch sein Leben aus, ehe der schlaffe Körper auf den Wüstenboden sackte und wie der Haufen Unrat aussah, der er ja auch vorher schon gewesen war.

Ashers forschender Blick ging zu dem Teenager, der bäuchlings beunruhigend still im Gestrüpp lag. Er widerstand dem Drang, die Hand auszustrecken und nach dem Puls zu suchen, sondern lauschte stattdessen den leisen, flachen Atemzügen und beobachtete, wie der schmale Rücken und der Brustkorb sich kaum wahrnehmbar unter dem weiten Sweatshirt bewegten.

Der Junge lebte. Na, das war ja schon mal was.

Doch jetzt waren da noch zwei weitere Probleme, mit denen er sich befassen musste.

Ruhig und ohne dabei eine Regung zu verspüren, nahm er die blutige Pistole, die Billigrasierwasser Nummer eins fallen gelassen hatte, und feuerte einen einzigen Schuss mitten in die dunkle Wüste ab. Man hörte den Hall, und dann stürzte der flüchtende Feigling ein paar Meter weiter tot zu Boden.

Asher drehte sich zu dem Letzten der drei um, der gerade abseits der Straße hektisch versuchte, in den schwarzen Wagen zu steigen. Mit einer weiteren Kugel hätte er ihn ebenfalls ohne Weiteres aufhalten können, aber alles in Asher sträubte sich gegen ein solch plumpes Vorgehen, wenn er bedachte, wie er ähnliche Situationen früher gehandhabt hätte.

Er redete sich ein, dass es diese Kälte in ihm war, die ihn handeln ließ, und nicht der Stich, den es ihm versetzt hatte, den hilflosen, zusammengeschlagenen Jungen um Gnade betteln zu hören, die ihm niemals zuteilwerden würde.

»Willst du etwa abhauen?«

Ashers tiefe, ungerührte Stimme ließ den Letzten von den Feiglingen so heftig zusammenzucken, dass man hätte meinen können, es handele sich um einen epileptischen Anfall. Gefangen zwischen der geöffneten Fahrertür und Ashers kräftiger Gestalt drehte sich Billigrasierwasser Nummer zwei unbeholfen um und hob beide Hände.

»Oh Gott! Warte 'ne Sekunde, ja? Warte!« Die Stimme des Mannes überschlug sich fast, und sein Blick huschte unruhig umher, während er sich weiter in den Wagen hineinschob, als wolle er es nicht wahrhaben, dass sein Ableben kurz bevorstand, und als hege er tatsächlich noch die Hoffnung, er könnte sich ans Steuer setzen, ehe Asher ihm den Garaus machte.

Wie niedlich.

Der Ganove fuhr sich mit der Zunge über die fleischigen Lippen, und auf seiner Stirn standen Schweißperlen, während er seine wenigen, schwindenden Möglichkeiten erwog.

»Also, ich will keine Schwierigkeiten mit … Ihnen haben, äh, Sir. Ich will einfach nur zurück nach Vegas und Ihnen wirklich keinen Ärger machen.« Er versuchte zu lächeln, doch seine Lippen schienen diesem Befehl nicht gehorchen zu können. Sein Mund zitterte, und die großen Zähne begannen zu klappern. »Bitte … lassen Sie mich gehen. Ich schwöre Ihnen, dass Sie mich nie wiedersehen werden.«

Daran zweifelte Asher keine Sekunde lang. Kurz überlegte er, den Feigling weiter betteln und flehen zu lassen. Allerdings ging es dabei nicht um sein Vergnügen, sondern vielleicht könnte er so herausfinden, wer diese drei Mistkerle bezahlte. Doch damit begäbe er sich in eine heikle Lage, die er lieber vermeiden wollte. Es war egal, für wen die drei gearbeitet hatten oder was das Vergehen des Jungen war, durch das er sich fast einen solch grausamen Tod eingehandelt hatte.

Nein, sobald er sich mit dem Letzten von diesem Abschaum befasst hatte, würde er erkunden, wo der Junge hingehörte, und dafür sorgen, dass er wohlbehalten dorthin zurückkam. Danach müsste er dann auf sich selbst aufpassen. Asher würde sich wieder auf der Ranch vergraben, seine Arbeit tun, sich um die Tiere kümmern und ein reines Gewissen haben. Wobei *rein* ein relativer Begriff war.

Trotzdem bestand keine Veranlassung, der Sache weiter auf den Grund zu gehen oder sich noch mehr in diese Situation zu verstricken, als er es bereits getan hatte.

Aber der Typ mit dem billigen Rasierwasser redete weiter. »Okay, okay … ich glaub, ich hab's verstanden. Das ist Ihr Revier, und wir sind eingedrungen. Stimmt's, Großer? Also, wie kann ich das wieder in Ordnung bringen? Wollen Sie Geld? Ich kann Ihnen Geld besorgen.«

»Ich will dein Geld nicht.«

Das Knurren, mit dem er Antwort gab, ließ den Menschen ganz bleich werden. Er hob eine Hand an die Kehle, wo man den Adamsapfel hüpfen sah, als er ruckartig schluckte.

»Und dein Blut will ich auch nicht.«

Der Mann schnaufte fast vor Erleichterung. Er warf einen Blick über die Schulter in die vom Mond beschienene Wüste, und dann sagte er etwas wirklich Dummes. »Sie wollen das Mädchen?«

Ashers Miene verfinsterte sich, und erst jetzt wurde ihm klar, was eigentlich völlig offensichtlich gewesen war. »Der Teenager ist eine Frau?«

Der andere nickte. »Sie gehört Ihnen, wenn Sie sie wollen. Ich werde keinem davon erzählen. Lassen Sie mich einfach nur gehen, und Sie können mit der Schlampe machen, was Sie wollen.« Ein Anflug von Zuversicht schwang in der Stimme des Mannes mit, und es gelang ihm sogar, ein wenig zu lächeln. »Nehmen Sie sie. Dann können Sie und ich das alles … einfach vergessen.«

»Ich vergesse nie«, brummte Asher grimmig.

Blitzschnell streckte er die Hände aus und drehte den Kopf des Mannes, bis sein Genick brach. Asher ließ die Leiche neben der Straße liegen, ging zum Kofferraum des Wagens und machte eine Bestandsaufnahme der Situation.

Drei Leichen und eine bewusstlose junge Frau, die ärztlicher Versorgung bedurfte.

Na, ganz grandios.

Und er hatte doch tatsächlich gedacht, ein geplatzter Reifen wäre sein größtes Problem, als er heute Abend losgefahren war.

Er lebte jetzt seit rund fünfzehn Jahren in der Gegend und hatte es geschafft, nicht weiter aufzufallen. Aber ihm war klar, dass die Polizei ihm einen Besuch abstatten würde, wenn sie zufälligerweise durch diese Gegend kam, ehe Kojoten und Geier sich um die drei Leichen gekümmert hatten. Denn natürlich wusste man von ihm, auch wenn ihn nie jemand belästigte. Neds Ranch war eine von nur ein paar wenigen Gehöften zwischen Cima und Kelso, und in Las Vegas selbst lebten natürlich viele Stammesvampire, aber aufgrund der Nähe zum Tatort würde er ganz oben auf der Liste der Verdächtigen stehen.

Er hatte keine Angst vor Menschen, aber der Gedanke, eingesperrt zu werden, eine Halsfessel angelegt zu bekommen oder einen von denen umbringen zu müssen, die geschworen hatten, zu dienen und zu beschützen, gefiel ihm nicht. Vor allem, nachdem er der Menschheit eigentlich einen Gefallen getan hatte, indem er dieses Pack eliminiert hatte.

Asher warf noch einmal einen kurzen Blick zu der kleinen Gestalt, die immer noch an der Stelle lag, wo sie vor einer Weile zusammengebrochen war, ehe er den Kofferraum mit einem mentalen Befehl öffnete und einen Fluch ausstieß, als sich sein Verdacht bestätigte. Neben Ersatzreifen und Wagenheber lagen zwei rostige Schaufeln, eine Plane und Isolierband darin.

Mit grimmiger Miene schnappte er sich eine der Schaufeln und marschierte wieder in die Landschaft aus Sand und Gestrüpp zurück, denn er hielt es für besser, noch mal nach dem Mädchen zu schauen, ehe er anfing, Gräber für ihre Möchtegernmörder auszuheben.

Als er die Stelle erreichte, wo sie zu Boden gestürzt war, blieb Asher abrupt stehen und stieß einen leisen Fluch aus.

»Verdammt noch mal!«

Sie war weg.

2

Naomi taumelte eher als dass sie lief. Ihre Füße schlurften über den Boden, und sie fragte sich unwillkürlich, ob ihre Schnürsenkel zusammengeknotet worden waren, als sie nicht aufgepasst hatte.

Doch es waren nicht die Schuhe, die ihre Flucht verlangsamten. Es war ihr Kopf.

Verdammt, er tat so weh.

Den größten Teil der Nacht war sie von diesen Las-Vegas-Gangstern misshandelt worden. Ihr Schädel hatte bereits nach dem ersten Schlag gedröhnt, den sie hatte einstecken müssen, als man sie beim Kasino *Moda* in den Kofferraum gestoßen hatte. Sie ging davon aus, dass sie bereits da eine Gehirnerschütterung erlitten hatte.

Jetzt hämmerte ihre linke Schläfe wie eine Trommel, und nach dem Hieb mit der Pistole, der der Höhepunkt einer ohnehin schon üblen Lage gewesen war, nahm sie alles nur noch wie durch einen dichten Schleier wahr.

Anfangs war sie nur sauer gewesen, dass sie nicht aufgepasst hatte und es Leo Slaters Handlangern gelungen war, sie am Fahrstuhl des Kasinos zu stellen, denn sie wäre nie auf die Idee gekommen, dass sie die Nacht vielleicht nicht überleben würde. Es hatte ihr einen Schock versetzt, wie schnell alles eskaliert war. Selbst als man sie nach unten in den Keller gebracht und durch eine Geheimtür in die Garage geführt hatte, war sie noch fest davon ausgegangen, sich irgendwie herauswinden zu können. Doch dann hatte Gordo, der riesige Kerl mit dem üblen Mundgeruch, ihr einen Faustschlag gegen die Stirn versetzt, der bei ihr alle Lichter hatte ausgehen lassen.

Sie war wieder aufgewacht, als man sie mitten in der Wüste in finsterster Nacht aus dem Kofferraum gezerrt hatte. Gar nicht gut.

Aber sogar da hatte sie sich noch nicht aufgegeben. Sie kannte sich mit verfahrenen Situationen aus und wusste, wie man sich aus einer misslichen Lage befreite. Himmel! Sie hatte in ihren sechsundzwanzig Jahren so viel überstanden, dass neun Leben nicht einmal annähernd dafür gereicht hätten. Sie war davon überzeugt, mit mehr als einem Dutzend Leben geboren worden zu sein. Erst als sie die Waffen der Gangster gesehen hatte und sie der friedhofsähnlichen Stille, die in der Tiefe der Mojave herrschte, gewahr wurde, hatte sich das beklommene Gefühl in ihr breitgemacht, ihre unendlich lange Glückssträhne könnte jetzt wohl doch vorbei sein.

Eigentlich war sie darauf geeicht, sich gefährlichen Situationen durch Flucht zu entziehen, aber ihr war ziemlich schnell klar geworden, dass ihr das hier nur gelingen würde, wenn sie sich hilflos und unterwürfig gab, um den drei Dummköpfen das Gefühl zu geben, leichtes Spiel mit ihr zu haben, während sie mit ihr in die Wüste hineingingen. Sie musste also nur ihre Rolle spielen, den rechten Augenblick abwarten und die Gelegenheit beim Schopf packen, um zu Fuß zu flüchten. Es war ein guter Plan gewesen – im Grunde ihr einziger Plan –, bis Gordos Kumpel ungeduldig geworden war und ihr eins mit dem Lauf seiner Beretta übergezogen hatte.

Sie erinnerte sich nur noch daran, hingefallen zu sein und die Männer angefleht zu haben, ihr nichts zu tun. Ein bisschen davon war Teil ihres Plans gewesen, doch als sie angefangen hatte, Sternchen zu sehen, und sie merkte, wie ihr die Sinne schwinden wollten, hatte sich doch Angst in ihr breitgemacht.

Die Wahrscheinlichkeit, dass sie sterben würde, war verdammt groß.

Dann war *er* aufgetaucht.

Kein strahlender Ritter auf einem weißen Ross, sondern ein Stammesvampir. Groß. Finster. Gefährlich.

Es gab wohl nur eins, was schlimmer war, als den sicheren Tod durch Slaters Schergen zu finden: Das war die noch viel größere Bedrohung, die der Stammesvampir darstellte.

Ihr war nicht klar, warum der riesige Vampir sie retten wollte, doch sie würde sicher nicht darauf warten, es herauszufinden. Was auch seine Gründe sein mochten, war sie doch ganz gewiss nicht darauf erpicht, ihn mit einem Schluck aus ihrer Halsschlagader zu entlohnen.

Ganz abgesehen von allem anderen, was der knurrende Unsterbliche sonst noch im Sinn haben könnte.

Deshalb war sie jetzt wieder bei Plan A.

Weglaufen und verstecken, um sich dann zu überlegen, wie sie unversehrt nach Las Vegas zurückkommen könnte.

Wenn doch nur ihre Beine bei diesem Plan mitmachen würden. Jeder Schritt auf dem harten, unebenen Boden verlangte ihr alles ab, als würde sie durch tiefen Sumpf waten. Es war stockfinstere Nacht, aber der Schleier, in den alles gehüllt war, und das unablässige Hämmern in ihrem Schädel ließen sie noch langsamer vorankommen. Übelkeit stieg in ihr auf, und sie taumelte.

»Hopp, hopp, hopp … Pferdchen, lauf Galopp«, feuerte sie sich selbst an. »Du hast schon Schlimmeres überstanden. Bleib einfach in Bewegung. Vorwärts.«

Angestachelt von ihren eigenen aufmunternden Worten senkte sie den Kopf und tat noch ein paar Schritte … um plötzlich gegen eine Wand zu laufen, die auf einmal aus heiterem Himmel in der kühlen Luft Gestalt vor ihr angenommen hatte.

Allerdings war diese Wand warm. Ja sogar heiß. Und sie bestand aus muskulösem Fleisch und unverrückbarer Kraft. Und gut riechen tat sie auch noch. Würzige Kräuter mischten sich mit sauberer Seife und etwas anderem, das sie nicht recht benennen konnte. Sie atmete den Duft ein und stöhnte instinktiv, weil er so viel besser war als alles, was sie heute Nacht gerochen hatte.

»Es gibt keinen Grund wegzulaufen.« Die tiefe Stimme katapultierte sie in die raue Wirklichkeit zurück.

Allmächtiger!

Sie machte einen Satz nach hinten, fuhr herum und stürzte mit aller Kraft in die entgegengesetzte Richtung davon.

Doch schon stand er wieder vor ihr und versperrte alle Hoffnung auf Flucht. Pustend und keuchend blieb sie abrupt stehen und war kurz davor, in Ohnmacht zu fallen.

»Ich sagte, du sollst nicht weglaufen, Mädchen.«

»Fahr zur Hölle!«

Sie versuchte, seitlich an ihm vorbeizukommen, doch sein hünenhafter Körper war schneller. Überirdisch schnell. »Du merkst doch wohl, dass du das letzte bisschen Energie verschwendest, das du noch hast, oder?«

Verspottete er sie oder war es einfach nur eine Feststellung? Was es auch war … es gefiel ihr nicht.

Sie schaute auf und musste dabei den Kopf so weit in den Nacken legen, um ihm ins grimmige Gesicht zu sehen, dass die Kapuze ihrer Sweatshirtjacke herunterrutschte.

Sofort wünschte sie sich, sie hätte nicht nach oben geblickt. Nicht dass er hässlich gewesen wäre, auch wenn sie das gern vorgegeben hätte. Er sah zwar nicht wirklich gut aus, aber atemberaubend männlich. Unwiderstehlich auf eine animalische Art, auf die sie sogar mit ihren benebelten Sinnen mit unerwünschtem Wohlgefallen reagierte.

Die kantigen, finsteren Züge, die unter den struppigen, braunen, zu langen Haaren hervorschauten, sahen aus, als hätte der himmlische Schöpfer einen Block aus Stein genommen und daran herumgemeißelt, um dann kurz vor der Vollendung mit der Arbeit aufzuhören, sodass ein flächiges Gesicht mit scharfen Kanten und einem eckigen Kinn dabei herausgekommen war.

Sie konnte die Farbe seiner Augen nicht erkennen, die sie unter den starken, dunkelbraunen Brauen hervor musterten. Der bernsteinfarben glühende Blick machte eindeutig klar, dass er *anders* war.

Als würden die scharfen, schneeweißen Spitzen seiner Fänge nicht schon Hinweis genug sein, womit sie es hier zu tun hatte.

Einem kalten, gefühllosen Killer.

Während sie so getan hatte, als wäre sie bewusstlos, hatte sie ihn beobachtet und unter den gesenkten Wimpern zugesehen, wie er Gordo und die anderen beiden Schläger erledigt hatte. Er war gnadenlos. Sein Vorgehen schnell und brutal und ohne jedes Zögern. Sie hatte immer darauf geachtet, sich von Abkömmlingen seiner Art fernzuhalten, doch seit Anbeginn der Schöpfung kannte jede Spezies Bedrohungen wie ihn. Den Typen, dem niemand in einer dunklen Gasse begegnen wollte, denn man wusste, dass nur einer lebend wieder herauskommen würde, und die Chancen standen schlecht, dass man es selbst sein würde.

Und jetzt stand sie hier hilflos und allein diesem riesigen Stammesvampir mitten in der Mojave-Wüste gegenüber – dem anonymen Grab zahlloser Huren, Ausreißer und Falschspieler. Sie konnte nirgends hin, und keiner würde ihre Schreie hören, selbst wenn sie die Energie aufbrachte, es zu probieren.

Sie schaute wieder zu ihm auf und versuchte zu erkennen,

was er vorhatte. Die schroffe Miene, die auf sie hinunterblickte, war undurchdringlich, aber in seinem Blick meinte sie, eine zwiespältige Haltung zu sehen – als wäre dieser Moment hier mit ihr auch für ihn das Letzte, was er gerade wollte.

»Sie bluten«, stellte sie fest, als ihr Blick zu seiner Brust ging. »Gordo hat Sie angeschossen.«

Er zuckte die Achseln. »Das ist nichts. Ich bin ein Stammesvampir. Das wird in ein paar Stunden verheilt sein.«

»Ich weiß, was Sie sind.«

Sie hatte es nicht wie einen Vorwurf klingen lassen wollen, doch jetzt war es zu spät, die Worte zurückzunehmen. Fairerweise musste gesagt werden, dass sie noch nie in all den sechsundzwanzig Jahren, die sie schon lebte, einen Mann – sterblich oder nicht – kennengelernt hatte, dem sie wirklich trauen konnte. Nun ja, bis auf Michael. Und der zählte wohl kaum, da er mehr wie ein Bruder für sie war, seit sie sich als Waisenkinder auf der Straße kennengelernt hatten.

Shit. *Michael.*

Er war ihretwegen bestimmt krank vor Sorge.

Die Anrufe und Nachrichten ihres besten Freundes, der wissen wollte, wie es ihr ging, hatten ihr Handy wahrscheinlich mittlerweile heiß laufen lassen. Aber sie würde sowieso nicht rangehen können. Ihr Handy lag in den Tiefen eines Müllcontainers beim *Moda*, wo es zusammen mit ihrem gefälschten Studentenausweis lag, den Leo Slaters Handlanger ihr abgenommen hatten, bevor sie von ihnen in den Kofferraum des Wagens verfrachtet worden war.

»Wie heißt du, Mädchen?«

»Zoe«, erwiderte sie, und die Lüge ging ihr auch jetzt wieder so leicht über die Lippen wie bei den drei Typen, die sie aus dem Kasino geführt hatten. Sie hatte haufenweise Alias, sodass es ihr gelegentlich schwerfiel, sich an ihren richtigen Namen zu erinnern – den Namen, den ihre Mutter Aiko ihr am Tag ihrer Geburt gegeben hatte und den sie nicht mehr gehört hatte, seit sie acht war.

Ihr skurriler Retter nahm es mit einem Brummen zur Kenntnis und musterte sie beunruhigend lange, ohne irgendetwas zu sagen. »Du wirkst nicht wie ein kleines, dummes Kind, Zoe«, meinte er schließlich. »Wie bist du also mit drei solchen Männern und ihrem Boss aneinandergeraten?«

Sie schluckte und versuchte zu entscheiden, mit welcher Geschichte sie wohl am besten fahren würde bei diesem gefährlichen Mann, der offensichtlich genau wie ihre ursprünglichen Häscher auf ihre Maskerade als Teenager hereingefallen war. Allerdings war dieser Stammesvampir kein Blödmann wie Gordo und Konsorten. Sein intelligenter, funkelnder Blick hing unverwandt an ihr, und sie wusste mit absoluter Sicherheit, dass er es merken würde, wenn sie versuchte, ihm noch mehr Lügen aufzutischen.

»Ich habe heute Abend versucht, ihnen etwas zu stehlen. Aus einem Kasino.«

»Geld?«, brummte er.

Sie nickte und zuckte zusammen, als diese kleine Bewegung einen heftigen Schmerz auslöste. »Ja, ich habe ein bisschen Geld aus einem Spielautomaten genommen, der gerade kaputtgegangen war. Sie haben mich geschnappt, ehe ich damit zur Tür raus konnte.«

Er hob das kantige Kinn und nickte dann leicht. »Vielleicht bist du ja doch dumm. Gier und falsche Entscheidungen sind die Hauptgründe, warum Leute mitten in der Nacht hier draußen landen.«

Sie zweifelte nicht daran, dass er recht hatte. Aber obwohl sie ihre Erklärung mit einer Prise Ehrlichkeit gewürzt hatte, sah sie keinen Grund, ihm zu erzählen, dass das »bisschen

Geld«, das sie heute Abend zu stehlen versucht hatte, fast einen Betrag von zweitausend ausmachte, oder dass sie nur deshalb so dicht davor gestanden hatte, solch eine erkleckliche Summe Bargeld in ihren Besitz zu bringen, weil sie es geschafft hatte, den Automaten in einer Weise zu überlisten, zu der nur sie in der Lage war, um dann einen anderen Gast des Kasinos mit einem Hunderter zu schmieren, damit er den Gewinn für sie einsammelte und anschließend an sie weitergab.

Doch statt der grauhaarigen alten Dame aus Kansas, mit der sie sich zur Geldübergabe am Fahrstuhl verabredet hatte, war Naomi von den Sicherheitskräften des *Moda* erwartet worden.

Sie war nicht bereit, ihre Beweggründe mit Gier zu erklären, doch sie musste wohl einsehen, dass es tatsächlich die falsche Entscheidung gewesen war, so ein großes Risiko einzugehen. Von jetzt an würde sie sich nicht mehr auf Mittelspersonen verlassen, wenn es ums Einsammeln ihrer Beute in Slaters Kasino ging. Sie würde in Zukunft erfinderischer sein müssen.

Abwesend rieb sie sich die Handgelenke, während sie versuchte, wieder klar zu denken.

Alles tat ihr weh. Es war ein langer Tag gewesen und eine noch längere Nacht. Ihr Hirn war wie Brei, und sie wollte einfach nur nach Hause, in ihr Bett steigen und eine Stunde oder zehn liegen bleiben. Obwohl ein verbliebener Rest von Vernunft ihr sagte, dass lange zu schlafen wohl das Schlimmste war, was man bei einer Gehirnerschütterung tun konnte, war sie doch so erschöpft, dass sie es gerade mal schaffte, nicht umzukippen. Wenn sie nicht bald aus dieser Wüste rauskam und wieder zurück nach Vegas fuhr, würde sie wohl noch an Ort und Stelle zusammenbrechen.

Ihre Fähigkeit, schlaue Pläne zu machen und wagemutige Aktionen zu veranstalten, schwand im gleichen Maße, wie sich ein immer dichterer Nebel über ihr Gehirn legte und ihre Beine immer schwächer wurden. Und auch ihre Möglichkeiten wurden immer weniger. Sie musste sich von ihrem ursprünglichen Plan verabschieden, wegzulaufen und sich zu verstecken, bis sie gefahrlos zur Autobahn laufen oder sich mitnehmen lassen konnte. In ihrem gegenwärtigen Zustand würde sie zu Fuß nirgends hinkommen.

Das hieß, dass sie nicht nur in der Schuld dieses Stammesvampirs stand, sondern auch auf seine Barmherzigkeit angewiesen war. Da weder Kampf noch Flucht Optionen waren, die zur Verfügung standen, während er drohend über ihr aufragte, musste sie die Situation mit ihrem Verhandlungsgeschick lösen … und Unverfrorenheit.

Welche Vorgehensweise sie wählte, war eigentlich egal. Im Grunde könnte sie auch würfeln.

Himmel, sie zog es eindeutig vor, wenn Würfel zu ihrem Vorteil gezinkt waren.

»Hören Sie, Mister, äh … welchen Namen hatten Sie noch gleich genannt?«

»Ich hatte gar keinen genannt.« Diese schimmernden Stammesvampiraugen schienen sie förmlich zu durchbohren. »Man nennt mich Asher.«

Ein ungewöhnlicher Name und auch eine seltsame Formulierung. Andererseits war an dieser Nacht sowieso nichts normal; am allerwenigsten die Begegnung mit ihm.

»Okay, Asher.« Sie nickte. Das schmerzhafte Schwappen ihres Gehirns erinnerte sie daran, dass selbst kleinste Bewegungen im Moment keine gute Idee waren. Seine Miene wurde noch finsterer, als eine erneute Woge von Übelkeit sie schwanken ließ. »Wie ich schon sagte, Asher, ich weiß es wirklich zu schätzen, was Sie hier für mich getan haben. Und auch wenn Sie sich keine Sorgen wegen des Lochs in Ihrer Brust machen, tut es mir doch leid, dass Sie angeschossen worden sind, als Sie versuchten, mir den Hintern zu retten. Jetzt würde ich gern nach Hause, ein schönes heißes Bad nehmen und dann eine Woche lang schlafen. Ich bin mir sicher, dass es etwas gibt, was auch Sie heute Nacht noch gern machen wollen.«

Während sie sprach, glitt sein Blick aufmerksam musternd über ihr Gesicht. Wenn das Missfallen, das seine Miene ausdrückte, irgendwelche Rückschlüsse zuließ, dann musste man wohl davon ausgehen, dass ihm nicht gefiel, was er sah. »Du redest zu viel.«

Und er gab kaum ein Wort von sich, was eigentlich egal war. Aber seine ausdruckslose Miene und der seiner Art eigene Blick gaben genauso wenig preis wie die kurzen, knappen Sätze und das tonlose Knurren, das sein Markenzeichen zu sein schien. Sie meinte jedoch, den Eindruck zu haben, dass er sie genauso schnell loswerden wollte, wie sie darauf erpicht war, drei Kreuze hinter den ganzen Abend zu machen.

»Okay«, verkündete sie und wurde dabei fast von Hochstimmung erfasst. »Dann schätze ich mal, dass ich mich jetzt auf den Weg mache. Gordo und seine Freunde werden den Wagen ja nicht mehr brauchen, also suche ich jetzt den Schlüssel und fahre los.«

Sie zwang sich zu einem schmalen Lächeln, obwohl ihr Kiefer dabei anfing höllisch zu schmerzen. Doch er erwiderte das Lächeln nicht.

»Du siehst noch nicht mal alt genug aus, um überhaupt fahren zu dürfen.«

»Ich bin sechsundzwanzig«, schnaubte sie.

»Dass ich nicht lache.« Die blitzenden Augen glitten wieder über sie und musterten sie diesmal von Kopf bis Fuß. Das dauerte nicht lange, wenn man bedachte, dass sie noch nicht einmal einen Meter sechzig groß war. Außerdem war sie in mehrere Lagen locker sitzender Kleidung gehüllt, in der drei von ihrer Statur Platz gefunden hätten.

»Ich bin kein Mädchen mehr«, brummte sie leise, trotzdem hörte man ihr die Entrüstung deutlich an. »Diese Schwachköpfe haben nur wegen meiner Kleidung angenommen, ich wäre noch nicht erwachsen, und weil ich ihnen gesagt hatte, ich wäre noch nicht volljährig. Ich hatte gedacht, das würde reichen, damit sie mich laufen lassen, aber da habe ich mich wohl geirrt.«

Ihm schien nicht zu gefallen, was er da hörte. »Du bist also kein Kind mehr?«

»Ich mag vielleicht fast fünfzig Zentimeter kleiner sein und nur halb so viel wiegen wie Sie, aber ich bin eine erwachsene Frau.«

Das war wahrscheinlich nicht das Schlaueste, was man einem Jäger wie ihm, der jetzt den Kopf auf die Seite legte und sie aus schmalen Augen noch durchdringender musterte, sagen konnte, aber sie gab ihrer Gehirnerschütterung die Schuld an der unbedachten Äußerung. Davon abgesehen würde ihr Alter wohl sowieso keine Rolle spielen, wenn dieser Mann über sie herfallen wollte. Außerdem hätte er bereits genug Zeit und Gelegenheit gehabt, ihr das Schlimmste anzutun.

Zumindest war das die Erklärung, an die sie sich klammerte, während sie inständig hoffte, dass sie es schaffen würde, sich aus diesem Schlamassel zu befreien.

Die schmerzhaften Krallen, die ihren Schädel umklammerten, verstärkten ihren Griff. Sie stöhnte auf, ehe sie den mitleiderregenden Laut zurückhalten konnte.

»Du bist verletzt. Die Schwellung an deinem Kopf muss behandelt werden.«

»Ich weiß«, sagte sie, obwohl es ihr schwerfiel, es einzugestehen. Himmel, sie hasste Schwäche und Hilflosigkeit mehr als alles andere auf der Welt. Diese Empfindungen waren ständige Begleiter ihrer Kindheit gewesen, und deshalb kämpfte sie jeden einzelnen Tag darum, diese Gefühle nie wieder in ihr Leben zu lassen.

Sie hörte, wie er tief einatmete – und dabei einen unterdrückten Fluch ausstieß. »Das nächste Krankenhaus ist in Henderson. Du bist nicht in der Verfassung zu fahren, geschweige denn so einen weiten Weg auf dich zu nehmen.«

Er hatte wahrscheinlich recht. Nein, er hatte eindeutig recht. Plötzlich erfasste sie eine Woge der Erschöpfung, und sie stöhnte. Sie konnte sich nicht erinnern, wann sie das letzte Mal so müde gewesen war. In ihrem Kopf begann sich alles zu drehen, und sie konnte nur noch verschwommen sehen. Verdammt, sie wurde immer schwächer. Was es ihr an Kraft abverlangen würde, es bis hinter das Lenkrad zu schaffen, sorgte wahrscheinlich dafür, das zu vollenden, was Leo Slaters Handlanger mit ihr vorgehabt hatten.

Aber welche andere Wahl hatte sie denn?

»Lass uns los«, sagte er tonlos.

»Los?« Sie blickte benommen und verständnislos zu ihm auf und sah, dass er mit seinem kantigen Kinn kurz nickte.

»Zum Krankenhaus. Ich bringe dich hin.«

Oh, shit. Meinte er das ernst? Sie sollte mit ihm in einen Wagen steigen? Sollte glauben, dass er wirklich tat, was er sagte, und nicht stattdessen irgendwo anders mit ihr hinfuhr, um ihre Schulden einzutreiben, indem er ein oder zwei Liter von ihrem Blut trank?

»Nein.« Ihre Antwort kam wie aus der Pistole geschossen … keine schlechte Leistung, wenn man bedachte, dass ihr Mund völlig ausgetrocknet war und sie ihre Zunge kaum mehr bewegen konnte. Sie wich einen Schritt zurück, und vor ihren Augen verschwamm alles. »Ich schaffe das schon selbst«, murmelte sie, und ihre Worte wurden immer undeutlicher, während sie sprach. »Ich brauch nur ... 'ne Minute ... um auszuruhen ... und Kraft ...«

Sie war noch lange genug bei Bewusstsein, um zu spüren, wie die Beine unter ihr anfingen nachzugeben.

Aber ob sie kurz darauf auf den harten Wüstenboden aufschlug, bekam sie nicht mehr mit.

Zum zweiten Mal in dieser Nacht wurde um sie herum plötzlich alles unausweichlich. Völlig dunkel.

3

Asher hielt die bewusstlose Frau in den Armen, während die nächtliche Brise seinen leisen Fluch davontrug.

Selbst in Tonnen formlosen Stoffs und Jeans gehüllt, wog sie fast nichts. Zwar hatte es ihm überhaupt nicht gefallen zu erfahren, dass sie nicht nur eine Frau, sondern auch noch eine erwachsene Frau war, doch zumindest etwas war zu seinen Gunsten verlaufen. Durch all die Schichten an Kleidung wurde es seinen Fingern erspart, ihre Haut zu berühren. Wäre es zu dieser Art des Körperkontakts gekommen, würde sein Geist jetzt mit den schlimmsten und quälendsten Erinnerungen der Frau überflutet werden.

Er schaute auf ihren herunterhängenden Kopf und das seidige, schulterlange, schwarze Haar und erkannte erst jetzt, wie schön sie tatsächlich war. Die Bezeichnung *zart* wurde ihren Zügen nicht gerecht. Abgesehen von der viel zu großen, schlichten Kleidung, die sie anhatte, war sie das Abbild einer teuren Porzellanpuppe – ein zierlicher Engel mit ebenholzschwarzem Haar, der in seinen kräftigen Armen schlief.

Ihre mandelförmigen Augen wiesen ein atemberaubendes Goldbraun auf, das ihm aufgefallen war, ehe sie das Bewusstsein verloren hatte. Jetzt verbargen die gesenkten Lider den intelligenten Blick, und ein dichter Kranz aus pechschwarzen Wimpern ruhte auf der milchigen Glätte ihres Gesichts. Der engelhafte Mund, der bestimmt nie viel Ruhe fand, wie er annahm, war jetzt entspannt, und leise Atemzüge entwichen den leicht geöffneten Lippen, die für seinen Seelenfrieden viel zu sinnlich waren.

»Zoe«, sagte er und hoffte, dass der Klang ihres Namens sie wecken würde.

Aber sie regte sich noch nicht einmal andeutungsweise. Und nicht zum ersten Mal fragte er sich, ob es überhaupt ihr richtiger Name war. Die Frau war eine Kämpferin durch und durch, so viel konnte er sehen. Ganz abgesehen davon, dass sie auch eine Diebin war, wie sie selbst zugegeben hatte. Aber sie war auch ein Dummkopf, wenn sie meinte, sie könnte sich mit einem offensichtlich mächtigen Kasinobetreiber anlegen, der ihren Tod in Auftrag gegeben hatte, und dann einfach nach Vegas zurückmarschieren, als ob nichts passiert wäre.

Andererseits war das nun wirklich nicht sein Problem.

Trotzdem stand er jetzt hier und war keinen Deut weiter in dieser unerfreulichen Situation als in dem Moment, in dem er Neds Truck an den Straßenrand gelenkt hatte, um sich das Ganze näher anzusehen.

Nein, er steckte jetzt sogar tiefer drin, denn jetzt musste er die Leichen entsorgen und das unerwünschte Paket, das er in den Armen hielt, in der Notaufnahme des nächsten Krankenhauses abladen.

Was für Probleme oder Ärger sie sich dann einhandelte, ging ihn nichts an.

Asher trug sie zu der Stelle, wo Gordo und seine Kumpane lagen, und legte sie vorsichtig auf ein sauberes Stück Sand, um sich dann um die Entsorgung der Leichen zu kümmern. Sobald er ein großes Loch ausgehoben und die drei Dauerbewohner darin untergebracht hatte, fuhr er den Wagen so tief in dorniges Gestrüpp, dass man ihn nicht so schnell von der Straße aus entdecken würde. Dann ging er zurück, um sich um die Frau zu kümmern.

Er rechnete schon fast damit, dass sie wieder weg sein würde, wenn er zurückkam. Oder vielleicht hoffte er das auch nur.

Aber sie lag genau da, wo er sie zurückgelassen hatte, und schlief immer noch so unnatürlich tief, was ihr mehr schaden als guttun würde, wenn die Gehirnerschütterung tatsächlich so schwer war, wie er vermutete.

Er hockte sich neben ihr hin und versuchte, nicht darauf zu achten, wie süß und unschuldig sie aussah … oder dass sie so hübsch war, dass ihr Anblick schon fast schmerzte. Wie lange war es her, dass er eine Frau gehabt hatte?

Einen Monat wohl, nahm er an. Himmel, vielleicht sogar zwei.

Viel zu lang angesichts der Regungen, die in ihm erwachten, als ihr reiner, betörender Duft seine Sinne umspielte und ein besitzergreifendes Verlangen entzündete, das er nicht wahrhaben wollte. Der Drang, sie zu berühren, war fast zu stark, um ihm zu widerstehen.

Das dunkelrote Blut, das als getrocknetes Rinnsal an ihrer Schläfe zu sehen war, entspannte die Situation für ihn auch nicht gerade.

Während der Konfrontation mit den drei Männern waren seine Fänge bereits leicht hervorgetreten, doch jetzt pochten sie aus einem völlig anderen Grund in seinem Gaumen.

»Zoe. Wach auf.« Sie lag regungslos und beunruhigend still da. Er schüttelte sie an der Schulter. Unter dem dicken Sweatshirt waren ihre Knochen und das noch zartere Fleisch kaum zu spüren. »Zoe?«

»Aaaargh …« Ihre Lider flatterten, doch die Augen öffneten sich nicht. Und obwohl ihre Muskeln unter seiner Hand zuckten, als er sie weiterrüttelte, um sie wach zu bekommen, reagierte sie doch kaum. »Müde …«

Ratlos runzelte er die Stirn, denn er hatte kaum Erfahrung

mit Kranken oder Verwundeten. Er war zwar bis zu Neds Ende bei ihm gewesen, doch der alte Mann hatte es ihm leicht gemacht, indem er im Schlaf gestorben war. Da die junge Frau sich weder aufrecht halten noch wach bleiben konnte, hatte er das Gefühl, sie würde unter Umständen nie wieder wach werden, wenn er nicht dafür sorgte, dass sie das Bewusstsein bald wiedererlangte.

»Ich weiß, dass du müde bist, aber du musst jetzt aufstehen.«

Sie stöhnte klagend und vergrub das Gesicht tiefer in ihrem viel zu großen Kapuzenpullover. Ihre Stimme klang dünn und schlaftrunken, und sie sprach undeutlich. »Geh wech, Michael. Lasmich schlaafen.«

Michael?

Es weckte mehr als nur Neugier in ihm, als er sie den Namen eines anderen Mannes murmeln hörte, und auch etwas anderes, das tiefer ging als Verärgerung. Wenn sie es gewöhnt war, von diesem anderen Mann – diesem Michael – geweckt zu werden, wo zum Teufel war der dann jetzt? Sollte ihr Leben oder ihr Tod diesen Mann nicht mehr sorgen als Asher?

»Na los, Zoe«, sagte er grimmiger als beabsichtigt. »Komm jetzt hoch.«

Als sie trotzdem einfach liegen blieb, fuhr er sich mit den Fingern durchs schweißnasse Haar und stieß einen Fluch aus. Dann fasste er sie unter den Oberarmen und zog ihren schlaffen Körper hoch.

Wenn er sie nicht weiter festgehalten hätte, wäre sie sofort wieder in sich zusammengesunken.

Er merkte, dass er so nicht weiterkam. Also legte er einen Arm um sie und schob den anderen unter ihre Knie, ehe er sie hochhob und sich in Richtung seines alten Pick-ups in Bewegung setzte. Als wäre das erste Mal, als er sie so im Arm gehalten hatte, nicht schon Qual genug gewesen, spürte er jetzt jede

Rundung ihres zierlichen Körpers, jeden festen Schlag ihres Herzens.

Sie war nicht sein, doch heute Nacht hätte er sein Leben für sie hergegeben. Er wusste dies mit einer Gewissheit, die wie Kriegstrommeln in seinen Adern dröhnte. Glücklicherweise gab es nur selten Momente, in denen seine Erbanlagen und der Drill, dem er unterworfen worden war, ihn im Stich ließen, doch die Erkenntnis, wozu er für diese Frau, die er nicht kannte und die ihm egal sein sollte, bereit war, machte ihn sprachlos, während er sie zu seinem Wagen trug.

Wenn er jetzt nicht noch mehr Zeit verschwendete, könnte er sie innerhalb einer Stunde nach Henderson ins Krankenhaus geschafft haben. Das reichte, um sie dort abzusetzen und weit vor Sonnenaufgang wieder auf der Ranch zu sein, was zum Erhalt seiner eigenen Gesundheit unerlässlich war.

Vielleicht hatte er ja auch Glück und Zoes Kopfverletzung löschte alle Erinnerungen an die Ereignisse der heutigen Nacht – inklusive seines Eingreifens. Der Himmel wusste, wie sehr er sich wünschte, es selbst vergessen zu können, doch bezweifelte er stark, dass er je in der Lage sein würde, die Erinnerung an ihr hübsches Gesicht und die hellbraunen Augen zu verdrängen. Ganz abgesehen von ihrem Hinscheiden, das so bedrohlich nah gewesen war.

Er verlagerte ihr Gewicht auf seinen Armen und öffnete die Beifahrertür, um sie gleich darauf vorsichtig in den Wagen zu setzen. Sie rutschte gleich zur Seite weg, doch er hielt sie aufrecht und musste mehr oder weniger mit ihr zusammen einsteigen, damit er um sie herumgreifen und sie anschnallen konnte, sodass sie während der bevorstehenden Fahrt sitzen blieb.

Das war der Moment, in dem er etwas bemerkte, das ihm vorher entgangen war und das er ganz gewiss niemals wieder vergessen würde.

»Verfluchter Mist!«

Unterhalb ihres eigensinnigen Kinns und wegen der ganzen Prellungen, Kratzer und Schmutzflecken kaum zu sehen, befand sich ein kleines rotes Muttermal, das er überall wiedererkennen würde.

Erneut stieß er einen leisen, aber deftigen Fluch aus, während er das überaus eindeutige Zeichen aus Träne und Halbmond anstarrte.

Die Frau war eine Stammesgefährtin.

Mit rasant aufflammender Wut sah Asher sie an. Dieses kleine Mal änderte alles. Denn nun, da er es entdeckt hatte, war die Frau nicht mehr ein Problem, das er einfach in der nächsten Notaufnahme abladen konnte, um dann Fersengeld zu geben und sein altes Leben wiederaufzunehmen, ohne noch einen Gedanken an sie zu verschwenden.

Frauen mit diesem Mal waren selten. Kostbar. Sie wurden von den Abkömmlingen seiner Art verehrt, sie wurden um jeden Preis beschützt – und sei es, dass der Stammesvampir den letzten Rest von Ehre, den er besaß, dafür aufbringen musste. Sogar ein eiskalter Killer wie er respektierte dieses ungeschriebene Gesetz.

Aber es bedeutete nicht, dass es ihm gefallen musste.

»Verdammt!« Asher ließ sie auf der Beifahrerseite zurück und ging auf dem staubigen Seitenstreifen der schmalen zweispurigen Straße im Kreis herum, während er zu überlegen versuchte, was er mit ihr tun sollte.

Er hatte keine andere Wahl. Es gab nur eine Möglichkeit. Er musste sie mit zu sich auf die Ranch nehmen.

Und dann würde er ein paar Anrufe tätigen und bei den Stammesvampiren, die in der Lage waren, sich um eine Stammesgefährtin zu kümmern, um Gefallen bitten – eine Stammesgefährtin, die mit einem mächtigen Gegner aneinandergeraten war, welcher bereits überdeutlich gemacht hatte, dass er sie tot sehen wollte.

Entschlossen ging er um den Wagen herum, setzte sich hinters Steuer und ließ den Motor an. Röchelnd erwachte der zum Leben und bebte wie ein leichtes Erdbeben, so wie er es die ersten paar Minuten immer tat. Doch nicht einmal das riss die verletzte Stammesgefährtin neben ihm auf der durchgehenden Sitzbank aus ihrer tiefen Bewusstlosigkeit.

Asher stieß wieder einen unterdrückten Fluch aus, legte den Gang ein und brauste auf der ausgestorbenen Straße los. Er fuhr so schnell, wie es der alte Pick-up zuließ, und wurde erst langsamer, als er die Hauptstraße verließ und auf die Schotterstraße abbog, die zu Neds einsamem Gehöft führte.

Als er schließlich auf den Hof fuhr, glitt das gelbe Licht der Scheinwerfer des Pick-ups über das alte Haus, die Pferche und mehrere Nebengebäude. Unwillkürlich versuchte er, alles mit den Augen eines Fremden zu sehen – mit ihren Augen. Die Ranch gab eindeutig nicht viel her. Nicht dass er sich nicht immer um alles gekümmert hatte, während er hier wohnte.

Er hatte es getan, so wie Ned die Dinge erledigt sehen wollte. Das bedeutete, dass die Rohre keinen Ärger machten, Fundament und Gebäude grundsolide waren und auch die Dämmung nicht vergessen worden war, die man in langen Winternächten selbst in der Wüste dringend brauchte. Asher hatte im Laufe der Jahre gute Fenster und Türen eingebaut und auf Drängen von Ned sogar ein halbes Dutzend Solarzellen auf dem Dach aufgebracht, um sich den erbarmungslosen Sonnenschein in der Wüste, den Asher mied, wenigstens etwas zunutze zu machen.

Er runzelte die Stirn, als er die abblätternde weiße Farbe auf der Veranda bemerkte und feststellte, dass das Grundstück noch nicht einmal ansatzweise gestaltet war. Alle Zäune waren gut in Schuss, und die beiden klapprigen Pferde – Trixie und Jubilee, die nach Neds beiden Schwestern hießen, welche noch in Neds Kleinkindzeit an Pocken gestorben waren – standen auf einem Paddock, um den Asher sich jede Nacht kümmerte. Er sorgte dafür, dass sich in der Krippe immer frisches Heu befand und genug Wasser in den Trögen.

Aber Charme? Nein, das fehlte dem alten Haus und der näheren Umgebung eindeutig.

Allerdings hatten er oder Ned auch keinen Wert auf Charme gelegt. Den hatten sie nicht gebraucht.

Und was Ashers unerwarteten Gast anging, würde sie nicht lange genug bleiben, um unter mangelndem Luxus zu leiden, an den sie vielleicht in Vegas gewöhnt war.

Die Ranch war sicher, und hier konnte sie sich erst einmal ausruhen, während er die notwendigen Vorkehrungen für ihre Verlegung traf. Denn Stammesgefährtin hin oder her … wenn die Handlanger, die dafür hatten sorgen sollen, dass sie in der Wüste blieb, morgen früh nicht zur Arbeit erschienen, würde ihr Boss anfangen, Nachforschungen anzustellen. Und Asher konnte nur vermuten, dass das dicke Ende noch kommen würde, wenn der Kasinobetreiber erfuhr, dass er seine Leute verloren hatte und auch noch die kleine Diebin, die er hatte beseitigen wollen.

Er sprang aus dem Wagen und steckte den Schlüssel ein, während er über den mit Kies bedeckten Boden zur anderen Seite des Autos ging. Sie zuckte zusammen, als er den Sicherheitsgurt öffnete und sie auf den Arm nahm. Ihr Kopf sank an seine Schulter, und ihre Stimme war nur ein leises Flüstern. »Sind wir schon zu Hause, Michael?«

Asher knirschte mit den Backenzähnen, als sie wieder den Mann erwähnte, den sie offensichtlich für ihr Wohlbefinden brauchte, obwohl dieser Michael es ihr unverkennbar selbst überlassen hatte, mit Gordo und seinen Freunden fertigzuwerden.

»Du bist jetzt in Sicherheit«, erklärte er ihr mit gepresster Stimme, während er eine schnelle Drehung machte, um die Tür hinter sich zuzuschlagen.

Ein jämmerliches Heulen begrüßte ihn auf der anderen Seite der Fliegenschutztür, als er die Veranda betrat. Sam, Neds gelber, in die Jahre gekommener Hund, sah ihn aus dem Innern des Hauses mit mitleiderregenden, großen, braunen Augen an. Asher schüttelte verwirrt den Kopf. Tag und Nacht war er um den verfluchten Köter herum, der ihm meist keine Beachtung schenkte, außer er hatte etwas zu fressen in der Hand, aber kaum verließ er die Ranch, um eine schnelle Besorgung zu machen, könnte man fast den Eindruck bekommen, er hätte das arme Vieh fast ein Jahr lang allein gelassen.

Mit dem Ellbogen schob Asher die Tür auf, die abzuschließen er sich nie die Mühe machte, und trat ins dunkle Haus. Sams Gesicht, das dank Mutter Natur sowieso schon ziemlich traurig aussah, bekam einen noch Mitleid heischenderen Blick, während er Asher und den Neuankömmling mit einer Miene musterte, die Verachtung schon ziemlich nahekam.

»Ja, ich weiß. Ich war lange weg, und das hier sieht nicht nach einem Sack Hundefutter aus.«

Er kam sich wie ein Blödmann vor, dass er mit dem Tier redete, als wäre es ein Mitbewohner, aber nachdem Ned verschieden war, kam es ihm einfach zu ruhig vor, wenn er sich nicht gelegentlich mal unterhielt. Auch wenn diese Gespräche meist sehr einseitig waren.

Sam gähnte und schüttelte den Kopf, sodass seine Schlappohren und die Lefzen flogen, dann setzte er sich in Bewegung, als Asher den Schlüssel vom Wagen auf den Küchentisch fallen ließ und die Stammesgefährtin weitertrug.

Die Möglichkeiten, wo sie die Nacht verbringen konnte, waren genauso begrenzt wie die Unterkunft bescheiden war. Da war zum einen das Sofa im Wohnzimmer. Aber das Relikt hatte einen alten Noppenbezug, welcher mit zwei langen Streifen Isolierband verziert war, die über die gesamte Länge der abgenutzten Polster verliefen. Er wusste aus Erfahrung, dass das Teil weit davon entfernt war, bequem zu sein, und davon abgesehen nahm Sam es die Hälfte der Zeit für sich als Schlafstätte in Anspruch.

Gästezimmer gab es zwar reichlich – zum einen zwei am Ende des Flurs und zum anderen zwei in der langen, geräumigen Schlafbaracke im Anbau, der nach hinten raus ging –, aber sie waren leer bis auf ein paar halb fertige Möbelprojekte, die Ned schon vor Jahren aufgegeben hatte, als er nichts mehr sehen konnte, und allerlei Gerümpel, an dem der alte Mann gehangen hatte und das zu entsorgen Asher bisher nicht gekommen war.

Das bedeutete, dass der einzige Raum, den man ihr anbieten konnte, das Schlafzimmer war, das Asher seit Neds Tod nutzte.

Es bestand keine Notwendigkeit für Asher, das Licht anzuschalten. Im Dunkeln konnte er noch besser sehen, und plötzliche Helligkeit würde der Frau mit der Gehirnerschütterung, um die er sich nun kümmern musste, nur unnötige Schmerzen bereiten. Er legte sie auf die dünne Decke und achtete darauf, ihren Kopf ganz vorsichtig ins Kissen sinken zu lassen.

Ihr zufriedener Seufzer, als sie sich auf dem Bett ausstreckte, rührte an etwas tief Vergrabenem in seinem Innern. Mitgefühl und Anteilnahme waren nie sonderlich stark ausgeprägte Charaktereigenschaften von ihm gewesen, was angesichts seiner Herkunft wohl auch nicht weiter verwunderte. Das Zusammenleben mit Ned und den Tieren auf der Ranch hatte ihn im Laufe der Jahre etwas weicher gemacht, aber er war immer noch eine hundsmiserable Wahl, wenn es darum ging, sich um jemanden zu kümmern.

Das war wohl keine sonderlich rosige Aussicht für die Frau, denn vorerst – bis er für ihre sichere Unterbringung an einem anderen Ort gesorgt hatte – war er alles, was sie hatte.

Sein Blick ging zu dem Stammesgefährtinnenmal unter ihrem Kinn. Kein Wunder, dass es ihm vorher entgangen war. Der dunkle, faustförmige Bluterguss an ihrem Kiefer verbarg das kleine Mal jetzt fast ganz. Schon als er beobachtet hatte, dass drei große Männer ein wehrloses Opfer schlugen, war er von einer mörderischen Wut erfüllt gewesen. Doch nachdem ihm klar geworden war, dass es sich bei der Frau um eine Stammesgefährtin handelte, schoss erneut ein alles verzehrender Zorn in ihm hoch.

Er wollte sich gern damit beruhigen, dass ihn nichts von dem, was heute Nacht passiert war, etwas anging, doch gleichzeitig verspürte er den starken Drang, den Mistkerl zu finden, der ihren Tod befohlen hatte, und ihm eine Strafe zukommen zu lassen, wie es nur jemandem wie Asher möglich war. Den drei Verbrechern hatte er ein barmherziges Ende bereitet. Doch wenn er ihren Boss aufspürte, würde er ihm den verdammten Kopf abreißen und ihn als Kühlerfigur für Neds alten Pick-up benutzen.

Er hatte das Gefühl, dass ihm die Eliminierung tatsächlich Spaß machen würde. Und er würde es mit bloßen Händen tun und vollem Hautkontakt, denn er war sich sicher, dass Schmerz und Entsetzen des Mannes eine Erinnerung sein würden, in der er immer wieder schwelgen könnte.

Plötzlich hörte er hinter sich ein lautes Hecheln, und er merkte, dass Sam ihm wie selbstverständlich ins Schlafzimmer gefolgt war. Er drehte sich zu dem Hund um und sah, dass er die Frau, die in Ashers Bett lag, mit schräg geneigtem Kopf neugierig anschaute. In seinen großen braunen Augen meinte er einen Anflug von Überraschung zu erkennen, und gleichzeitig lag auch ein fragender Ausdruck in ihnen.

Ashers Mund verzog sich unwillkürlich zu einem Lächeln. »Wenn das ein Kommentar dahingehend sein soll, wie lange es her ist, seit wir weibliche Gesellschaft im Haus hatten, ist mir die Antwort darauf wohl bewusst … nie.«

Sam gab ein hohes, flehendes Winseln von sich.

»Ja«, brummte Asher. »Sie ist hübsch, aber gewöhn dich nicht an sie. Sie wird nicht bleiben.«

Ob er tatsächlich mit dem Hund redete oder vielleicht doch eher mit sich selbst, konnte er nicht sagen. So oder so würde er sich, nachdem er sich davon überzeugt hatte, dass es ihr an nichts fehlte und sie die Nacht überstehen würde, jetzt als Erstes ans Telefon hängen, um sie irgendwo anders besser unterzubringen, damit sie wieder auf die Beine kam. Vorzugsweise so weit wie möglich von Vegas – und ihm – entfernt.

Er schnappte sich den Hund, und gemeinsam verließen sie den Raum. Asher ließ Sam nach draußen, damit er sein Geschäft verrichten konnte, und ging dann an Neds alten Arzneimittelschrank im Badezimmer und wühlte in den alten Medikamenten. Ein Döschen mit einem rezeptfreien Schmerzmittel war seit Neds Ableben nicht mehr geöffnet worden. Die Tabletten waren vor einem Monat abgelaufen – aber besser als gar nichts.

Mit den Tabletten, einem Glas Wasser und einem feuchten Umschlag bewaffnet, den er in der Küche mit Eis gefüllt hatte, kehrte er ins Schlafzimmer zurück.

Wie er schon befürchtet hatte, war sie immer noch bewusstlos. Ihr Gesicht war um Wangen und Mund ganz bleich … so bleich, dass er sich einen Moment lang fragte, ob er die

Schwere ihrer Verletzungen unterschätzt hatte. Er hatte nur am Ende mitbekommen, was sie durch ihre Angreifer hatte erleiden müssen. Die große Beule an ihrem Kopf war schon schlimm genug, aber sie konnte sich auch etwas gebrochen – oder schlimmer noch – innere Verletzungen davongetragen haben.

Mit finsterer Miene stellte er das Glas und alles andere auf dem Nachttisch ab. Dann setzte er sich auf die Bettkante, um sie genauer in Augenschein zu nehmen. Sie hatte so viele Blutergüsse und Hautabschürfungen, dass er nicht recht wusste, wo er mit seiner Musterung beginnen sollte.

Er widerstand dem Drang, die Hand auf ihre Stirn zu legen, um zu überprüfen, ob sie Fieber hatte, und konzentrierte sich stattdessen auf ihre Atmung. Sie ging gleichmäßig und ruhig und wirkte nicht angestrengt. So vorsichtig wie möglich drückte er die kalte Kompresse gegen die aufgeschürfte Wange und die blau angelaufene Schläfe. Mit einem zusätzlichen Kissen sorgte er dafür, dass sie nicht wegrutschte, während sein Blick über ihren voll bekleideten Körper glitt.

Um herauszufinden, ob sie weitere Verletzungen hatte, die er nicht sehen konnte, würde er sie berühren müssen.

Doch so zielstrebig, wie sie vorhin davongelaufen war, konnte er wohl mit ziemlicher Sicherheit davon ausgehen, dass ihr Körper im Großen und Ganzen unversehrt war. Aber mit dem Adrenalin war das eine vertrackte Sache. Er hatte heute Nacht mehrmals Schmerz in ihren Augen gesehen, und er wollte sichergehen, dass der Zustand der taffen kleinen Kämpferin nicht schlimmer war, als er ohnehin befürchtete.

Er begann an ihren Knöcheln, strich mit den Händen über die in Jeans gehüllten Beine und glitt weiter langsam nach oben, wobei er sich auf die darunterliegende Knochenstruktur konzentrierte. Sie war zwar klein und zierlich, aber zugleich athletisch gebaut mit ausgeprägten Muskeln. Angesichts ihres zarten Körperbaus hatte er eigentlich gedacht, dass sie dünn sein würde, doch als sich seine Hände und Finger über ihre Hüften und andere unter der Kleidung verborgene Rundungen bewegten, stürmten unerwünschte Fantasien auf ihn ein, wie sie wohl ohne die viel zu großen Klamotten aussehen würde, unter der sie die Frau verstecken wollte.

Keine gute Idee, seine Gedanken in diese Richtung abschweifen zu lassen …

Doch er stellte sich bereits vor, wie sie wohl tatsächlich aussah … fragte sich, wie weich ihre wunderschöne Haut sich anfühlen würde, was für ein Gefühl es wäre, sie mit seinem Mund zu berühren … mit seinem nackten, wogenden Körper.

Verfluchter Mist.

Er biss die Zähne zusammen und verbannte die Gedanken mit aller Macht aus seinem Kopf.

Es wäre wohl am besten, wenn er auf eine Fortsetzung der Untersuchung verzichtete. Wenn sie sich etwas gebrochen haben sollte oder andere Verletzungen hatte, würde er halt warten müssen, bis sie wieder zu sich kam und ihm sagte, was ihr fehlte. Jetzt musste er sie erst einmal dazu bringen, diese herrlichen sherryfarbenen Augen zu öffnen, sich aufzusetzen und das Schmerzmittel zu nehmen, das er ihr gebracht hatte.

»Zoe, kannst du mich hören?« Sie reagierte mit einem leisen Stöhnen und zog die Augenbrauen zusammen. »Öffne deine Augen für mich. Du musst jetzt aufwachen.«

Als sie den Kopf auf dem Kissen wegdrehte, griff er nach der rutschenden Kompresse. Doch im selben Moment fuhr ihr Kopf wieder herum, sodass ihre Wange plötzlich an seiner flachen Hand lag.

Beim Kontakt von Haut an Haut durchzuckte es ihn, als wäre er von einem Blitz getroffen worden.

Auf einen Schlag öffneten sich ihre Augen, als hätte auch sie den Schub von Energie gespürt.

Einen Moment lang – ein Moment, der eine ganze Ewigkeit zu währen schien – sahen sie einander tief in die Augen. Sie murmelte etwas mit ihrer rauen, vom Schlaf belegten Stimme, doch er hörte sie nicht. Er saß längst nicht mehr neben ihr auf der Bettkante, sondern war durch Raum und Zeit an einen anderen Ort katapultiert worden, während schmerzhafte Erinnerungen an seinem Verstand zerrten.

Ihre Erinnerungen.

Gänzlich eingetaucht in den Moment mit seinen Bildern, Geräuschen und Gefühlen, nahm er alles so wahr, wie sie es damals erlebt hatte. Es war eine der schlimmsten Erfahrungen in ihrem jungen Leben gewesen ... und sie schluchzte. Die Kleinmädchentränen erstickten sie fast, während sie mitten in einer verwahrlosten Einzimmerwohnung saß und einen rosafarbenen Teddybär an ihre Brust drückte.

»Mama, bitte geh nicht! Warum kannst du heute Abend nicht bei mir zu Hause bleiben?«

Eine elegante, junge Japanerin, die ein rotes Seidenkleid und Sandaletten mit schmalen Absätzen trug, kam aus dem Badezimmer und hockte sich hin, sodass sie und das kleine Mädchen auf Augenhöhe waren. Die Frau war wunderschön. Ihr zartes Gesicht wurde von langem, glänzend schwarzem Haar eingerahmt. Dunkel geschminkte braune Augen beherrschten ihre Züge, und auf ihren Lippen lag heute Abend ein so glänzender, roter Lippenstift, dass sie wie Glas aussahen.

»Aber Narumi, hattest du Mami nicht versprochen, heute Abend nicht zu weinen?« Sie lächelte, doch das Lächeln erreichte nicht ihre Augen. »Du weißt, wie schwer ich arbeite. Verdient Mami es da nicht, ab und zu mit anderen Erwachsenen auszugehen, um ein bisschen Spaß zu haben?«

Das kleine Mädchen seufzte und nickte zaghaft. »Das schon. Aber ich mag deinen neuen Freund nicht. Das letzte Mal hat er deinem Gesicht wehgetan.«

Das hübsche Lächeln verblasste. Die Frau hob eine schlanke Hand an die Stelle unter ihrem linken Auge, wo ein blauer Fleck trotz des Make-ups, das sie aufgelegt hatte, immer noch zu erahnen war. Mami hatte einen neuen Ring am Finger, seit es passiert war. Der tiefrote Stein glitzerte, als sie sich mit dem Finger über die Wange strich.

»Mach dir um Mami keine Sorgen, okay? Ich bin ein großes Mädchen. Ich weiß, was ich tue. Ich brauche niemanden, der auf mich aufpasst, ja? Und du auch nicht, mein Mäuschen. So, und jetzt tu mir den Gefallen und mach dich bettfertig. Ich verspreche, dass ich wieder zu Hause bin, ehe du morgen früh wach wirst.«

»Nein, bist du nicht«, kam die leise Beschuldigung, die mit rauer, schmerzender Kehle hervorgestoßen wurde.

Ein Seufzer war die einzige Antwort. Die junge Frau beugte sich vornüber, und ihre roten Lippen fühlten sich kühl und klebrig auf der Stirn ihrer Tochter an. Dann stand sie auf und strich ihr Kleid glatt. Sie blieb noch einmal kurz vor dem Spiegel stehen, um einen letzten Blick hineinzuwerfen, ehe sie zu der ramponierten, alten Tür glitt.

»Ich hab dich lieb, mein Schatz.«

Sie eilte zur Tür hinaus, und man hörte das Klicken ihrer hohen Absätze auf der Stahltreppe des Wohnhauses, während ihre verängstigte Tochter zum Fenster lief, zwischen lumpigen Vorhängen hindurch die große, schwarze Limousine beobachtete, die unten stand, und inständig hoffte, dass der böse Mann im Wagen ihrer Mami nicht wieder wehtun würde.

Ashers zischend ausgestoßener Fluch hallte laut in der Stille des Schlafzimmers wider. Die erwachsene Ausgabe des schluchzenden, verängstigten Kindes war längst wieder einge-schlafen. Jetzt war er froh darüber. Es erleichterte ihn, dass er nicht mehr ihrem Blick ausgesetzt war, während er die Hand von ihrem Gesicht nahm und aufstand.

Sein Herz hämmerte genauso schmerzhaft, wie es das ihre getan hatte. Kummer und Wut schnürten ihm die Kehle zu und gingen mit Angst und Einsamkeit einher, unter der das Kind offensichtlich ständig gelebt hatte.

Das war fast mehr, als er ertragen konnte. Wie sie es ge-schafft hatte, in so jungen Jahren mit der Wucht solch starker Emotionen fertigzuwerden, war ihm schleierhaft.

Er trat vom Bett weg und betrachtete ihre schlafende Ge-stalt. Er würde später wiederkommen, um sie aufzuwecken und ihr das Schmerzmittel zu geben. Jetzt brauchte er erst einmal frische Luft.

Er brauchte ein paar Minuten Raum, um zu atmen – zumin-dest, bis die Woge der Emotionen, die von Zoe – oder eher Na-rumi – ausgegangen war, sich wieder legen konnte.

4

Naomi erwachte, als jemand, der neben dem Bett saß, immer wieder mit einem warmen, feuchten Lappen ihre ausgestreckte Hand wusch.

Dieser Lappen kitzelte und roch intensiv nach Hundenahrung.

Mühsam zog sie ein Augenlid hoch und wartete darauf, dass der stechende Kopfschmerz zurückkam, wie es die ganze Nacht über gewesen war, doch das quälende Dröhnen in ihrem Schädel blieb aus. Da war weder das Gefühl, ihr ganzer Kopf bestünde nur aus Watte, noch eine Woge von Übelkeit, die einen ganz benommen machte. Welch eine Erleichterung. Die schlimmsten Attacken, die in ihrem Kopf getobt hatten, nachdem sie Schläge von Slaters Handlangern hatte einstecken müssen, waren endlich vorbei.

Sie konnte jetzt wieder alles deutlich erkennen, und ihr ganzes Blickfeld wurde von schnaufenden Lefzen und forschend blickenden großen braunen Augen eines riesigen gelblichen Hundes ausgefüllt, der sie von der Seite des Bettes beschnupperte.

»Oh, hallo.« Sie runzelte die Stirn und versuchte zu schlucken, obwohl ihr Mund ganz ausgetrocknet war. »Wer bist du denn? Der Therapiehund des Krankenhauses?«

Das Tier reagierte auf die Ansprache mit einem begeisterten Wedeln des buschigen Schwanzes und begann leise zu winseln, während es versuchte, noch dichter an sie heranzukommen, und dabei förmlich ins Bett kletterte.

»Das ist Sam«, antwortete eine tiefe, körperlose Stimme, denn der riesige Hund versperrte ihr den Blick auf alles andere im Raum.

Aber sie kannte dieses tiefe Brummen. Sie hatte es fast die ganze Nacht lang in ihren Träumen gehört. Immer wieder – mindestens ein Dutzend Mal – war sie von dieser Stimme aufgefordert worden, die Augen zu öffnen. Ein bisschen hatte es sie an einen Oberfeldwebel erinnert, der seine Rekruten herumkommandierte, während sie doch nur schlafen wollte – und das am liebsten mehrere Tage lang.

Asher. Sie erinnerte sich an den ungewöhnlichen Namen. Und obwohl sie es nicht wollte, hatte sie auch sein kantig-schönes Gesicht immer noch vor Augen … die gemeißelten Wangen und den kräftigen Kiefer. Ein Anblick, der das Blut in ihren Adern ein bisschen schneller fließen ließ.

Was zum Teufel machte er bei ihr im Krankenhaus?

Und dann ging es ihr plötzlich auf – sie lag überhaupt nicht in einem Bett in der Notaufnahme eines Krankenhauses. Sie befand sich im Schlafzimmer eines kleinen Hauses. Eines Hauses, das offensichtlich dem gefährlichen Stammesvampir gehörte, der Gordo und seine beiden Kumpane in Geierfraß verwandelt hatte.

Sie hatte die Nacht im Bett des großen Vampirs verbracht.

»Oh mein Gott.« Hastig rutschte sie ans Kopfteil des Bettes zurück und zog die Knie an die Brust. Die abrupte Bewegung zusammen mit wachsender Angst ließ ihre Schläfen pochen, doch sie hatte im Moment größere Probleme als eine Beule am Kopf. Sie starrte ihn über den grinsenden und sabbernden Kopf des Höllenhundes hinweg an, der es endlich geschafft hatte, mit allen vier Pfoten auf dem Bett zu stehen.

»Was hast du mit mir gemacht?« Panisch tastete sie ihren Hals ab, um festzustellen, ob er unversehrt war. Das war er.

Aber jetzt starrten er und der große Hund sie an, als hätte sie den Verstand verloren. »Du hattest letzte Nacht gesagt, du würdest mich ins Krankenhaus bringen.«

Er trat weiter in den Raum hinein. In der Hand hielt er einen Becher, von dem Dampf aufstieg. »Ja, das habe ich.«

»Du hast mich belogen.« Überraschte sie das tatsächlich? Sie sollte eigentlich wissen, dass man Männern nicht trauen durfte. Warum hatte sie es also getan? Warum hatte sie sich – und ihr Leben – einem Mann anvertraut, der erwiesenermaßen ein Killer war? Ein verdammter Vampir, um Himmels willen. »Ich bin weg.«

Sie schwang die Beine auf der anderen Seite über die Bettkante und stand auf. Keine gute Idee. Die Benommenheit war sofort wieder da. Zwar nicht so schlimm wie in der Wüste, aber es reichte, um sie auf der Stelle zurück aufs Bett plumpsen zu lassen.

»Du gehst nirgends hin«, stellte er ruhig fest. »Und ich habe nichts mit dir gemacht, sondern nur dafür gesorgt, dass du es bequem hast und sich deine Kopfverletzung nicht über Nacht verschlimmert.«

»Aber klar doch«, erwiderte sie höhnisch. Sie war viel zu wütend, um sich Gedanken darüber zu machen, dass sie ihn erzürnen könnte. »Erzählst du das all den unglückseligen Frauen, die du dir greifst und in deine Höhle hier schleppst?«

»Meine Höhle?« Seine haselnussbraunen Augenbrauen zuckten, als er sich in dem sparsam möblierten Zimmer mit dem selbst gebauten Himmelbett und den klobigen Nachttischchen umsah. Am Fußende des breiten Doppelbetts stand eine Kommode mit einem alten Fernseher darauf, der schon vor zehn Jahren antik gewesen war.

Nicht unbedingt das klassische Horrorhaus, aber was wusste sie schon über Stammesvampire? Die meisten vernünftigen

Menschen hatten sich in den letzten zwanzig Jahren, seit die Vampire nicht mehr im Verborgenen unter ihnen lebten, von der altmodischen Sicht auf sie verabschiedet.

Und ihre Erfahrungen mit Stammesvampiren waren nicht groß. So hatte sie es gewollt.

Und so sollte es auch bleiben – vor allem nachdem sie letzte Nacht mit eigenen Augen gesehen hatte, wie gefährlich Asher war.

Jetzt musste sie also nur den nächsten Ausgang finden.

Sie versuchte wieder aufzustehen, aber das Kalb von einem Hund hatte sich klammheimlich an sie herangerobbt und seinen großen Kopf auf ihren Schoß gelegt. Sie seufzte. Es fiel ihr schwer, dem flehenden Blick zu widerstehen, mit dem er sie anbettelte, ihn zu streicheln. Widerwillig kraulte sie ihn hinter den Schlappohren und unter dem Kinn mit den ausgeprägten Hängebacken.

Sie merkte, dass Asher sie von der anderen Seite des Zimmers beobachtete. »Du magst Hunde?«

»Natürlich. Was für ein Scheusal muss man sein, um sie nicht zu mögen?« Sie schaute über die Schulter und bemerkte seinen mürrischen Blick. »Er gehört dir?«

Er schüttelte den Kopf. »Es ist Neds Hund.«

»Wer ist Ned?«

»Ein Freund. Er ist letztes Jahr gestorben und hat mir seine Ranch hinterlassen.«

Naomi zog die Schultern hoch und legte den Kopf auf die Seite. »Es tut mir zwar wahnsinnig leid, aber ich muss dir leider mitteilen, dass Sam jetzt dein Hund ist, Asher.«

Kobaltblau. Das war die Farbe von Ashers Augen. Letzte Nacht in der Wüste hatte sie es nicht richtig erkennen können. Es war zu dunkel gewesen, und sein Blick hatte zu sehr geblitzt. Seine Augen hatten von dem Moment an, als er auf der

Bildfläche erschienen war und sich die Männer vorgenommen hatte, welche sie hatten leiden lassen, wie Kohlen geglüht.

Er beobachtete, wie sie den in Glückseligkeit schwelgenden Hund weiterstreichelte und -kraulte. Diese tiefblauen Augen schienen bis auf den Grund ihrer Seele schauen zu können, und das fühlte sich nach allem, was letzte Nacht passiert war, seltsam vertraut an. Sein Blick war intensiv und viel zu intim.

»Ich glaube, du hast gerade einen Freund fürs Leben gewonnen«, sagte er, und um seine Mundwinkel spielte ein schiefes Lächeln. Es war auch ein sehr nettes Lächeln. Die Ecken und Kanten seiner strengen Züge veränderten sich dadurch so, dass sich ihr Bauch wie bei einer Achterbahnfahrt zusammenzog.

Sofort ließ sie den Hund los und verschränkte die Arme vor ihrem vom Schlaf zerknitterten Kapuzenpullover. Verdammt, sie wollte sich nicht für diesen Mann erwärmen – diesen gefährlichen Fremden. Und für seinen Hund übrigens auch nicht.

»Hast du ein Telefon, das ich mal kurz benutzen könnte?«

Ashers Lächeln verschwand. »Was willst du damit?«

»Ich muss jemanden anrufen und mich abholen lassen. Du hast letzte Nacht selbst gesagt, dass ich zum Arzt muss.«

Er schüttelte den Kopf. »Du kommst wieder in Ordnung. Die Gehirnerschütterung hätte schlimmer sein können. Was du jetzt brauchst, ist Ruhe und was zu essen.«

Er hielt ihr den Becher hin. Bis zum Rand war er mit einer wässrigen gelben Brühe gefüllt, in der helle Nudeln, winzige Stücken Karotte und fades, in Würfel geschnittenes, weißes Fleisch schwammen.

»Was ist das?«

»Frühstück. Ich weiß vom Zusammenleben mit Ned, dass Menschen es gewohnt sind, am Morgen etwas zu essen. Leider sind in den Küchenschränken nur noch wenige von seinen Essensvorräten. Ich habe eine Dose entdeckt, deren Mindesthaltbarkeitsdatum erst in ein paar Wochen endet. Ich glaube nicht, dass du davon eine Lebensmittelvergiftung bekommst.«

Wow, wie konnte man nach so einer appetitlichen Schilderung die Suppe ablehnen? Aber seine mit ausdrucksloser Miene zum Frühstück angebotene Hühnersuppe aus der Dose war ernst gemeint. Er hatte tatsächlich mit Bedacht, ja in der Tat fürsorglich etwas für sie gekocht, wenn seine ernste Miene diesen Rückschluss zuließ.

Trotzdem musste sie los. Es gab Leute, die sie beruhigen musste, damit diese nicht glaubten, sie wäre mit einer Kugel im Kopf mitten in der Mojave verscharrt worden. Der arme Michael war bestimmt vor Sorge schon ganz außer sich, weil sie heute Morgen immer noch nicht wieder zu Hause war und sich auch nicht bei ihm gemeldet hatte.

Hoffentlich war er nicht so beunruhigt, dass er sie als vermisst meldete.

Das konnten sie nun wirklich nicht brauchen, dass die Polizei bei ihnen auftauchte und anfing herumzuschnüffeln.

Dieser Gedanke bestärkte sie nur in dem Wunsch, so schnell wie möglich von hier weg- und nach Las Vegas zurückzukommen.

Sanft wehrte sie den Becher ab, den Asher ihr reichen wollte, und schüttelte den Kopf. »Danke, dass du daran gedacht hast, aber ich habe wirklich keinen Hunger.«

Sie schob den schnarchenden Hund von ihrem Schoß und zwang sich aufzustehen. Dieses Mal klappte es gar nicht mal so schlecht. Sie musste es einfach ein bisschen langsamer angehen lassen.

»So, was ist jetzt mit dem Telefon?«, fragte sie Asher. »Ich habe da jemanden, der darauf wartet, von mir zu hören, und ich sollte mich wirklich auf den Weg machen, ehe er eine Such-mannschaft losschickt. Er macht sich immer Sorgen, wenn ich eine Stunde lang nicht zu erreichen bin, ganz zu schweigen von einer ganzen Nacht.«

Ashers Miene verfinsterte sich immer mehr, je länger sie re-dete. »Setz dich hin. Du solltest dich noch ausruhen. Es ist zu früh für dich, jetzt schon aufzustehen.«

»Nein, ist es nicht.« Sie breitete die Arme aus, als wolle sie demonstrieren, wie viel besser sie sich fühlte, und tänzelte so-gar ein bisschen, trotz des Schwindels, der sich dabei sofort einstellte. »Siehst du? Ich bin schon zu neunundneunzig Pro-zent wieder auf dem Damm.«

»Ich sagte, setz dich hin, Narumi.«

Sie erstarrte, jeder Muskel in ihrem Körper zog sich zusam-men, jede einzelne Zelle hallte vor Entsetzen beim Klang die-ses Namens aus seinem Munde.

Ihr ältester Name. Der Name, den zu benutzen sie sich seit dem Tod ihrer Mutter, als sie acht Jahre alt gewesen war, ge-weigert hatte.

»Wie hast du mich gerade eben genannt?«

Er stellte den Becher auf dem Nachttisch ab. »Das ist doch dein Name, nicht wahr? Nicht Zoe, sondern Narumi.«

»Nein.« Sie leugnete es mit einem energischen Kopfschüt-teln. »Nein, das ist nicht mein Name. Aber du hast recht – ich heiße auch nicht Zoe. Mein Name ist Naomi. Den anderen Na-men habe ich eine sehr lange Zeit nicht mehr benutzt. Ich mag ihn nicht hören. Tatsächlich gibt es nur eine einzige andere Person außer meiner Mutter, die diesen Namen kennt, und das bist ganz gewiss nicht du.«

»Sprichst du von Michael?«

Als hätte der erste Schlag sie nicht schon genug schockiert … und jetzt das?

»Woher weißt du so viel über mich? Was zum Teufel geht hier vor sich?«

»Zum einen redest du im Schlaf«, erwiderte er ruhig. »Was nicht weiter erstaunt, wenn man bedenkt, wie viel du redest, wenn du wach bist.« Als sie ihn leicht erzürnt anschaute, fuhr er fort: »Du hast den Namen deines Mannes mehrmals erwähnt, als ich dich während der Nacht versorgt habe. Und dann auch einmal kurz bevor du in der Wüste das Bewusstsein verloren hast. Da warst du ebenfalls ganz benommen.«

Zwar hatte sie irgendwie das Gefühl, es richtigstellen zu müssen, dass Michael nicht »ihr Mann« war, andererseits war das ein weiterer Aspekt ihres Lebens, der ihn überhaupt nichts anging. Doch es war der andere Einblick, den er in ihr Leben zu haben schien, der sie viel mehr beunruhigte.

»Woher weißt du, wie ich heiße? Kennst du ... kanntest du meine Mutter?«

»Nein.«

»Kennst du Leo Slater?«

Seine Brauen zogen sich noch stärker zusammen. »Nein. Ihn kenne ich auch nicht, aber ich habe seinen Namen schon mal gehört.«

»Im Umkreis von zweihundert Meilen um Las Vegas herum kennt jeder seinen Namen«, gab sie mit eisiger Stimme zurück.

»Ja«, stimmte er ihr zu, während er sie weiter misstrauisch und durchdringend musterte. »Ist er der Kasinoboss, den du letzte Nacht bestehlen wolltest?«

Er musste ihr Schweigen wohl als Bestätigung aufgefasst haben, was es ja auch war. Er stieß einen zischenden Fluch aus und rieb sich mit der Hand über das stoppelige Kinn. »Was hat Leo Slater mit deiner Mutter zu tun?«

»Nichts. Vergiss einfach, dass ich die beiden erwähnt habe.«

Er reagierte mit einem grimmigen Lachen. »Da bittest du mich um zu viel, Naomi.«

Sie hob das Kinn. »Sag mir, woher du meinen anderen Namen kennst. Ich denke, das zumindest schuldest du mir, oder nicht?«

Einen Moment lang war sie nicht sicher, ob er überhaupt antworten würde. Er schien tief in eigene Gedanken versunken zu sein, während er auf der anderen Seite des Bettes auf und ab ging und Sam wie ein Toter zwischen ihnen schlief.

»Jeder Stammesvampir wird mit einer übersinnlichen oder anderen übernatürlichen Fähigkeit geboren, die ihn einzigartig macht«, erklärte er. Sie nickte, denn sie war nicht ganz so unwissend, was seine Spezies anging, wie sie es gern gewesen wäre. »Meine Gabe – ich nenne sie mal so, obwohl der Begriff es nicht ganz trifft – ist die Fähigkeit, die erinnerten Sinneswahrnehmungen eines anderen zu erfahren, wenn ich ihn anfasse. Allerdings sind es nur die schmerzlichsten Erinnerungen, zu denen ich Zugang erlange. Die Traumata. Die Momente größter Angst und Qual. Die Erinnerungen verschwinden nicht wieder. Wenn ich sie einmal gespürt habe, bleiben sie für immer.«

»Es tut mir leid, Asher. Ich weiß nicht … ich kann nur erahnen, wie das für dich sein muss.« Naomi sah ihn an, und Ärger und Entrüstung, die sie eben noch gefühlt hatte, wurden etwas weniger. Sie konnte sich nichts anderes vorstellen, was so schrecklich war – dazu verflucht zu sein, die schlimmsten Erfahrungen eines anderen ertragen zu müssen und ihnen nie wieder entfliehen zu können.

Das bedeutete, dass er jetzt auch einen Teil ihres Schmerzes kannte.

»Du hast mich letzte Nacht angefasst?«

»Nicht mit Absicht. Ich bin vorsichtig.« Er presste die Lippen aufeinander und stieß dann einen weiteren scharfen Fluch aus. »Als ich letzte Nacht zu dir kam, um dir Wasser und ein Schmerzmittel zu geben, wurdest du unruhig. Du hast deinen Kopf auf dem Kissen hin und her geworfen, und da habe ich … die Hand nach dir ausgestreckt. Einen Moment lang habe ich dein Gesicht berührt.«

Sie sah ihn mit starrem Blick an und erinnerte sich wie im Traum an all die Male, die er nach ihr gesehen hatte, sie sanft geweckt hatte, um sicherzugehen, dass es ihr nicht schlechter ging und es ihr an nichts fehlte.

»Was hast du gesehen?« Allmächtiger, sie hasste es, wie dünn ihre Stimme klang … wie schwach und ängstlich.

»Du warst noch sehr jung … ich schätze mal vier oder fünf. Du warst mit deiner Mutter in einer Einzimmerwohnung. Sie trug ein rotes Seidenkleid und bereitete sich auf ein Date mit jemandem vor, der draußen in einer Limousine auf sie wartete.«

Naomi stieß den angehaltenen Atem aus, der ihrem Mund laut zischend entwich. »Ich erinnere mich an den Abend. Es war nicht der erste oder der letzte. Und ich erinnere mich an das rote Kleid.«

»Du hast sie angefleht, nicht zu gehen«, fuhr Asher fort. Seine tiefe Stimme klang ruhig und ernst. »Du mochtest ihren neuen Freund nicht, weil er sie misshandelte. Obwohl du noch so jung warst, hast du es dennoch erkannt. Und du hast geweint. Du machtest dir Sorgen um sie und hattest Angst, allein gelassen zu werden.«

Naomi spürte, wie all die Gefühle wieder in ihr hochkamen, sodass sie kaum noch atmen konnte. Sie erinnerte sich an jede Einzelheit jenes Moments. Sie erinnerte sich, gedacht zu haben, dass ihre Mutter eines Abends nicht mehr zurückkommen würde.

Und schließlich – eines Abends – war es tatsächlich so gewesen.

Sie atmete tief ein und verdrängte die Erinnerung, ehe sie sich noch schwächer fühlte, weil es ihr nicht gelungen war, ihre Mutter zu beschützen. Die Einzige, die sich je um sie gesorgt hatte, sie geliebt hatte. Zumindest bis Michael aufgetaucht und ihr der Bruder geworden war, den sie nie gehabt hatte. Während der gemeinsamen Zeit auf der Straße – Waisenkinder, die Touristen bestahlen und alles taten, um über die Runden zu kommen – wuchsen sie zu einer unkonventionellen kleinen Familie von Außenseitern zusammen.

Und keiner von denen, die sie liebte, würde je wieder stehlen oder alles Mögliche tun müssen, um zu überleben, solange Naomi da ein Wörtchen mitzureden hatte.

Das bedeutete, dass sie wirklich nach Vegas zurück musste, und zwar schleunigst.

Sie strich ihre zerknitterte Kleidung und das zerzauste Haar glatt, während sie ums Bett herumging und dann auf die offene Tür zusteuerte. Sie machte sich nichts vor – sie würde Asher nicht davonlaufen können, doch sie hoffte, dass er vielleicht geneigt sein würde, ihr den Telefonanruf zu gestatten, wenn sie ihm demonstrierte, wie standfest sie wieder war.

Sie räusperte sich. »Das ist jetzt wohl der Moment, in dem ich mich bedanke oder für die Erinnerungen entschuldige, um mich dann auf den Weg zu machen. Leider hat Gordo aber mein Handy zusammen mit meinem Ausweis in einen Mülleimer beim Kasino geworfen. Deshalb meine Frage: Hast du hier draußen einen Festnetzanschluss oder vielleicht ein Satellitentelefon?«

Sie machte noch einen Schritt auf die Schwelle zu, aber plötzlich fiel die Tür von ganz alleine zu. »Allmächtiger.«

Sie wirbelte herum und stellte fest, dass Asher immer noch

mit undurchdringlicher Miene ein paar Meter hinter ihr stand. Doch seine tiefblauen Augen sahen sie ernst und entschlossen an. »Wir müssen reden, Naomi.«

»Ich dachte, das hätten wir gerade getan.« Sie schluckte, behielt aber die Fassade schnippischen Selbstbewusstseins bei. »Das war alles sehr schön, Asher, aber es gibt Leute, die darauf warten, dass ich nach Hause komme, also danke, dass du mich jetzt gehen lässt.«

Er rührte sich nicht vom Fleck. »Du hast ein Mal unter dem Kinn, Naomi.«

»Ich habe am ganzen Körper Male. Das habe ich Gordo und seinen widerlichen Kumpanen zu verdanken«, schnaubte sie und tat so, als hätte sie ihn nicht verstanden, obwohl ihre Angst immer größer wurde.

Aber Asher machte bei ihrem Spielchen nicht mit. Nein, dem Stammesvampir war es todernst mit der Sache. »Ich spreche von dem Zeichen. Der Träne und dem Halbmond. Ich spreche davon, dass du eine Stammesgefährtin bist.«

Sie schüttelte den Kopf, als könne sie damit das Muttermal und das, was es bedeutete, leugnen.

»Du bist eine Stammesgefährtin«, beharrte er. »Eine von den wenigen Frauen auf diesem Planeten, die mehr sind als Sterbliche, die mehr sind als nur Menschen.«

Naomi schluckte krampfhaft. Sie war bereits zwölf gewesen, als sie erfuhr, dass das ungewöhnliche Muttermal sie von anderen Mädchen unterschied. Sie hatte immer gedacht, einfach nur Glück zu haben, dass sie nie krank wurde – ja noch nicht einmal einen Schnupfen bekam –, und hatte gemeint, von Natur aus stark und widerstandsfähig zu sein.

Erst als sie zum dritten oder vierten Mal in eine andere Pflegefamilie kam, lernte sie ein Mädchen kennen, das das gleiche Symbol am Körper trug. Jessamines Mal befand sich auf ihrem

Bauch und versteckte sich zwischen Massen von Sommersprossen, die den größten Teil der hellen Haut der hübschen Rothaarigen zierten.

Jessie wusste über Dinge Bescheid, von denen Naomi noch nie gehört hatte. Dinge, die ihre Mutter ihr über die Stammesvampire und die besondere Bedeutung, die Frauen mit diesem Mal für jene hatten, zugeraunt hatte. Dass nur Stammesgefährtinnen in der Lage waren, Vampiren Nachkommen zu schenken, und dies auch nur, nachdem eine gegenseitige Blutsverbindung mit einem Stammesvampir hergestellt worden war – eine Beziehung, die auf dem Band basierte, welches das vereinte Paar über Körper, Herz und Gefühl ein Leben lang zusammenhielt. Und dies kam bei einem verbundenen Paar einem »bis in alle Ewigkeit« schon sehr nah.

Genau wie die Stammesvampire verfügten auch Stammesgefährtinnen über einzigartige Talente und Fähigkeiten. Jessie konnte Stürme und andere Wetterunbilden nach Belieben heraufbeschwören. Naomis Gabe war längst nicht so Ehrfurcht gebietend, hatte sich aber im Laufe der Jahre als nützlich erwiesen.

Jüngst wieder letzte Nacht in Leo Slaters Kasino.

Aber das würde ihr nicht helfen, mit dem Furcht einflößenden Stammesvampir fertigzuwerden, der sie aus nur einem Meter Entfernung durchdringend musterte.

»Du bist eine Stammesgefährtin, Naomi. Und für mich als Stammesvampir bedeutet dies, dass die Ehre es mir gebietet, dich zu beschützen – zumindest bis du in der Obhut von Leuten bist, die dabei helfen, dass dir nichts passiert.«

»Die Ehre gebietet es dir, mich zu beschützen?« Sie stieß ein beklommenes Lachen aus. »Tja, wenn es nur darum geht, dann ist ja alles gut. Ich entbinde dich hiermit von dieser Verpflichtung. Damit wäre das also geklärt.«

»Es ist nicht so einfach.«

»Doch, Asher. Das ist es.« Während sie schon all die Argumente sammelte, mit denen sie ihn zu überzeugen hoffte, drang auch der Rest von dem, was er gesagt hatte, zu ihr durch. »Warte mal 'nen Moment. Was meinst du damit ... bis ich in der Obhut von Leuten bin, die dabei helfen, dass mir nichts passiert? Was für Leute?«

»Der Orden.«

»Was?« Sie sah ihn mit weit aufgerissenen Augen an und schwankte zwischen Wut und Fassungslosigkeit. »Mit dem Orden meinst du diese Krieger, bei denen es sich um die gefährlichsten und stärksten Stammesvampire handelt, die Mutter Erde besiedeln, seit ... nun ja, wohl seit auch du deinen Fuß auf diesen Planeten gesetzt hast?«

Ein Lächeln zuckte um seine Mundwinkel. »Eigentlich waren sie zuerst da. Hunderte von Jahren, bevor ich geschaffen wurde. Und als Spezies sind die Stammesvampire schon viel länger hier ... Tausende von Jahren.«

»Egal«, gab sie aufgebracht, wenngleich auch ein wenig nervös zurück. »Auf eine Geschichtsstunde kann ich verzichten. Worauf ich nicht verzichten kann, Asher, ist, dass du mich auf der Stelle gehen lässt. Sofort!«

Ihre Stimme war mit jedem Wort lauter geworden, sodass Sam sich aufsetzte und sie mit auf die Seite gelegtem Kopf anschaute. Sie bedachte den Hund und dessen widerspenstigen Besitzer mit einem wütenden Blick.

»Dafür ist es zu spät«, informierte Asher sie gelassen. »Ich habe den Orden bereits über einen alten Freund von mir, der mit ihm in Verbindung steht, über die Situation informiert. Man wird sich bald bei mir melden, um alles für deinen Transport in ein Safehouse in einem Dunklen Hafen zu arrangieren.«

Allmächtiger, er meinte es wirklich todernst. Er war fest entschlossen, sie mit seiner verqueren Vorstellung von Schutz platt zu walzen, egal, was sie sagte oder wollte.

»Nein. Das ist verrückt. Du bist verrückt, wenn du meinst, du könntest mich in diesem Zimmer einsperren und gefangen halten, bis ... bis wann? Bis du oder deine Freunde vom Orden mich an einen Ort verfrachten, den ich nicht kenne und zu dem ich auch nicht will?« Sie verschränkte die Arme vor der Brust und schäumte mittlerweile vor Wut. »Weißt du was? Da gibt's ein Wort für. Man nennt es Entführung.«

Er machte einen Schritt auf sie zu und dann noch einen, bis er keine dreißig Zentimeter mehr von ihr entfernt war und der Raum vor ihren Augen immer kleiner zu werden schien, je dichter Asher auf sie zukam. Sein großer Körper strahlte Hitze aus und diesen würzigen, köstlichen Duft, der auch an der Decke und dem Laken im Bett hing und sie fast die ganze Nacht in den Wahnsinn getrieben hatte.

»Ich habe ein eigenes Leben, Asher. Da sind Leute, die mir etwas bedeuten und in Vegas auf mich warten. Ich will zu ihnen zurück. Ich will jetzt zurück.«

Er schüttelte den Kopf ganz langsam, und erste Anzeichen von Bedauern zeichneten sich in seinem entschlossenen Blick ab. »Es tut mir leid, Naomi. Was du willst, ist zurzeit nicht machbar. Wir wissen beide, dass es einen mächtigen Mann in der Stadt gibt, der deinen Tod will. Ich kann dich nicht dorthin zurückkehren lassen, wo du dich erneut der Gefahr aussetzt, umgebracht zu werden.«

»Ich kann das selbst regeln.«

»Das könnte sein«, erwiderte er und klang jetzt fast ein bisschen sanft. »Aber du bist zu kostbar, um dieses Risiko einzugehen.«

Meinte er zu kostbar für die Stammesvampire oder etwas anderes? Angesichts der Art und Weise, wie er sie anschaute, war sie sich da nicht sicher. Seine tiefe, sanfte Stimme sorgte dafür, dass das Blut heiß durch ihre Adern strömte und etwas tief in ihrem Innern freigesetzt wurde. Eine süße Sehnsucht.

Sie wich vor ihm zurück, denn sie brauchte den Raum, um zu atmen. »Ich will mit Michael reden. Ich muss ihn sehen, Asher. Du kannst mich nicht von der einzigen Familie, die ich habe, fernhalten!«

Wut und Verzweiflung stiegen in ihr auf und brachten ihre Augen zum Brennen. Tränen sammelten sich darin, aber sie hielt sie entschlossen zurück, denn sie wollte noch nicht einmal den Versuch machen, dadurch sein Mitgefühl zu gewinnen. Immer vorausgesetzt, der hünenhafte Vampir besaß überhaupt rudimentäre Ansätze von Mitgefühl. Stattdessen sah sie trotzig zu ihm auf.

Beim Anblick der Gefühle, die in ihr aufstiegen, verhärtete sich seine Miene eher noch. Er stieß einen langen Seufzer aus. »Du kannst dich mit deinem Michael oder jedem anderen, den du magst, in Verbindung setzen … sobald du in der Obhut des Ordens bist und ich nicht mehr die Verantwortung für dich trage. Dann bist du ihr Problem, mit dem sie fertigwerden müssen.«

Ohne noch etwas zu sagen, trat er um sie herum und marschierte zur Tür. »Sam«, knurrte er, und mit dem Zeigefinger bedeutete er dem Hund, das Zimmer mit ihm zu verlassen.

Naomi sah ihn fassungslos an und war schockiert über das, was sich hier abspielte. »Wo gehst du hin?«

Er beantwortete ihre Frage nicht, sondern erklärte nur: »Ich rechne damit, dass der Orden sich jetzt jeden Moment bei mir melden wird. Wenn alles klappt, könntest du die Ranch vielleicht schon bei Einbruch der Nacht verlassen.«

Er ging hinaus und schloss die Tür hinter sich.

Naomi lauschte dem metallischen Klicken des Schlosses, als er die Tür von außen verriegelte. Hoffnungsvoll biss sie sich auf die Unterlippe, als sie seine Schritte und das Klicken von Sams Pfoten hörte, als beide sich entfernten.

Dann wischte sie ungeduldig die Tränen weg, die ihr über die Wangen liefen, nachdem sie allein war. Und sie lächelte. Ein kleiner Hoffnungsfunke hatte sich in ihr entzündet.

Die Ranch bei Einbruch der Nacht verlassen?

Das war ihre große Chance. Sie würde innerhalb einer Stunde hier raus sein ... oder bei dem Versuch sterben.

5

»Hör auf, mich so anzusehen.«

Sam lag auf dem Boden von Neds Möbelwerkstatt. Sein Kopf ruhte auf den ausgestreckten Vorderpfoten, während er mit traurigen, braunen Augen vorwurfsvoll zu Asher aufschaute.

Die letzten zwanzig Minuten, seit er Naomi im Schlafzimmer am anderen Ende des weitläufigen Hauses eingesperrt hatte, musste er nun schon Sams Missbilligung über sich ergehen lassen – und die eigene, gegen sich selbst gerichtete Verachtung. Leise fluchend griff er nach einem Stecheisen, um einen Schnörkel an einem Möbelstück nachzuarbeiten, das er nun schon seit mehr als einem Jahr zu vervollkommnen versuchte.

Das handgefertigte Kopfteil würde, sobald es fertig war, das alte Kopfteil des Bettes im Schlafzimmer ersetzen. Nicht dass er nicht große Stücke auf Neds Handwerkskunst hielt. Himmel, ehe der alte Mann vor ein paar Jahren blind geworden war und seiner Lieblingsbeschäftigung nicht mehr hatte nachgehen können, hatte er Asher alles beigebracht, was er über die Holzbearbeitung wusste und wie man auch das gewöhnlichste Brett in etwas Schönes und Praktisches verwandelte. Das Bett, das Ned geschreinert hatte, war stabil und bequem und ähnelte damit dem Mann, der es gebaut hatte. Asher wusste die Arbeit seines Freundes also sehr wohl zu schätzen – es war nur so, dass er nicht das Gefühl hatte, das Schlafzimmer gehörte ihm, solange Neds Besitztümer den meisten Raum einnahmen.

Asher hatte es nicht eilig mit der Veränderung, aber er genoss es, vor allem während der langen Phasen mit Tageslicht, etwas Produktives zu tun zu haben.

Und jetzt auch, denn es half ihm, nicht die ganze Zeit an die Frau zu denken, die gegen ihren Willen im anderen Teil des Hauses festgehalten wurde.

»Du glaubst wirklich, ich wollte sie wie eine Gefangene einsperren?«, fragte er Sam, während er vorsichtig eines der komplizierten Muster schnitzte, die das Kopfteil zierten. »Du glaubst, ich wüsste nicht, was für ein übler Verstoß es ist, jemandem die Freiheit zu nehmen?«

Er wusste es sogar besser als die meisten. Fast die ganze erste Hälfte seines Lebens war er an einem Ort festgehalten worden, an dem er nicht sein wollte, doch er hatte jemand anders gehört. Teil von Dragos' Killer-Zuchtprogramm zu sein, war eine brutale, kalte Existenz gewesen. Ein Leben, das Asher von seiner Geburt an bis zu der Zeit, als er erwachsen geworden war, mit mehreren anderen Stammesvampiren hatte über sich ergehen lassen müssen – mit Stammesvampiren, die das gleiche unselige Schicksal erlitten hatten, im Labor des sadistischen Wahnsinnigen geschaffen worden zu sein.

Asher und die anderen, die wie er waren – alles Halbbrüder im Blut und auf ewig verbunden durch die gemeinsamen, höllischen Erfahrungen –, hatte man durch eine Fessel gefügig gemacht, die nicht einmal der stärkste Stammesvampir der Ersten Generation brechen konnte. Es gab Momente, in denen Asher immer noch den kalten Ring spürte, der um seinen Hals gelegen und gedroht hatte, ihn mit ultraviolettem Licht zu töten, wenn er versuchte, ihn zu öffnen.

Es gab immer noch Augenblicke, in denen er mit eiskaltem Schweiß bedeckt aus Albträumen erwachte – lebhaften, intensiven Erinnerungen daran, was die UV-Fesseln anrichten konnten, wenn sie explodierten. Die Bilder standen ihm mit brutaler Klarheit noch Stunden später vor Augen.

Die Versklavung der Jäger war so umfassend gewesen, dass sie noch nicht einmal Namen getragen hatten. Jeder Junge, jeder Jugendliche und jeder Mann aus dem Zuchtprogramm wurde nur als Jäger bezeichnet. Das war eine der vielen Strategien gewesen, mit denen Dragos dafür gesorgt hatte, dass keiner von ihnen sich je als etwas Eigenständiges sah. Sie waren Besitz. Werkzeuge und Instrumente und keine fühlenden Wesen. Sie waren nichts weiter als tödliche Waffen, auf die man zurückgriff oder die man vernichtete – ganz nach Gutdünken ihres Herrn und Meisters.

Die Namen, die sie jetzt trugen, hatten sie sich erst später gegeben, nachdem die Überlebenden aus dem Labor geflohen waren und hatten lernen müssen, sich in einer Welt ohne Halsringe und Käfige zurechtzufinden.

Asher atmete scharf aus und schüttelte die Erinnerung an die Vergangenheit ab, ehe sich deren Klauen noch tiefer bohren konnten.

Sam sah ihn immer noch erwartungsvoll an, als wolle er Ashers Charakter ergründen und herausfinden, wie lange es wohl dauern würde, bis er aufstand und die schöne Geisel freiließ.

Aber vielleicht war es auch Ashers eigenes Gewissen, welches ihm diese Frage stellte.

Zumindest würde Naomis Gefangenschaft zeitlich begrenzt sein. Es konnte nicht mehr als ein paar Stunden dauern, bis der Orden dazukam und sich der Situation annahm. Dann würde sie ihre Freiheit zurückbekommen – allerdings schloss das nicht die Rückkehr nach Las Vegas ein. Die würde warten müssen. Erst und nur wenn die Krieger davon überzeugt waren, dass sie dort sicher war. Und das bedeutete wahrscheinlich, so lange, bis genug Zeit vergangen war, dass Leo Slater und andere Feinde, die sie sich gemacht haben mochte, sie vergaßen.

Asher wünschte sich, dass es auch für ihn nur eine Frage der Zeit wäre, bis er die Frau vergessen könnte. Doch Naomi aus seinem Kopf zu verdrängen, wäre schon unmöglich gewesen, ehe er sie berührt und die schmerzhaften Erinnerungen aus ihrer Kindheit erfahren hatte.

Er konnte nicht leugnen, dass er sich zu ihr hingezogen fühlte. Mit ihrer dunklen, zarten äußerlichen Schönheit war sie das Lieblichste, was er je gesehen hatte. Doch zusammen mit ihrer feurigen und gleichzeitig zähen Art, ihrer schnellen Auffassungsgabe und dann auch noch der unermüdlichen inneren Kraft wäre er verloren, wenn er mehr als ein paar Stunden in ihrer Gesellschaft verbringen müsste.

Aber nichts davon minderte das Gefühl, ein Mistkerl zu sein, weil er sich heute im Umgang mit ihr so ungeschickt verhalten hatte.

Er sah Sam an und schüttelte den Kopf. »Na, mach schon … sag es. Ich bin ein Arschloch.«

Der Hund gähnte und ließ sich auf die Seite fallen, um ein Nickerchen zu halten. Offensichtlich hatte er es aufgegeben, bei Asher noch einen Rest von Anstand zu finden.

»Dann sind wir wohl schon zwei«, brummte Asher.

Wahrscheinlich eher drei, wenn man Naomi auch mitzählte.

Wenn man bedachte, wie hartnäckig und zäh sie war, und dann auch noch ihre offensichtliche Wut berücksichtigte, hatte er eigentlich damit gerechnet, Protest oder andere Geräusche des Widerstands aus dem Schlafzimmer am anderen Ende des Hauses zu hören. Doch von dort kam kein Laut. Seit er sie zurückgelassen hatte, war es vollkommen still, fast so, als hätte sie sich mit allem abgefunden, was er gesagt hatte. Er hatte ihr nicht einen solchen Kummer bereiten wollen, aber er hasste auch den Gedanken, dass sie so schnell aufgegeben hatte.

Andererseits fing er auch an sich zu fragen, ob ihre offensichtliche Kapitulation vielleicht etwas ganz anderes …

Sein Handy, das neben ihm auf der Werkbank lag, fing an zu summen. Das Display zeigte keine Nummer an, aber als er vor ein paar Stunden mit Scythe in Italien gesprochen hatte, war ihm von diesem gesagt worden, dass der Leiter des Ordens aus der Gegend anrufen würde.

»Asher, hier Kade«, meldete sich eine tiefe Stimme am anderen Ende der Leitung. »Ich stehe der Kommandozentrale des Ordens in Lake Tahoe vor. Mir wurde gesagt, es gäbe da ein kleines Problem.«

»So könnte man das wohl nennen.« Er schilderte dem Commander des Ordens alles, was letzte Nacht in der Wüste vorgefallen war. Sein Bericht gipfelte in der Mitteilung, dass er bei Naomi das Stammesgefährtinnenmal entdeckt und daraufhin entschieden hatte, sie zu sich nach Hause zu bringen.

»Du hast das Richtige getan«, beruhigte Kade ihn. »Wenn sich diese Frau mit einem Hurensohn wie Leo Slater anlegt, dann ist vielleicht kein Ort weit genug entfernt, um sich vor ihm zu verstecken. Mit Slater sollte man nicht aneinandergeraten. Wenn die Gerüchte wahr sind, dann gibt es in der Wüste im Umkreis von Vegas keinen Quadratkilometer, wo nicht mindestens ein Dutzend Leichen verscharrt worden sind. Alles Leute, die entweder seinen unberechenbaren Launen zum Opfer gefallen oder ihm finanziell in die Quere gekommen sind.«

Asher verkrampfte sich, als der Ordenskrieger bestätigte, was er schon befürchtet hatte. »Man ging gegen Naomi vor, nachdem sie letzte Nacht versucht hatte, in seinem Kasino zu stehlen.«

»Warum hat sie das getan? Sie musste wissen, dass Slater mit rauchenden Revolvern hinter ihr her sein würde, wenn etwas schiefgeht. Welche Summe ist es wert, solch ein Risiko einzugehen?«

»Ich weiß es nicht«, erwiderte Asher. »Aber ich glaube nicht, dass sie so etwas zum ersten Mal abgezogen hat.«

»Wie kommst du darauf?«

»Sie hatte sich verkleidet, und das ausgesprochen gut. Sie sah wie ein Junge, wie ein Teenager aus, als ich sie das erste Mal sah. Ich wäre nie darauf gekommen, dass sie eine Frau ist, geschweige denn eine erwachsene Frau. Wenn sie es geschafft hätte, mit dem zu türmen, was sie in Slaters Kasino stehlen wollte, hätte sie die Verkleidung nur wegwerfen und sich davonmachen müssen. Die Handlanger hätten die ganze Zeit nach einem Strolch im Schulalter gesucht und nicht nach einer wunderschönen Frau mit dem Gesicht eines Engels.«

»Das Gesicht eines Engels, hm?«, meinte Kade, und in seiner tiefen Stimme klang leise Erheiterung mit.

Asher verfluchte sich im Stillen, dass ihm die Bemerkung herausgerutscht war. Was er von Naomis Schönheit hielt, war irrelevant für dieses Gespräch. Und wenn er nicht bereits gewusst hätte, dass Kade selbst mit einer wunderschönen Frau, seiner Stammesgefährtin Alexandra, blutsverbunden war, wäre die Erwiderung des Kriegers, in der Faszination mitschwang, wohl noch schwerer für ihn zu verdauen gewesen.

»Weiß Naomi, dass sie eine Stammesgefährtin ist?«

Er dachte an ihre kaum als Begeisterung zu bezeichnende Reaktion und das fehlende Erstaunen, als er versucht hatte, ihr zu erklären, was ihr Muttermal bedeutete. »Sie weiß es.«

Kade schnalzte zustimmend mit der Zunge. »Wurde ihr gesagt, dass du den Orden mit hinzuziehst, um sie zu schützen und für ihre sichere Unterbringung zu sorgen?«

»Ja.«

»Wie ist das bei ihr angekommen?«

Asher brummte kurz, was zwar keine Antwort im eigentlichen Sinne war, aber zweifellos mehr zum Ausdruck brachte, als Worte es vermocht hätten. »Es gibt da einen Mann«, erzählte er dem Krieger. »Es handelt sich wohl um einen Menschen. Er befindet sich in Las Vegas. Er ist für sie … wichtig.«

»Ein Liebhaber?«

Unwillkürlich knirschte Asher mit den Zähnen. »Ich weiß nicht. Vielleicht.«

»Okay. Wir werden das mit ihr klären, sobald Naomi bei uns ist«, sagte Kade. »Es sind noch gut sechs Stunden bis Sonnenuntergang, aber ich werde sobald wie möglich ein Team zu dir rausschicken. Bis dahin sorg einfach dafür, dass sie ruhig bleibt und es bequem hat …«

Der Commander der Kommandozentrale von Tahoe redete weiter, doch Ashers Aufmerksamkeit hatte sich plötzlich einem anderen Geräusch zugewandt. Sam hörte es auch. Seine Schlappohren stellten sich auf, er hob den Kopf und sah Asher fragend an, als das unmissverständliche Brummen von Neds altem Chevy draußen zum Leben erwachte.

»Verdammter Mist.«

»Stimmt was nicht?«, fragte Kade.

Asher hatte sich bereits in Bewegung gesetzt. Das Handy behielt er dabei am Ohr. Wie der Blitz raste er in den Hauptwohnbereich des Hauses. Die Tür zum Schlafzimmer stand weit offen – genauso wie die Tür, die nach draußen führte.

»Die Pläne für die Abholung müssen erst einmal warten«, teilte er dem anderen Stammesvampir knurrend mit. »Ich habe hier ein Problem.«

»Ist etwas mit der Frau passiert?« Kades Stimme hatte einen ernsten Unterton. »Geht es Naomi gut?«

Asher schnaubte höhnisch. »Ja, das kann man wohl sagen. Sie ist gerade dabei, meinen verdammten Pick-up zu klauen. Ich melde mich.«

Er beendete den Anruf. Strahlend helles Tageslicht drang vom Hof her ins Haus. Die mittägliche Wüstensonne brannte in seinen Augen, und das gnadenlose, ultraviolette Licht ließ ihn trotz seiner Wut zurückweichen. Am liebsten wäre er nach draußen gestürzt, um die Närrin zurückzuholen. Aber es war zu spät. Er würde sie nicht mehr einholen.

Er hob den Arm, um das Gesicht gegen die Sonne abzuschirmen und über den Hof hinweg zur Auffahrt zu schauen.

Neds Wagen war bereits auf halbem Wege zur Wüstenstraße. Er hüpfte durch Schlaglöcher und wirbelte Wolken gelben Staubs auf, während Naomi im Schutze hellsten Tageslichts die Flucht ergriff.

6

»Allmächtiger, Nay, was zum Teufel ist mit dir passiert? Ich habe die letzten zwölf Stunden auf deinem Handy Sturm geläutet.«

Michael fuhr mit seinem Rollstuhl ein Stück zurück, um ihr Platz zu machen, als sie den kleinen Bungalow aus den 1950er-Jahren betrat, der in einer Wohngegend nordöstlich vom Strip lag. Bei ihrem Eintreten sah er an ihr vorbei nach draußen und runzelte die Stirn, als er den unbekannten Pick-up erspähte, der in der Parkbucht auf dem Grundstück stand.

»Wo hast du *die* Kiste denn her? Oder will ich das vielleicht lieber gar nicht wissen?«

»Wahrscheinlich nicht.« Sie schloss die Tür hinter sich und zog den Reißverschluss ihrer Kapuzenjacke auf, während sie an ihm vorbeiging. Sie schälte sich aus mehreren Lagen viel zu großer Kleidungsstücke, bis sie nur noch ein schwarzes ärmelloses Shirt und ausgebeulte Jeans anhatte. Für elf Uhr vormittags war es still im Haus – vor allem, wenn man bedachte, dass zurzeit fünf Kinder seit der letzten Zählung hier wohnten. »Schlafen alle noch?«

»Ja.« Michael bedachte sie mit dem für ihn typischen gluckenhaften Blick. »Wir hatten alle eine lange Nacht – hauptsächlich, weil ich bis nach fünf Uhr morgens herumgegeistert bin. Du weißt, dass sie es spüren, wenn etwas nicht stimmt oder einer von uns aufgeregt ist.«

Sie beugte sich nach vorn und drückte einen keuschen Kuss auf den Scheitel seines sandfarbenen Haars. »Ich weiß. Es tut mir leid, dass ich dir Sorgen bereitet habe.«

Michaels kleines Haus war eine inoffizielle Unterkunft für Straßenkinder, seit er es vor fünf Jahren gekauft hatte. Er hatte dafür den Großteil der Abfindung benutzt, die er von der Versicherung bekommen hatte – zwei Jahre, nachdem er von einem betrunkenen Autofahrer angefahren worden war, als er gerade auf einem Zebrastreifen die Flamingo Road überquerte. Durch die schwere Depression, die ihn erfasst hatte, weil er nie wieder würde laufen können, war er in ein tiefes Loch gefallen. Da war es auch nicht sonderlich hilfreich gewesen, dass sein langjähriger Lebensgefährte plötzlich beschlossen hatte, Michaels monatelanger Krankenhausaufenthalt wäre eine gute Gelegenheit, »sich mal eine Auszeit zu nehmen und andere Leute kennenzulernen«.

Naomis Freund hatte auf einen Schlag so viel verloren. Doch es war sein Traum, anderen Kindern wie ihm – Kindern wie Naomi und ihm –, die im Spiel des Lebens immer den Kürzeren gezogen und keine Familie hatten, zu helfen. Das war es, was Michael die Krise überstehen ließ und seinem Leben wieder einen Sinn gab.

Auch Naomi hatte dadurch ihre Bestimmung gefunden. Ihn ein ganzes Jahr lang zu beobachten, wie er eine Therapie nach der anderen machte, die Höhen und Tiefen zu erleben, die seinem Unfall folgten, und ihn auf dem langen Weg der Genesung zu begleiten, hatte ihre Freundschaft und ihre Entschlossenheit, anderen Kindern zu helfen, verstärkt.

Sie wohnten seitdem zusammen. Außer dem Schlafzimmer mit den zwei Einzelbetten, das sie und Michael wie Geschwister teilten, waren zwei andere Zimmer mit Stockbetten ausgestattet, die Platz für insgesamt sechs Kinder boten. Im Notfall passten auch mal acht Kinder in das Haus. Ein Zimmer war für die Jungen, das andere für Mädchen.

Das Haus war beileibe kein Palast, aber es war gemütlich

und ein Zuhause. Und wenn die städtischen Unterkünfte und Absteigen voll waren, konnte jedes Kind unter achtzehn bei ihnen Unterschlupf finden. Es gab einen Platz zum Schlafen und drei Mahlzeiten am Tag, ohne dass die Kinder fürchten mussten, verurteilt zu werden oder es irgendwie zurückzahlen zu müssen.

Es gab nichts Schlimmeres, als als Staatsmündel zu enden. Das wusste Naomi aus eigener bitterer Erfahrung. Was brachte denn ein System, das von Kindern, deren Vertrauen bereits unzählige Male mit Füßen getreten worden war, erwartete, dass diese ihr Vertrauen jetzt in einen Haufen Bürokraten setzten? Staatsbedienstete, die die Kinder nicht kannten und denen sie – abgesehen von den Formularen, die ausgefüllt werden mussten – völlig egal waren. Um dann in einer Pflegefamilie zu landen, die sie nur wegen des Geldes, das man vom Staat für die Betreuung bekam, aufgenommen hatte. Kein Wunder, dass die meisten Kinder sich dem irgendwie entzogen oder sich so verzweifelt nach einem Anflug von Normalität sehnten, dass sie selbst auf zweifelhafte, vordergründig freundliche Angebote von jedem eingingen, der sie eines zweiten Blickes würdigte.

Wenn es nach ihr und Michael gehen würde, sollte kein Kind je das Gefühl haben, nirgends unterkommen und niemandem vertrauen zu können.

Dieser gemeinsame Traum – so bescheiden er auch sein mochte – bedeutete ihr alles. Mehr als das. Es war die einzige gute Sache, die sie in ihrem Leben getan hatte und von der sie wusste, dass sie ihre Mutter damit stolz gemacht hätte.

Doch es stand außer Frage, dass sie letzte Nacht zu weit gegangen war und sie das fast das Leben gekostet hätte.

Es hätte sie das Leben gekostet, wäre da nicht Asher gewesen.

Himmel. Asher.

Ja, genau – wo sie schon bei zweifelhaften, vordergründig freundlichen Angeboten war. Auch bei ihm waren offensichtlich Bedingungen damit verknüpft gewesen. Oder eher ein abgeschlossener Käfig.

Sie ließ sich auf die Couch im Wohnzimmer fallen und ächzte, wobei sie sich den Kopf hielt.

»Heiliger Himmel, jetzt schau dich nur mal an.« Michael blieb mit seinem Rollstuhl vor ihr stehen. Obwohl sein rundes Gesicht vor Sorge ganz angespannt war und sich auch Wut darin abzeichnete, redete er fast im Flüsterton. »Du bist ja von oben bis unten mit Prellungen bedeckt, Nay. Was zum Teufel ist letzte Nacht passiert, nachdem du mir die SMS geschickt hattest, in der stand, du wärst aus dem Schneider und auf dem Weg nach Hause?«

»Ab da ist wohl alles schiefgegangen, was schiefgehen konnte«, gestand sie und berichtete, wie sie vom Sicherheitspersonal des Kasinos aufgegriffen, bewusstlos geschlagen und über die I-15 mitten in die Mojave gefahren worden war. »Die zerrten mich aus dem Wagen und führten mich mit vorgehaltener Pistole in die Wüste.«

Michael holte zischend Luft. »Heiliger Herrgott im Himmel.« Er schlug die flache Hand auf die Brust und schloss die Augen, ehe er nach einer ganzen Weile langsam wieder ausatmete. Als er sie wieder anschaute, war sein Blick eine Mischung aus Entsetzen und Erleichterung. »Okay. Da du offensichtlich noch am Leben bist, verbuch das unter deiner unheimlichen Fähigkeit, immer auf den Füßen zu landen, egal wie misslich die Lage ist. Aber verflucht noch mal, Naomi, das ist ernst. Du weißt ganz genau, dass mit Leo Slater nicht zu spaßen ist.«

»Ich weiß.« Sie wusste es sogar besser als die meisten. Und letzte Nacht hatte man ihr das äußerst nachdrücklich noch

einmal in Erinnerung gerufen. »Aber wie du schon sagtest …
ich bin offensichtlich noch am Leben.«

»Richtig.« Er runzelte die Stirn. »Und *wie* genau hast du das
geschafft?«

»Ich hatte ein bisschen … Hilfe.«

»Außer du erzählst mir jetzt, dass eine Spezialeinheit vom
Himmel gefallen ist, um dich vor drei von Slaters Spießgesellen zu retten – drei schwer bewaffneten Spießgesellen –, kann
ich mir nicht vorstellen, was für eine Art von Hilfe das gewesen sein soll, die dich aus *der* Patsche geholt hat, Nay. Und es
erklärt auch nicht die Schrottkarre, die draußen auf der Auffahrt steht.«

Trotz all der schlimmen Dinge, die ihr widerfahren waren –
sowohl letzte Nacht in der Wüste als auch heute Morgen in Ashers Haus –, musste sie sich auf einmal ein Grinsen verbeißen.
Michael besaß einfach die Fähigkeit, auch die schlimmste Situation irgendwie zu verharmlosen und ihr das Gefühl zu geben, dass alles wieder in Ordnung kommen würde.

»Es war keine Spezialeinheit, und es ist auch keiner vom
Himmel gefallen, um mich zu retten.« Sie sah ihn an und wusste, dass das, was wirklich passiert war, viel schwerer für ihn zu
verdauen sein würde. »Es war ein riesiger Stammesvampir. Er
kam mit seinem alten Pick-up angefahren und hat alle drei von
Slaters Handlangern in aller Seelenruhe in weniger als einer
Minute erledigt.«

»Ein Stammesvampir?« Michael sah sie mit großen Augen
völlig entsetzt an. »Bitte erzähl mir nicht, dass du zum krönen-
den Abschluss nach allem, was letzte Nacht passiert ist, auch
noch der Mitternachtsimbiss von einem Vampir warst.«

Sie schüttelte den Kopf und zuckte gleich darauf wegen des
dumpfen Schmerzes in ihren Schläfen zusammen. »Asher hat
mich nicht gebissen. Er sagte, er würde mich ins Krankenhaus

bringen, aber stattdessen hat er mich, nachdem ich wegen meiner Gehirnerschütterung ohnmächtig geworden war, mit zu sich nach Hause genommen und die ganze Nacht für mich gesorgt. Erst heute Morgen, als ich aufwachte, wurde es richtig gruselig und endete damit, dass er mich in seinem Schlafzimmer einsperrte.«

Michael schnaufte und bekam kaum noch Luft. »*Da* fing es an gruselig zu werden? Ah ja, erzähl weiter. Ich bin ganz Ohr.«

»Er hat mein Muttermal gesehen.«

»Du meinst dein Stammesgefährtinnenmal«, korrigierte Michael sie beflissen.

Sie funkelte ihn wütend an. »Nenn mich nicht so. Es ist nur ein Muttermal, außer ich wache eines Tages auf und beschließe, kleine Vampirbabys zu bekommen. Aber das will ich nicht und werde ich auch nie wollen.«

Michael zuckte mit den Achseln. »Dieses Mal ist aber der einzige Grund, weshalb du es geschafft hast, aus einem abgeschlossenen Raum zu entkommen, nicht wahr? Diese praktische kleine Stammesgefährtinnengabe, die es dir erlaubt, Apparaturen aus Metall zu manipulieren. Die Gabe, die du schon, seit ich dich kenne, benutzt, um Spielautomaten zu knacken oder am Roulettetisch zu gewinnen.« Er lachte leise. »Hast du damit auch den Pick-up deines guten Samariters da draußen gekapert?«

»Ich habe den Pick-up nicht geknackt«, brummte sie. »Brauchte ich nicht, weil er den Schlüssel auf dem Küchentisch liegen gelassen hatte.«

Allerdings entschuldigte das nicht die Tatsache, dass sie Ashers Wagen gestohlen hatte. Sie würde sich zwar nie dafür entschuldigen, Leo Slater Geld gestohlen zu haben, aber das Schuldgefühl, Asher etwas weggenommen zu haben, obwohl er ihr nur hatte helfen wollen, konnte sie nicht leugnen.

»Und was den guten Samariter angeht«, fügte sie hinzu, »sehe ich das etwas anders, Michael. Gute Samariter geben einem ein verlorenes Portemonnaie zurück, ohne sich daraus zu bedienen. Gute Samariter begleiten alte Damen über stark befahrene Straßen und betätigen sich ehrenamtlich. Sie sind nicht dafür bekannt, wegen einer Frau, die sie nicht einmal kennen, drei Verbrecher kaltblütig zu ermorden. Sie bestehen nicht darauf, ehrenhalber verpflichtet zu sein, jemanden nur wegen eines blöden Muttermals beschützen zu müssen, und dann Vorkehrungen zu treffen, besagte Person in den sicheren Gewahrsam von Vampiren nach Gott weiß wohin zu verfrachten, als wäre ich ein Möbelstück oder eine prämierte Kuh.«

»All das hat er getan?«

Sie nickte verhalten. »Er hat dem Orden von mir berichtet, verdammt noch mal! Wäre ich nicht abgehauen, würde ich es heute Abend nicht nur mit Asher, sondern einem ganzen Haufen Stammeskriegern zu tun haben, die mich unbedingt wegen so eines antiquierten Ehrenkodex' beschützen wollen.«

»Dein knallharter Stammesvampir, dieser Held, kennt den Orden?«

Naomi bedachte ihn mit einem strafenden Blick. »Du musst nicht so beeindruckt von ihm sein. Das ist nicht nötig.«

»Er hat dir das Leben gerettet, mein Schatz. Natürlich bin ich beeindruckt. Und ich bin ihm auch verdammt dankbar.«

Gerührt von seiner Zuneigung, lächelte Naomi ihren Freund an.

Außerdem nahm sie an, dass sie insgeheim wohl auch nicht wenig von Asher fasziniert war, wenn sie endlich mal runterkam und nicht mehr vor Wut kochte. Ihr schwirrten so viele Fragen zu ihm durch den Kopf. Es gab so vieles, was sie über ihn wissen wollte … wie er seinen Freund Ned kennengelernt und was für ein Leben er davor geführt hatte.

Sie hatte einen gequälten Ausdruck in seinen tiefblauen Augen gesehen. Einen Schmerz, den sie nicht benennen konnte. Vielleicht sah sie aber auch nur die Wunden, die seine einzigartige Gabe ihm beigebracht hatte – dieser Fluch, Kummer und Schmerz all derjenigen zu erfahren, die er berührte. Wie war das wohl für ihn, damit tagaus, tagein zu leben? Wie bewältigte er ein Leben voll derartiger Erinnerungen? Sie wollte es wissen, wollte ihn all diese Dinge fragen und so vieles mehr.

Und nicht zuletzt, warum er nicht längst mit einer Stammesgefährtin zusammen war, wenn er so bereitwillig schien, ihr Leben zu beschützen?

Michael streckte den Arm nach ihr aus und drückte ihre Hand ganz leicht. »Wenn ich deinen Asher jemals treffen sollte, habe ich vor, mich bei ihm dafür zu bedanken, dass er meine beste Freundin gerettet hat.«

»Er ist nicht mein Asher«, grummelte sie und erhob sich vom Sofa. »Und wenn mir das Glück hold ist, werde ich ihn nie wiedersehen müssen.«

Michael zog die Augenbrauen hoch. »Ach, lieb Schwesterlein, sag nicht Nein. Der Typ ist heiß, ich weiß.«

Sie wollte lachen, musste aber plötzlich mit der Hitze kämpfen, die in ihr aufstieg. Sie konnte förmlich spüren, wie das Blut in ihre Wangen strömte, weil ihr ungewollt der Anblick von Ashers muskulösem Körper und dem kantig-schönen Gesicht in den Sinn kam.

Er war mehr als nur heiß. Er war überirdisch männlich und bestimmt der erotischste Mann, den sie je gesehen hatte. *Stammesvampir*, korrigierte sie sich selbst. Eigentlich war sie nicht bereit, ihn einfach als Mann zu sehen, geschweige denn als einen, zu dem sie sich hingezogen fühlen könnte. Vor allem nachdem er heute Morgen diese Höhlenmenschenmasche bei ihr abgezogen hatte.

»Ich glaube, das Wort, nach dem du suchst, ist psychotisch«, erklärte sie und ging in die Küche, weil sie unbedingt ein Glas Wasser trinken wollte – oder vielleicht auch einen harten Drink. »Und davon abgesehen ... es ist egal, was ich von Asher halte. Ich habe wichtigere Dinge, über die ich mir Gedanken machen muss – nämlich, wie ich weiter in Sachen Leo Slater vorgehen soll.«

Michael kam ihr hinterhergefahren. Seine ganze Erheiterung und die Lust am Aufziehen waren ihm bei der neuerlichen Erwähnung von Slater vergangen. »Was meinst du damit, wie du vorgehen sollst? Naomi, das Kasino ein bisschen um seine Gewinne zu erleichtern, mag dir anfangs vielleicht schreiend komisch vorgekommen sein, als du mit dem Spielchen angefangen hast, aber letzte Nacht ist's ernst geworden. Man hätte dich beinahe umgebracht.«

Sie füllte ihr Glas am Wasserhahn, trank es aus und zuckte anschließend mit den Achseln. »Ich bin auf den Füßen gelandet.«

»Ganz knapp. Hast du dich mal angesehen? Du bist voller Schürfwunden und Prellungen.« Er stieß einen unterdrückten Fluch aus und schüttelte den Kopf. »Wäre da nicht dieser Fremde gewesen – ein Stammesvampir, der sich laut deiner Erzählung auch leicht als das andere Übel hätte erweisen können –, würdest du jetzt höchstwahrscheinlich irgendwo in der Mojave im Sand verscharrt liegen.«

»Es geht hier nicht um mich. Es geht um Gerechtigkeit, Michael. Es geht darum, dafür zu sorgen, dass kein Kind, das durch unsere Tür kommt, abgewiesen werden muss, weil wir kein Bett oder kein Essen haben. Es geht darum, einem mächtigen, korrupten Scheißkerl wie Leo Slater etwas zu nehmen und es jemandem zu geben, der es wirklich braucht. Jemand, der es verdient.«

Michael seufzte leise. »Nein, Naomi. Es geht um deine Mutter. Es geht darum, was Slater ihr angetan hat. Ich weiß, du willst das Richtige für diese Kinder tun, aber hier geht es dir um Rache. Und wenn du nicht aufpasst, wirst du genau wie deine Mutter enden … vermisst und wahrscheinlich von Slater ermordet.«

Es tat weh, ihn das sagen zu hören. Nicht, weil er sich irrte, sondern weil er sie besser kannte als je ein anderer vor ihm. So sehr ihr auch die Kinder am Herzen lagen, die verängstigt und verlassen auf der Straße lebten, wie sie nach dem Verschwinden ihrer Mutter, war sie doch auch auf Blut aus.

Auf Leo Slaters Blut.

Ihr Plan hatte darin bestanden, ihn durch eine Reihe von außerordentlich demütigenden, ungeklärten Raubüberfällen zu schröpfen. Es gingen bereits mehr als ein Dutzend erfolgreicher Raubzüge auf ihr Konto, auch wenn sie den in der letzten Nacht vermasselt hatte. Und jetzt hatte sie ein Auge auf eine noch viel größere Beute geworfen – einen Jackpot im Kasino *Moda*, der im Laufe der letzten Monate immer größer geworden war.

Den wollte Naomi an sich bringen. Slater sollte vor seinen Investoren und gut betuchten Spielern wie der letzte Volltrottel dastehen, weil seine Sicherheitsvorkehrungen versagt hatten. Und am Ende wollte sie ihn vernichten.

Wenn er dann ein erbärmliches Dasein in Schande fristete, durch sie all seiner Macht beraubt, wollte sie ihm von Angesicht zu Angesicht gegenübertreten und ihm sagen, dass sie es gewesen war, die ihm alles genommen hatte – genau wie er es mit ihr gemacht hatte.

Erst dann, wenn er erfahren hatte, was ihm von ihr angetan worden war, wollte sie diejenige sein, die ihm ein Messer ins Herz trieb.

»Du brauchst dir um mich keine Sorgen zu machen«, beruhigte sie Michael. »Ich weiß, was ich tue. Und ich bin vorsichtig.«

»Nein, mein Schatz. Das bist du nicht.« Er sah sie ernst an. »Nicht mehr. Dieser Rachefeldzug, den du gegen ihn führst, hat dich leichtsinnig werden lassen. Du musst damit aufhören, Nay. Jetzt musst du damit aufhören.«

»Das kann ich nicht, Michael. Erst muss ich noch diesen letzten Schlag gegen ihn ausführen.«

Er wollte ihr weiter widersprechen, doch der Klang schlurfender Schritte im Flur ließ ihre Unterhaltung abrupt verstummen. Zwei Jungen, Zwillinge mit dunklen Haaren und mokkafarbener Haut, schlank und mit runden, engelhaften Gesichtern, an denen man erkannte, dass die Jungs noch keine fünfzehn waren, betraten vorsichtig die Küche. Naomi hatte sie noch nie gesehen und bemerkte ihre Unsicherheit, als sie ihrer ansichtig wurden.

»Hallo«, sagte sie und schenkte ihnen ein freundliches Lächeln.

Michael drehte seinen Rollstuhl zu ihnen herum. »Na, Jungs. Gut geschlafen?«

Seine Verärgerung über Naomi schwand sofort, nachdem die beiden jetzt auch in der Küche waren. Die Jungen nickten argwöhnisch und behielten Naomi im Auge. Der etwas Größere legte den Arm schützend um seinen Bruder. Sein durchdringender, intelligenter Blick erfasste ihre ganze Erscheinung und verweilte auf den Prellungen, die als dunkle Flecken auf Gesicht und Kinn sichtbar waren.

»Wer ist sie?«

Sie fragten nicht nach ihren Verletzungen. Die meisten Straßenkinder hatten selbst Wunden und Narben, und es schien das ungeschriebene Gesetz zu existieren, welches verbot, unliebsame Fragen zu stellen.

»Ich bin Naomi«, sagte sie. »Ich hoffe, wir haben nicht zu laut geredet und euch damit geweckt?«

Die Jungen schüttelten den Kopf.

Michael berührte Naomi an der Schulter und lächelte die Zwillinge an. »Naomi wohnt auch hier. Sie ist wie eine Schwester für mich. Manchmal bedeutet das, dass wir uns auch wie Geschwister streiten.« Das brachte ihm ein Lächeln von dem kleineren der beiden Jungen ein. Michael schaute zu ihr auf. »Nay, das sind Max und Billy. Ich hoffe, die beiden essen was zum Frühstück?« Er sah Max – den Größeren, der offensichtlich der Chef war – fragend an.

Die schlanke Gestalt des Jungen trat von einem Bein aufs andere, während sein jüngerer Bruder sehnsüchtig zu ihm aufschaute. »Ja«, murmelte Max. »Wir könnten wohl was essen. Könnten wir vielleicht auch duschen? Es ist ein paar Tage her und …«

Er verstummte und sah auf seine abgewetzten Schuhe. Man sah ihm die Scham deutlich an. Am liebsten hätte Naomi ihn in die Arme gezogen und ihm gesagt, dass er wichtig war. Ihm versprochen, dass es nicht immer so wie jetzt sein würde. Aber sie hatte selbst häufig genug in ausgetretenen Schuhen und mit schwankendem Vertrauen vor jemandem gestanden, um zu wissen, dass ihn nichts schneller die Flucht ergreifen lassen würde als eine Umarmung oder ein wohlmeinender Vortrag.

Sie legte die Hände locker ineinander und schenkte den Kindern ein freundliches, lässiges Lächeln.

»Ihr könnt das Bad im großen Schlafzimmer benutzen«, sagte sie zu den beiden. »Am Ende des Flurs. Handtücher sind im Wäscheschrank, zweite Tür rechts. Bedient euch, und wenn ihr fertig seid, zieht die Fliesen ab und hängt eure nassen Handtücher zum Trocknen an den Haken hinter der Tür, okay?«

Es schien schon irgendwie seltsam, dass die Kinder, die in

ihre provisorische Unterkunft kamen, nichts dagegen hatten, ja es im Gegensatz zu den meisten Kindern aus gutbürgerlichen Familien, die sich gegen Hausregeln und elterliche Anleitung auflehnten, sogar zu schätzen wussten, wenn man ihnen ein paar Pflichten auferlegte. Dadurch, dass sie auch einen kleinen Beitrag leisteten, war ihre Verlegenheit darüber, dass sie Hilfe benötigten – und annahmen –, vielleicht nicht ganz so groß. Außerdem erinnerte es sie, wenn auch subtil, daran, wie wichtig es war, Respekt und Selbstdisziplin zu zeigen.

Im Haus gab es keine lange Liste mit Regeln. Die Kinder kamen und gingen, wie es ihnen beliebte. Und das Versprechen, ihnen nicht hinterherzuschnüffeln oder sich mit der Polizei, Eltern oder dem Jugendamt in Verbindung zu setzen, sorgte dafür, dass viele von ihnen zurückkamen und in manchen Fällen auch so lange blieben, bis sie in der Lage waren, auf eigenen Füßen zu stehen.

Im Gegenzug erwarteten sie und Michael die Einhaltung des Gebots »keine Gewalt, keine Drogen«, und dass jedes Kind hinter sich aufräumte. Sie nahmen zwischen sechs und zehn Kinder pro Tag auf. Das bedeutete, dass in manchen Nächten ein Kind auch mal mit dem Sofa vorliebnehmen musste. Wenn sie mehr Platz hätten, könnten sie Kinder nicht nur für eine längere Zeit aufnehmen, sondern auch die Anzahl der Kinder erhöhen, die sie unterstützten.

Das brachte sie wieder zu dem riesigen Jackpot zurück, der im *Moda* nur darauf wartete, geknackt zu werden. Einskommadreimillionen Dollar und ein paar Zerquetschte hießen nicht nur viel mehr Platz und angemessene Unterbringungsmöglichkeiten für die Kinder, sondern das Geld würde auch dafür sorgen, dass man das Projekt über Jahre aufrechterhalten könnte. Davon abgesehen hatte die Vorstellung, dass Leo Slaters Geld benutzt wurde, um damit verwaiste und vernachlässige Kinder zu unterstützen, fast schon etwas wie poetische Gerechtigkeit.

Sie sah Max und Billy hinterher, als diese die Küche verließen und sich im Flur auf die Suche nach Handtüchern machten.

»Es bricht mir jedes Mal das Herz«, sagte sie leise zu Michael und war in einer Weise bekümmert, die sie niemandem erklären konnte, der es noch nie selbst erlebt hatte. »Haben die beiden irgendetwas erzählt?«

Er schüttelte den Kopf und fuhr sich mit einer Hand durchs kurze Haar. »Nein. Ich schätze mal, der Vater ist das Problem. Billy hat Abdrücke von Fingern auf seinem Oberarm, die er zu verbergen versucht, indem er die Ärmel runterzieht. Sieht nach einer großen Hand aus, die sich um den ganzen Arm gelegt hat. Als sie klingelten und ich an die Tür kam, wirkten beide erleichtert, dass ich im Rollstuhl sitze. Wahrscheinlich haben sie sich gedacht, sie könnten im Notfall wegrennen, wenn's sein muss, weil ich sie sowieso nicht einholen würde.«

Das Traurigste daran war nicht die Tatsache, dass sie wahrscheinlich genau das gedacht hatten, sondern dass ihr Überleben davon abhing, ihre Furcht nicht zu zeigen, sie aber auch nie zu vergessen. Häufig waren es gerade die Leute, die Hilfe anboten, die sie dann unter Umständen sogar mehr verletzten als die, vor denen sie weggelaufen waren.

So sah die Realität des Lebens auf der Straße aus. Zwei junge, unverdorbene Jungen mit hübschen Gesichtern konnten einem geschäftstüchtigen Zuhälter viel Geld einbringen. Sobald sie erst von Drogen abhängig waren, würde ihr Leben vorbei sein, und sie würden ihn anflehen, bleiben zu dürfen.

Naomi verdrängte die trüben Gedanken und wandte sich wieder Michael zu, den sie mit einem schiefen Grinsen ansah. »Wenn sie dachten, sie könnten vor dir wegrennen, haben sie dich noch nicht mit dem Stuhl den Strip runterrasen sehen, als hättest du eine Rakete unter deinem dürren Hintern.«

»Dürrer Hintern?«, lachte er leise. »Das musst du gerade sagen.«

Sie lachte auch und war froh, dass sie wieder zu ihrem normalen Umgang zurückgefunden hatten. Das gegenseitige Necken war ein elementarer Teil ihres Alltags, den sie dringend brauchten. Sie würden beide verrückt werden, wenn sie keine Möglichkeit fanden, sich abzuschotten gegen die Last, die es war, zu beobachten, wie diese Kinder kämpften, und sich auf diese Weise ein bisschen Erleichterung zu verschaffen.

Sie gab ihm einen Knuff gegen die Schulter. »Ich kümmere mich um die Eier und den Speck. Du bist heute mit dem Toast dran.«

»Okay, Boss.« Er rollte zum Kühlschrank und nahm zwei Brotlaibe heraus, während Naomi Pfannen und Zutaten aus den Schränken hervorholte. »Denk ja nicht, ich würde vergessen, wo wir stehen geblieben waren, als die Jungs auftauchten, Nay. Meine Beine mögen vielleicht nicht mehr ihren Dienst verrichten, aber mein Gehirn ist noch tiptop in Ordnung. Und ich habe einen Plan.«

Sie musterte ihn aus schmalen Augen. »Was für einen Plan?«

Obwohl die Kinder außer Hörweite waren, senkte er die Stimme zu einem verschwörerischen Flüstern. »Du willst in Slaters Kasino 'ne ganz große Sache abziehen? Schön. Wir machen es auf meine Art. Und wir tun es heute Nacht.«

»Wie bitte? Nach dem, was letzte Nacht passiert ist? Bist du wahnsinnig?« Sie schüttelte den Kopf. »Ich muss mich erst mal 'ne Weile bedeckt halten, damit Slater sich wieder entspannt.«

»Nö, nö«, erwiderte Michael, und das vertraute Glitzern des ehemaligen kleinen Gauners ließ seine haselnussbraunen Augen leuchten. »Denk doch mal nach, Nay. Im Moment weiß er wahrscheinlich noch gar nicht, dass seine Leute vermisst werden. Bestimmt hockt er gerade an seinem Pool, trinkt eine Bloody Mary und lässt sich massieren, während er denkt, alles wäre schön und gut. Aber schon bald – nach einem Fünf-Gänge-Menü und einer weiteren Verwöhneinlage – wird er anfangen, bei seinen Leuten anzurufen und merken, dass er niemanden erreicht. Er wird ärgerlich sein, aber ganz bestimmt nicht annehmen, dass eine zierliche, kleine Frau seine drei bewaffneten Handlanger hat erledigen können. Also wird er sich noch ein bisschen Zeit lassen. Am späten Nachmittag wird er anfangen, sich ernsthaft Gedanken zu machen. Er wird andere, stärkere Schläger anrufen und damit beauftragen, die drei zu finden.«

»Du hast recht. Shit, du hast vollkommen recht.«

Sobald man die schwarze Limousine fand, die Asher ja irgendwo abgestellt haben musste, würde man misstrauisch werden. Anfangs war sie nur eine Betrügerin von vielen in einem seiner zahlreichen Kasinos gewesen. Nichts weiter als eine lästige Mücke, die man totschlug. Die unerquickliche Aufgabe hatte er seinen Schlägern überlassen, und seiner Ansicht nach war es damit erledigt gewesen. Doch wenn er feststellte, dass sie entkommen war? Das würde Slater kein bisschen gefallen.

Es würde an ihm nagen und ihm ein Gefühl der Schwäche geben. Vor allem, weil er von einer Frau ausgespielt worden war. Er würde sich die Aufnahmen der Überwachungskameras von letzter Nacht anschauen und nach ihr suchen. Er würde die ganze Stadt auf der Suche nach ihr auf den Kopf stellen.

»Du weißt, wo er dich als Letztes vermuten wird?«, fragte Michael.

Sie nickte. »Ja. Direkt vor seiner Nase. Aber wie soll ich es anstellen?«

»Wir«, korrigierte Michael.

»Wie bitte? Mach dich nicht lächerlich.«

»Das tue ich nicht. Abgesehen von deinen Zauberkräften, wenn es um mechanische Apparaturen und alles, was mit Magnetismus zu tun hat, geht, habe ich dir praktisch alles beigebracht, was du über das Drehen von krummen Dingern weißt – Spielkarten, Würfel, egal was. Himmel, ich habe dir sogar gezeigt, wie man sich eine vernünftige Tarnung zulegt und wo man die besten gefälschten Papiere diesseits des Mississippi bekommt.«

»Nein, Michael«, gebot sie ihm Einhalt und schüttelte den Kopf. »Auf gar keinen Fall. Die Sache ist zu wichtig. Die ist zu groß. Ich will dich da auf keinen Fall in der Nähe haben.«

»Warum? Weil ich in diesem Stuhl sitze?«

Sie wich zurück und hatte das Gefühl, als hätte er sie geschlagen. »Das ging unter die Gürtellinie … und kommt der Wahrheit nicht einmal ansatzweise nah. Das weißt du doch, oder?«

Als er nichts sagte, ging sie zu ihm und schlang die Arme um seine Schultern. »Du bist alles an Familie, was ich habe, Michael. Ich würde eher sterben als zuzulassen, dass dir was passiert.«

»Das Gefühl beruht auf Gegenseitigkeit, Nay. Glaub also ja nicht, dass du meine Meinung ändern wirst.« Er sah mit festem, entschlossenem Blick zu ihr auf. »Du wirst nicht ohne mich in Slaters Kasino zurückgehen.«

Ihr Instinkt sagte ihr, dass das zu gefährlich war … ein zu großes Risiko. Vor allem jetzt, wo er selbst mitmachen wollte. Wenn ihrem Freund irgendetwas passierte …

»Ich weiß nicht, Michael. Ich habe ein ungutes Gefühl dabei. Vielleicht ist es noch zu früh. Ich meine … wenn man mich nun sieht? Wenn Slater seinem Sicherheitspersonal befohlen hat, nach jemandem mit meiner Größe und Gestalt Ausschau zu halten? Man wird mich nie im Leben nah an die Automaten herankommen lassen, geschweige denn zulassen, mit vollen Taschen rauszumarschieren.«

Michael schien nicht überzeugt – kein bisschen. So wie ihre Triebfeder Rache an Leo Slater war, suchte er den Kick bei der Verfolgung seines Ziels und berauschte sich am Glitzern illegaler Gewinne. Zumindest vor dem Unfall war er so gewesen, denn sie konnte sich nicht erinnern, wann sie ihn das letzte Mal so energiegeladen gesehen hatte. Einerseits liebte sie es, ihren Freund endlich wieder so aufgeregt – so freudig erregt – zu sehen.

Andererseits hatte sie eine Heidenangst, dass sie vielleicht einen Riesenfehler machten.

»Ich mache mir Gedanken über die Durchführung«, sagte er. »Und du machst dir Gedanken übers Frühstück, dann wirst du dich ein bisschen ausruhen, ehe wir gemeinsam einen Plan für heute Abend ausbaldowern.«

7

Das Einzige, was Asher mehr hasste als den Vegas Strip, war der Vegas Strip an einem Samstagabend.

Der Straßenabschnitt war von einem Meer von Leuten bevölkert, die einem Fischschwarm ähnelten, der ja auch aus unterschiedlichen Arten jeder Größe, Farbe und Form bestand. Da waren die farbenfroh gekleideten, stark geschminkten Mädchen mit funkelnden Tiaras oder mit Schärpen, die verkündeten, dass es sich um zukünftige Bräute auf ihrem Junggesellinnenabschied handelte. Die Mädchen schwankten auf ihren hohen Absätzen, mit denen sie noch nicht einmal nüchtern vernünftig laufen konnten, geschweige denn nach fünf Drinks. Bei den Kerlen ging es nicht anders zu. Die zechten in Horden, um am letzten Abend vor der Hochzeit noch einmal die Sau rauszulassen. Umgeben waren sie von anderen Junggesellen, die entschlossen waren, sie in Schwierigkeiten zu bringen, und Touristen mit ihren Vegas-Hüten und -Hemden, auf denen der Spruch prangte, dass über alles, was in Vegas passierte, der Deckmantel des Schweigens gelegt werden würde …

Diese lärmenden, sorglosen Menschenmassen, die den Strip verstopften, traten blind um oder über die vielen obdachlosen Männer, Frauen und Kinder, die die Bürgersteige und Straßenwinkel auf dem Weg von einem strahlenden Kasino zum nächsten übersäten.

Asher ging etwas schneller und verließ die Menge, um mit einem erleichterten Seufzen das Kasino *Moda* zu betreten. Zwar gehörte es einem mordlustigen Gangster, aber zumindest ging es hier drinnen etwas weniger hektisch zu als auf der Straße.

Im Innern empfingen ihn fast dreißig Meter hohe, blendend weiße Wände. Der geschmackvolle Marmorboden schimmerte im Licht eines riesigen Kronleuchters, an dem Massen von fein geschliffenen Kristallen hingen, die wie Diamanten funkelten.

Wenn es Leo Slaters Absicht gewesen war, sein Vorzeige-Kasino sowohl exklusiv als auch etwas einschüchternd wirken zu lassen, so war ihm das gelungen.

Die meisten Gäste, die gekommen waren, um ihr Geld in Slaters Kasse einzuzahlen, gehörten der arbeitenden Klasse an und wurden von dem Traum mühelosen Reichtums angelockt, der sie vermeintlich hinter den glänzend polierten Messingschwingtüren erwartete. Ein paar andere Besucher – teuer in Designergewänder gekleidet – verströmten eine Aura von Verschwendungssucht und lässiger Gleichgültigkeit. Diese suchten den angenehmen Zeitvertreib und waren bereit, Unsummen von Geld für ein paar Stunden Nervenkitzel an *Moda*s Spieltischen oder den schimmernden Automaten zu verpulvern.

Asher war mit einer schwarzen Lederjacke über einem schwarzen T-Shirt und schwarzer Jeans bekleidet. Er wehrte eine Cocktail-Kellnerin ab, die mit eifrigem Blick auf ihn zuschoss. Das geschnürte Bustier, das sie trug, war mindestens drei Nummern zu klein für ihre künstlich vergrößerten Brüste. Asher tauchte in die Menge ein und nahm im Geiste alles um ihn herum auf … die endlosen Reihen melodisch klingelnder Automaten, die Position der Tische und deren Abstand zum Bereich, wo die für die Sicherheit zuständigen Angestellten saßen, die Platzierung der Überwachungskameras, die Gesichter der Leute, die die Croupiers überwachten, und die Kartengeber.

Nichts entging seinem scharfen Blick.

Und während er eine Bestandsaufnahme seiner Umgebung machte, suchte er jedes Gesicht nach sherryfarbenen Mandelaugen und einem herzförmigen Mund ab, von dem er sicher war, dass er ihn überall erkennen würde. Falls Naomi sich im Kasino aufhielt, wovon er ganz stark ausging, würde sie bestimmt keine Ähnlichkeit mit der wunderschönen Frau haben, als die er sie kennengelernt hatte. Der androgyne Aufzug, hinter dem sie sich letzte Nacht versteckt hatte, war nur eine ihrer vielen Verkleidungen.

Mit finsterer Miene schob er sich in die Menschenmenge.

Nachdem er dem Orden nach Naomis Flucht gemeldet hatte, in Bereitschaft zu bleiben, war er den ganzen restlichen Tag damit beschäftigt gewesen, vor Wut zu schäumen und sich selbst zu tadeln, dass er ihr Entkommen zugelassen hatte. Ihm war nicht klar, wie sie es geschafft hatte, das Schloss des Schlafzimmers von innen zu öffnen, doch im Laufe der Stunde, die er nun schon in der Stadt verbracht hatte und in der er so einiges über Naomi Fallon alias Naomi Pierce alias Naomi Sato alias mehrere andere Decknamen erfahren hatte, war er allmählich von dem Gefühl beschlichen worden, dass das Knacken primitiver Schlösser nur eines der Kunststücke war, das sie in ihrem Repertoire hatte.

Nun, er beherrschte auch ein paar Kunststücke. Als Jäger besaß er nicht nur Erfahrung im kaltblütigen Töten, sondern war auch ein Experte im Spurenlesen. Es gab kein Wild, das er nicht hätte aufspüren können.

Das galt in doppeltem Maße dann, wenn er wahrscheinlich das Einzige war, das zwischen Naomis Leben und einem weiteren Date in der Wüste mit ein paar von Leo Slaters Schlägern stand. Wenn die sie wieder in die Finger bekamen, würden sie ihr nicht nur den Garaus machen, sondern damit auch ein Exempel statuieren ... daran hegte Asher keinerlei Zweifel.

Das war der Gedanke gewesen, der ihm keine Ruhe gelassen hatte, bis die Sonne endlich hinter dem Horizont verschwunden war, sodass er schließlich hinter ihr her konnte. Er war stocksauer gewesen, dass sie Neds alten Pick-up gestohlen hatte, aber sie hatte damit auch einen entscheidenden Fehler begangen.

Er hatte es nach Neds Tod nicht übers Herz gebracht, den klapprigen Pick-up gegen etwas Neues auszutauschen. Meistens brachte der Chevy ihn dahin, wo er hinwollte, und da es der einzige Wagen war, den er hatte, wollte Asher ihn nicht verlieren. Die Wahrheit war, dass er wegen des rostigen, altertümlichen Relikts eine gewisse Rührseligkeit entwickelt hatte. Auch in Bezug auf den alten Ned war ihm das ähnlich gegangen. Deshalb hatte Asher vor ein paar Monaten einen GPS-Tracker unter der Motorhaube angebracht, nachdem ein paar Junkies den Wagen an der Staatsgrenze aufgebrochen hatten, weil er so nachlässig gewesen war, einen Zwanzig-Dollar-Schein im Getränkehalter liegen zu lassen.

Mithilfe dieses Peilsenders hatte er den Wagen in der Auffahrt eines kleinen Hauses, das ein paar Meilen vom Strip entfernt war, aufgespürt.

Er hatte sich in dem Haus umgeschaut, ehe er zum *Moda* gekommen war, doch es war leer gewesen ... oder zumindest leer, was Menschen betraf.

Aber er hatte viele andere aufschlussreiche Dinge darin gefunden. In beiden Gästezimmern standen Stockbetten, und obwohl sie ordentlich gemacht waren, sah man, dass sie vor Kurzem benutzt worden waren. Abgewetzte Reisetaschen und schwarze Müllsäcke, die mit Kinderkleidung gefüllt waren, nahmen einigen Raum in beiden Zimmern ein, als wären die

Kinder, die hier wohnten, entweder gerade angekommen oder wollten bald wieder aufbrechen.

Und es gab noch anderes Interessantes für ihn zu entdecken, vor allem im letzten Schlafzimmer am Ende des Flurs – der mit Naomis einzigartig berauschendem Duft und dem seifigen Geruch eines männlichen Menschen gefüllt war. Im Zimmer standen zwei Einzelbetten, die deutlich voneinander abgegrenzt waren.

Es bedeutete, dass Naomi und Michael kein Liebespaar waren, sondern eine platonische Freundschaft pflegten. Wenn er nicht irrte, schien dieser Michael schon lange auf einen Rollstuhl angewiesen zu sein. Vor dem Haus befand sich eine Rampe, und das große Badezimmer war mit Griffen und einer tragbaren Sitzgelegenheit ausgestattet.

Alles wies darauf hin, dass die beiden einfach nur zusammenwohnten.

Warum ihn diese Erkenntnis so sehr erleichtert hatte, wollte Asher immer noch nicht wissen.

Er dachte an die anderen Sachen, die er entdeckt hatte … den offenen Schuhkarton auf dem Schreibtisch in Naomis Zimmer voller eindeutig gefälschter Pässe, Führerscheine und Studentenausweise mit Fotos von ihr, auf denen sie immer ein klein wenig anders aussah. Ganz unten in dem Karton befanden sich außerdem mehrere Ausweispapiere, die einem Michael Carson gehörten. Die beiden kamen zusammen auf bestimmt mehr als ein Dutzend unterschiedliche Decknamen.

Auf Naomis Seite des Zimmers hatte er außerdem einen Schminktisch vorgefunden, der mit Tuben, Pinseln, Lidschatten, Lippenstiften und zahllosen anderen Utensilien übersät war. In ihrem vollgestopften Kleiderschrank befanden sich mehrere Jeans und T-Shirts, daneben aber auch genug Kostümierungen, Perücken und Maskierungen, um eine ganze Theatertruppe damit auszustaffieren.

Asher verspürte keinerlei Gewissensbisse wegen seines Vorgehens und der Erkundungen, die er anstellte. Er hatte eine Aufgabe zu erledigen, und die bestand darin, Naomi zu beschützen ... nicht nur vor Leo Slater und seinen Spießgesellen, sondern auch vor ihr selbst. Ashers Ahnung, dass ihr versuchter Diebstahl vergangene Nacht im Kasino nicht ihr erster gewesen war, verstärkte sich mit jedem weiteren Hinweis, den er über sie auftat.

Als er nun mitten im Kasino stand, sagte ihm sein Jagdinstinkt, dass sie hier war ... irgendwo unter all den angeheiterten, ausgelassenen Besuchern. Er musste nur schauen, wo er suchen sollte.

Selbst wenn Slater bereits wusste, dass sie entkommen war und sich dem staubigen Grab entzogen hatte, das für sie geplant gewesen war, würde der arrogante Mistkerl bestimmt nicht wieder unter seinem eigenen Dach nach ihr suchen. Nur ein verdammter Narr würde ins selbe Kasino zurückkommen, wo er in der Nacht zuvor beim Stehlen erwischt worden war.

Ein Narr oder ein dreistes Genie, dachte Asher, während er den Blick forschend durch den großen Raum schweifen ließ, um jemanden zu erspähen, der zumindest ansatzweise der Stammesgefährtin ähnelte.

Die nächste Stunde schlenderte er durchs Kasino und blieb einmal kurz stehen, um sich Jetons zu kaufen, damit er so eher mit der Menge verschmolz. Er setzte ein paar an dem Tisch, an dem Karibisches Stud-Poker gespielt wurde, und warf einen abwesenden Blick auf seine Karten, ehe er sich wieder im Raum umschaute.

Die Spielautomaten.

Da sie erwähnt hatte, sich letzte Nacht dort aufgehalten zu

haben, ehe alles mit Slaters Handlangern außer Kontrolle geraten war, konnte er doch da anfangen nach ihr zu suchen.

Außerdem hatte er bei den Automaten junge Frauen gesehen, die von hinten wie Naomi aussahen – glänzendes, schwarzes Haar und eine zierliche Gestalt. Doch als sie sich umdrehten, endete die Ähnlichkeit auch schon.

Er musste ihr Gesicht aus seinem Kopf bekommen. Das war eine fast unmögliche Aufgabe, nachdem er all die Stunden, die er im Haus eingesperrt auf die Abenddämmerung gewartet hatte, an kaum etwas anderes hatte denken können. Davon abgesehen war sie eindeutig eine Expertin, wenn es ums Verkleiden und ein unauffälliges Auftreten ging. Sie würde kein bisschen wie gestern Abend aussehen. Er musste abseits eingefahrener Bahnen denken. Er musste wie Naomi denken.

Eine weitere halbe Stunde verging, ohne dass er sie bei den Spielautomaten oder auch nur in deren Nähe sah. Um seine verstohlene Suche im Kasino nach ihr fortzusetzen, begab er sich an einen Blackjack-Tisch in der Nähe der Rouletteräder. Er setzte ein paar Jetons und ließ den Blick dann über die Tische und die Spieler gleiten, die darum versammelt waren.

Erst als sein Blick an einer kleinen, alten Dame ihm gegenüber hängen blieb, deren Rücken und Schultern gekrümmt waren, als befände sie sich in einem späten Stadium von Osteoporose, erstarrte er mit einem Mal.

Sie hatte graues Haar und bewegte sich sehr verhalten. Angetan war sie mit einem langen, dunklen Rock, einer genauso unscheinbaren langen Bluse und einem fließenden Schal, der an ihrem schlanken Körper herunterhing. Das Gesicht konnte er nicht sehen, nicht einmal einen Teil davon, da sie sich gerade von ihm entfernte und mit einer Schar schnatternder Frauen mittleren Alters, die alle die gleichen hellrosafarbenen Baseballkappen und Jacken, die sie mit ihren auf dem Rücken aufgestickten Würfeln als Team auswiesen, trugen, auf die Toiletten zuging.

Ashers Blick war so durchdringend, dass mehr als nur eine der gackernden rosafarbenen Frauen sich voller Unbehagen umschaute, da ihr Urinstinkt sie den verborgenen Jäger in der Menge spüren ließ. Doch nicht so die alte Dame. Sie ging mit gesenktem Kopf und hochgezogenen Schultern weiter.

Asher spürte, wie ein Knurren in ihm aufstieg. Ihren Duft würde er überall wiedererkennen. Er erkannte ihn unter all den schweren Parfüms, dem Geruch von verschüttetem Schnaps und Zigarettenrauch und unzähligen anderen abgestandenen Gerüchen, die die Luft im überfüllten Kasino schwängerten.

Schon der leiseste Hauch ihrer warmen Haut unter all der Verkleidung ließ das Blut auf einen Schlag durch seine Adern schießen. Er hatte plötzlich, ohne es zu wollen, sinnliche Bilder von Naomi und sich selbst vor Augen, wie er auf seinem Bett zwischen ihren Schenkeln kniete und sie den Kopf vor Ekstase in den Nacken warf, als er in sie eindrang.

Seine Fänge pochten, und er presste die Lippen mit grimmiger Miene aufeinander, damit man es nicht sah.

Das war nicht gut.

Mühsam versuchte er, die unangemessenen Gedanken zu verdrängen und die noch unangemessenere Reaktion seines Körpers zu unterdrücken.

Das zierliche Tantchen war um die Ecke im Waschraum verschwunden, und er musste schlucken, um den Hals freizubekommen. Endlich war er wieder in der Lage, klar zu denken.

Er bat den Kartengeber, seinen Platz freizuhalten, und ließ seine Karten liegen, um der alten Dame hinterherzugehen. In knapp zehn Meter Entfernung vom Eingang zum Waschraum blieb er stehen. Er wählte eine Stelle etwas weiter seitlich, um die Tür im Auge zu behalten und zu warten, war aber fast gewillt, ihr hinterherzustürzen. Doch eine Szene war das Letzte, was er … das Letzte, was beide jetzt brauchen konnten. Außerdem bestand ja auch noch die äußerst geringe Möglichkeit, dass die alte Dame in Wirklichkeit gar nicht Naomi war.

Eine verschwindend geringe Möglichkeit.

Er wollte verflucht sein, wenn sie es nicht war. Himmel, wahrscheinlich war er das ohnehin. Verflucht. Er hatte erst vor ein paar Tagen Nahrung zu sich genommen, doch allein der Anblick der Frau hatte ihn vor Verlangen, seinen Mund auf sie zu legen, rasen lassen. Er wollte seine Fänge in ihren schlanken, seidigen Hals bohren und …

»Entschuldigen Sie bitte«, sprach ihn eine ängstliche Männerstimme nach mehreren Minuten von hinten an.

Er drehte sich um und sah einen rothaarigen, jungen Mann Mitte zwanzig vor sich stehen, der ihn verlegen, mit einem nervösen Lächeln im Gesicht, anschaute.

Asher funkelte ihn wütend an, ohne etwas zu sagen. Es ärgerte ihn, dass der Mann es wagte, ihn zu stören.

»Sie, äh … Sie stehen vor dem Geldautomaten«, murmelte der junge Mann, wobei seine Stimme um eine Oktave nach oben kletterte, als er zu Asher aufschaute und so wirkte, als würde er sich gleich in die Hose machen.

Asher stieß ein leises Knurren aus und trat zur Seite.

Als er seine Aufmerksamkeit wieder der Tür zum Waschraum zuwandte, kamen gerade die rosafarbenen Frauen und ein paar andere, die vorher schon drin gewesen waren, wieder heraus ins Kasino. Doch von Naomi war nichts zu sehen. Ungeduldig trat er so weit hinter eine große, dekorative Säule, dass der größte Teil seiner Gestalt verdeckt wurde. Im besten Falle wäre er in der Lage, sie abzufangen, ohne dass sie versuchte zu flüchten, das ganze Haus zusammenschrie oder sich sonst irgendwie auffällig benahm, sobald sie ihn sah.

Aber er würde sie sowieso mitnehmen … egal wie sie sich verhielt. Er würde Las Vegas nicht verlassen, ohne sie in seiner Obhut zu wissen.

Während er weiter dastand und wartete, verstrichen erneut ein paar Minuten … die sich allmählich zu ziemlich vielen Minuten summierten. Es herrschte reger Verkehr in und aus dem Waschraum, doch Naomi war nirgends zu sehen.

Verfluchter Mist.

Sie war ihm unbemerkt entwischt.

Ihm war nicht klar, ob sie bloß Glück gehabt hatte, gerade in dem Moment herauszuschlüpfen, als er sich kurz mit dem Mann unterhalten hatte, oder ob sie vielleicht gemerkt hatte, dass er ihr auf den Fersen war und sie ein Zusammentreffen erfolgreich vermieden hatte. Er wusste nur eines instinktiv und mit absoluter Sicherheit: Naomi war nicht mehr im Waschraum.

Er unterdrückte eine ganze Reihe von Flüchen – allerdings nur mühsam.

Sie konnte nicht weit sein. Dieses Mal nicht. Er hatte sie einmal gefunden – oder zumindest glaubte er das –, und er würde sie auch wieder aufspüren. Sie mochte zwar schlau und gerissen sein, aber er war gnadenlos. Und wenn er das ganze Kasino heute Nacht auseinandernehmen musste, um sie vor sich selbst zu schützen, dann würde er das verdammt noch mal tun.

Denn ob Naomi es nun klar war oder nicht … sie gehörte ihm. Um sie zu beschützen, rief er sich streng in Erinnerung.

Doch da war er durch das besitzergreifende Gefühl, das sich seiner bemächtigt und welches er in dieser Form noch nie verspürt hatte, bereits in Bewegung durch den Flur des Kasinos gesetzt worden.

8

»Danke für die Jacke«, sagte Naomi zu einer der fünf Damen vom »Diamant Divas Dice Club«, die sie im Waschraum kennengelernt hatte. Sie war hinter ihnen hergegangen, und ihr war währenddessen ganz unbehaglich zumute gewesen, als würde das allsehende Auge des Kasinos jede ihrer Bewegungen verfolgen. Oder schlimmer noch – als würde irgendwo im Kasino jemand stehen und sie nicht aus den Augen lassen.

Naomi konnte gar nicht schnell genug in einer der Toilettenkabinen verschwinden. Mit rasendem Herzen und vor Furcht ganz feuchten Händen entledigte sie sich im Behinderten-WC der grauen Perücke und ihrer Kostümierung und stopfte alles in den Mülleimer, ehe sie wieder in ihren Sachen – Jeans und T-Shirt –, die sie darunter getragen hatte, aus der Kabine trat. Keiner schenkte ihr irgendwie Beachtung, als sie unauffällig an ein leeres Waschbecken trat, um sich mit Wasser und Seife das Make-up zu entfernen, mit dem sie sich auf alt geschminkt hatte.

Die Damen vom »Diamond Divas Dice Club« standen vor den Spiegeln, parfümierten sich und frischten ihr Make-up auf, während sie darüber diskutierten, welches Buffet im Kasino für ein frühes Abendessen am besten geeignet war. Um mit den Frauen ins Gespräch zu kommen, steuerte Naomi ihre Meinung zu dem Thema bei, während sie sich mit einem Papiertuch das Gesicht abtrocknete. Dann lenkte sie die Unterhaltung geschickt in Richtung auf ein Geschäft, das sie mit einer der Damen eingehen wollte. Sie hätte ein Auge auf die Jacke geworfen und wollte sie ihr als Glücksbringer abkaufen.

Angetan mit der Jacke, die aufdringlich nach Parfüm und Zigaretten roch und auf die vorne der Name »Gladys« gestickt war, verließ Naomi den Waschraum ein paar Minuten später mit gesenktem Kopf in Gesellschaft der Frauen, als wäre sie Teil des Rudels, in dem sie passenderweise untertauchen konnte.

»Ich bin wirklich sehr froh über die Jacke«, sagte sie zu der gedrungenen, dunkelhaarigen Spielerin, als der Club der Diven in der Mitte des Kasinos stehen blieb. »Ich glaube, sie wird mir ganz viel Glück bringen.«

»Das hoffe ich, Schätzchen.« Gladys grinste, während sie ihre glitzernde, rosafarbene Gürteltasche tätschelte. »Das größte Glück, das ich heute hatte, war, meine Jacke für hundert Mäuse zu verkaufen.«

Naomi lächelte. »Ich wünsche den Damen guten Appetit beim Abendessen.«

Sobald die Gruppe sich in Richtung des von ihr empfohlenen Fisch-Buffets entfernt hatte, zog sie die Jacke aus, drehte sie auf links und schlüpfte wieder hinein. Nachdem sie wieder unter vielen Leuten war, wollte sie mit der Reklame in Neonrosa auf ihrem Rücken keine unnötige Aufmerksamkeit auf sich ziehen.

Sie holte ihr Wegwerf-Handy hervor, um zu schauen, wie spät es war. Shit. Sie war zwei Minuten über die Zeit. Michael würde deswegen nervös sein, aber sie hatten alle Zeichen Stunden vor ihrer getrennten Ankunft im *Moda* heute Abend verabredet. Es würde keinen Austausch während der Durchführung des Plans geben, sondern man würde erst wieder miteinander reden, wenn sie zu Hause waren. Denn sollte man sie dabei beobachten, wie sie telefonierten oder sich im Kasino Zeichen gaben, würde das nicht nur ihren Plan für den heutigen Abend in Gefahr bringen, sondern auch ihr Leben.

Naomi schaute sich vorsichtig um, denn ihr Unbehagen hatte sie immer noch nicht abschütteln können, obwohl sie keine Hinweise entdeckte, die es untermauerten. Wahrscheinlich handelte es sich nur um paranoide Anwandlungen, die auf das zurückzuführen waren, was sie letzte Nacht durchgemacht hatte. Davon abgesehen bestand immer noch die Möglichkeit, das Ganze abzublasen, wenn einer von ihnen das Gefühl hatte, dass es besser wäre. Ein schneller Blick quer durch die Menge zeigte ihr, dass Michael bei den Roulettetischen angehalten hatte. Er klatschte zusammen mit den anderen Zuschauern, was ihr verabredetes Zeichen war, dass auf seiner Seite alles in Ordnung war.

Naomi holte tief Luft und ging durch die Reihen mit Spielautomaten auf die Bar zu, um sich wie abgesprochen einen Drink zu bestellen. Ein Martini mit drei Oliven wäre das Zeichen, dass sie bereit war loszulegen; eine Bloody Mary, wenn sie der Meinung war, sie sollten den Plan abblasen und so schnell wie möglich verschwinden.

Mit dem Martini in der Hand schlenderte sie zu den Einarmigen Banditen und begann, den Automaten, der vier Plätze vom Gang entfernt stand, mit Vierteldollarmünzen zu füttern. Sie hatte sich nicht zufällig für gerade diesen Bereich entschieden. Am Ende dieser Reihe stand *Moda*s größter Automat, der so positioniert war, dass man das große, hell leuchtende, blinkende Jackpot-Symbol weithin sehen konnte.

Das war der Automat mit dem Einskommadreimillionen-Dollar-Gewinn, der nur darauf wartete, geknackt zu werden.

Naomi bewegte sich gemächlich von einem Automaten zum nächsten und näherte sich dem Geldeinwurf, der sich direkt neben dem schlanken, hohen Monte-Carlo-Fortune-Bonanza-Automaten befand und gerade von einer gelangweilt schauenden, platinblonden Begleiterin eines älteren Herrn in Beschlag genommen war. Diese wartete darauf, dass ihr Sugar-Daddy sein Spiel am Blackjack-Tisch, der genau gegenüber stand, beendete.

Naomi schob einen Zwanzig-Dollar-Schein in den Automaten und drückte den Hebel nach unten. Wie die meisten Leute um sie herum quietschte sie vor Aufregung, wenn sie auch nur den kleinsten Gewinn erzielte, und rieb das Glas, als könne sie so die begehrtesten Symbole dazu bringen, zu erscheinen.

Der einzige Unterschied zwischen ihr und all den anderen armen Trotteln um sie herum, die ihren ganzen Lohn verzockten, war, dass sie den Glücksspielautomaten tatsächlich manipulieren konnte.

Als sie ungefähr die Hälfte ihres Geldes verloren hatte, schaute sie auf und sah, dass Michael sich langsam in ihre Richtung bewegte.

Der Moment war gekommen.

Die Blonde schob wieder einen Hunderter in den Monte-Carlo-Spielautomaten und riss den Hebel nach unten. Naomis Sorge wuchs mit jeder Sekunde, die die Frau länger vor dem Automaten sitzen blieb. Als sie schon dabei war, den Automaten mit dem nächsten großen Schein zu füttern, beugte Naomi sich zu ihr.

»Wollen Sie 'nen Tipp, wie Sie Ihre Chance am Geldautomaten erhöhen?« Als ihre Nachbarin interessiert nickte, sagte sie: »Ziehen Sie nicht am Hebel, um das Rad zu drehen, sondern drücken Sie stattdessen auf den Knopf.«

Während sie ihr den blödsinnigen Rat anvertraute, streckte Naomi den Arm aus und berührte den roten Knopf. Sie drückte ihn nicht, sondern ließ nur kurz die Fingerspitzen auf dem Automaten ruhen.

Das reichte.

Die Frau setzte sich zurück und drückte auf den Knopf. Sie verlor die Runde. Achselzuckend versuchte sie es wieder und dann noch einmal. »So viel zu Ihrem Tipp«, brummte sie und stolzierte beleidigt davon.

Mission erfüllt.

Michael kam mit seinem Rollstuhl nur ein paar Sekunden später angefahren.

Sie redeten nicht miteinander, ja nahmen nicht einmal die Gegenwart des anderen zur Kenntnis. Naomi wandte sich wieder ihrem Automaten zu, während Michael den Platz neben ihr einnahm.

»Wie sind die Martinis in diesem Laden?«, fragte er ungezwungen, so wie jeder Spieler es wohl täte, um eine Unterhaltung mit einer attraktiven Mitspielerin anzufangen.

»Sie sind ein bisschen stark«, erwiderte sie mit einem einstudierten Kichern. Dann eine unachtsame Bewegung und ihr Glas kippte auf den mit Teppich ausgelegten Boden. Sie hüpfte leichtfüßig von ihrem Stuhl, um es aufzuheben, und nutzte den Moment, um unauffällig mit der Hand über das glatte Metallgehäuse des Monte-Carlo-Fortune-Bonanza-Automaten zu streichen.

Sie sah Michael mit einem Achselzucken an. »Hm, das heißt wohl, dass ich raus bin.«

Er stieß ein leises, vollkommen entspanntes Lachen aus und lächelte, als sie mit dem leeren Glas um ihn herum trat. Das Herz schlug ihr bis zum Hals, doch sie behielt ihre ausdruckslose Miene bei.

»Viel Glück«, sagte sie noch, während sie schon den Bereich verließ.

»Danke.« Er schob einen Hundert-Dollar-Schein in den Automaten und drückte auf den Knopf mit der höchsten Wette. »Gleichfalls.«

Sie kehrte ihm den Rücken zu. Ihre Hände waren zu lockeren Fäusten geballt, als sie sich in Bewegung setzte.

Und dann fing sie an inständig zu beten, dass sie nicht gerade einen Riesenfehler machten.

9

Irgendwo im Kasino ertönte plötzlich der Schrei einer Frau.

Asher erstarrte auf der Stelle. Er hatte seine Suche bei den Roulettetischen und mehreren Glücksspielautomaten im Hauptbereich des Kasinos gerade fast beendet, ohne Naomi jedoch entdeckt zu haben. Der spitze Schrei ließ eine Woge von Adrenalin – und kalter Furcht – plötzlich durch seine Adern schießen.

Allmächtiger.

Hoffentlich war das nicht sie.

Doch dann ertönte erneut ein Schrei, dem viele weitere folgten und ein Durcheinander von Jubelrufen, Glocken und Sirenen und Beifall. In einem anderen Bereich, nahe dem Hauptgang, der durch das Kasino führte, stand ein lächerlich großer Automat, auf dem in digitaler Schrift ein genauso lächerlicher Name blinkte. Offensichtlich war gerade ein Mega-Jackpot von mehr als einer Million Dollar ausgeschüttet worden.

Fast alle hielten inne, um zu der Stelle zu schauen, wo sich schnell eine ganze Schar von Leuten um den Gewinner scharte. Asher setzte sich auch dorthin in Bewegung und reckte den Hals, um zu sehen, wer in der Mitte der aufgeregten Menge war. Eigentlich rechnete er damit, dass es Naomi sein würde – oder sie in Verkleidung –, als er sich den jubelnden Zuschauern näherte.

Doch es war nicht Naomi, die vor dem Automaten saß.

Während die Kasinoleitung und Sicherheitspersonal hinzutraten, um den großen Gewinner des Abends zu begrüßen, erkannte Asher, dass es sich um einen Mann handelte. Ein Mann mit sandfarbenem Haar und einem freundlichen, runden Gesicht, das vor Überraschung und höchster Freude strahlte, während er sich mit seinem Rollstuhl drehte, um von den Umstehenden Glückwünsche entgegenzunehmen.

»Ich glaub's ja nicht!«, rief er und wirkte vollkommen wie der fassungslose und gleichzeitig strahlende frischgebackene Millionär. »Das ist gigantisch! Ich habe gewonnen!«

So ein Hurensohn.

Michael Carson.

Naomis Freund war nicht durch Glück an den höchsten Jackpot im Haus gekommen. Er hatte Hilfe gehabt. Die Art von Hilfe, die nur Naomi geben konnte.

Das bedeutete, dass sie in der Nähe sein musste.

Mit einem einzigen mentalen Schnappschuss nahm Asher alles in sich auf. Michael, der tatsächlich kurz davor schien, in Tränen auszubrechen. Das blinkende Einskommadreimillionen-Jackpot-Zeichen. Der Kasino-Angestellte, der mit einem breiten Lächeln und einem Stapel Papiere, die der Gewinner unterzeichnen musste, herbeigeeilt kam.

Und da am Rande der immer größer werdenden Menge war das Gesicht eines Engels, das von schimmerndem schwarzen Haar eingerahmt wurde. Naomi war nicht mehr wie eine alte Dame zurechtgemacht, sondern hatte ihre Verkleidung abgelegt und beobachtete das Chaos mit einem benommenen Lächeln auf den Lippen, während sie zurücktrat, um anderen Platz zu machen, die etwas sehen wollten. Sie trat immer weiter zurück und löste sich dabei immer mehr wie ein Schatten auf.

Nicht so schnell, dachte Asher und sah ihr direkt ins Gesicht.

Sie erspähte ihn im selben Moment, und ihre sherryfarbenen Augen kollidierten mit seinem bernsteinfarbenen Blick, der vor Wut funkelte.

Vor Schreck riss sie den Mund zu einem lautlosen Schrei auf.

Dann machte sie auf dem Absatz kehrt und verschwand in der Menge, was ihr angesichts ihrer zierlichen Gestalt und den Horden von Kasinobesuchern nicht weiter schwerfiel.

Asher stürzte sich in die Menge und schob sich zielstrebig an den anderen vorbei. In der Ferne sah er sie hinter dem verglasten Schacht des Fahrstuhls in der Mitte des Kasinos verschwinden. Einen Moment lang verlor er sie aus den Augen.

»Fuck«, fluchte er leise.

Mit der ihm als Stammesvampir angeborenen übernatürlichen Geschwindigkeit raste er wie der Blitz durchs Kasino und hinterließ in seinem Kielwasser, als er auf dem Weg zum Fahrstuhl durch die Menge aus sich langsam bewegenden, meist angetrunkenen Kasinobesuchern stürmte, nur eine leichte Brise. Die Sinne von Menschen waren einfach nicht scharf genug, um ihn zu erfassen, aber ein Augenpaar nahm ihn dennoch wahr und musterte ihn mit durchdringendem Röntgenblick.

Ein großer Stammesvampir in dunklem Anzug, mit schnurlosen Kopfhörern und einer Marke an der Hüfte, die ihn als Angehörigen der Security-Mannschaft des *Moda* auswies, trat im gleichen Moment aus dem Fahrstuhl, in dem Asher mit übernatürlicher Schnelligkeit Naomi nachsetzte.

Ein eisiger silberner Blick aus schmalen Augen unter kräftigen, kühn geschwungenen dunkelbraunen Brauen traf Asher. Er kannte den Mann – oder es musste wohl richtiger heißen: Er hatte ihn gekannt. Damals waren sie beide namenlose Jungen gewesen, die mit Halsband versehen unter dem Joch von Dragos' brutalem Killerprogramm gestanden hatten.

Weder damals noch heute gab es eine irgendwie geartete Beziehung zwischen ihnen. Asher hatte nicht viele Freunde im Labor gehabt – oder eher gar keine, wenn man ganz streng war.

In den zwei Jahrzehnten, die seit seiner Flucht und der des anderen vergangen waren, hatten sich ihre Wege bis zum heutigen Tage nie wieder gekreuzt.

Hier und jetzt auf einen früheren Killer zu treffen, der demselben Programm wie er angehört hatte und nun offensichtlich der Angestellte von niemand anders als Leo Slater war, spannte jeden einzelnen Muskel in Ashers Körper an. Er war bereit zum Kampf – bis in den Tod, wenn es sein musste.

Schweigend gingen beide in Angriffsstellung, und Asher erwog ein Dutzend verschiedener Möglichkeiten, den anderen umzubringen, während dessen Miene sich vor Misstrauen immer mehr verfinsterte.

»Was machst du hier, Asher?« Er betonte den Spitznamen, und es schwang Verachtung in jeder einzelnen Silbe mit. »Hätte dich eigentlich nicht für einen Spieler gehalten.«

»Das Gleiche könnte ich von dir sagen.« Er warf einen Blick auf das glänzende Namensschild aus Messing am Revers des Jägers. »*Cain*, nicht wahr?«

Der Mann gab nur ein Brummen von sich, während die Augen, denen nichts entging, wie die scharfe Kante einer polierten Klinge funkelten. Mittlerweile hatten sich vier weitere Männer der Security des *Moda* am Fahrstuhl zu Cain gesellt. Die Männer – alles Menschen – sahen ihn und Asher fragend an.

»Alles in Ordnung, Sir?«, fragte einer von ihnen Cain.

Er nickte kurz. »Verteilt euch. Sorgt dafür, dass alles abgesichert ist. Ich bin direkt hinter euch.«

Während die Männer ausschwärmten, um seinem Befehl Folge zu leisten, ließ Cain seinen Blick umherschweifen und musterte auch den Weg, den Naomi gerade genommen hatte, ehe er wieder Asher anschaute.

»Gibt's ein Problem, Bruder?«

Cains Lippen wurden ganz schmal bei der geknurrten, nur vordergründig liebevollen Bezeichnung. »Hoffe lieber, dass es keins gibt. Sonst werde ich auch hinter dir her sein, *Bruder*.«

Ein kaltes Lächeln spielte um Ashers Mund, dann rempelte er Slaters Security-Chef mit der Schulter an, als er wortlos an ihm vorbeistürmte.

Alles Animalische in ihm kochte vor Wut angesichts der Bedrohung, die der Killer darstellte, die sich nicht so sehr gegen ihn, sondern vielmehr gegen Naomi richtete – und jetzt auch noch gegen ihren Freund Michael.

Asher verließ das Kasino und atmete die kühle Nachtluft tief ein, während er auf den hell erleuchteten Strip trat. Jetzt war es nicht weiter schwer, sie auszumachen. Zwei Blocks weiter eilte sie mit ausgestrecktem Arm den Bürgersteig entlang und versuchte, ein Taxi zu rufen.

Sie schrie auf, als er einen Arm um ihre Taille schlang und sie vom Straßenrand wegtrug.

»Geh weiter und lauf mir ja nicht weg, es sei denn, du willst noch mehr Aufmerksamkeit auf uns ziehen.« Seine Hand lag an der schmalsten Stelle ihres Rückens, während er sie mit sich zog und eilig auf das Parkhaus zuging, wo er den Pick-up abgestellt hatte.

Sie war zu klug, um auf der Straße eine Szene zu machen, und lief wie befohlen neben ihm her, wobei ihr Körper unter seiner Hand zitterte. »Wie zum Teufel hast du mich gefunden? Und was verdammt noch mal glaubst du eigentlich, was du da tust?«

»Dir den hübschen Hals ein zweites Mal retten«, brummte er. »Komm schon.«

Er würde sie wohl kaum als kooperativ bezeichnen, aber zumindest blieb sie den ganzen Weg bis zum Truck still. Er schob sie auf den Beifahrersitz, ging um den Wagen herum und setzte sich hinters Steuer.

Sie warf ihm einen ärgerlichen Blick zu, als er mit dem Truck anfuhr. »Da ich sehe, dass du keine Schwierigkeiten hattest, diesen Schrotthaufen da abzuholen, wo ich ihn heute Morgen stehen gelassen habe, heißt das wohl, dass du weißt, wo du mich absetzen musst.«

»Ich werde dich nirgendwo absetzen.«

»Aber klar wirst du das«, fuhr sie ihn an und drehte sich mit einem Ruck zu ihm um. »Bring mich nach Hause, Asher. Auf der Stelle.«

»Das tue ich. Ich bringe dich zu mir nach Hause.«

»Was? Nein! Verdammt, lass mich sofort aus diesem Wagen steigen.«

»Kommt überhaupt nicht infrage.« Als sie blitzschnell nach dem Türgriff fasste, streckte er auch schon den Arm über den Sitz hinweg aus und schloss seine Finger um ihre Hand. »Wenn ich dich gehen lasse, wirst du nicht mehr lange leben.«

»Hatten wir dieses Gespräch nicht bereits? Ich habe dir gesagt, dass ich deinen sogenannten Schutz nicht will. Ich will einfach, dass du mich in Ruhe lässt.«

»Das werde ich garantiert nicht tun, Naomi. Vor allem nicht nach dem riskanten Ding, das du und Michael da abgezogen habt.«

Sie wurde ganz blass, aber trotzdem hob sie ihr eigensinniges Kinn ein wenig an. »Ich habe keine Ahnung, wovon du überhaupt sprichst.«

»Ach ja?«, entgegnete er höhnisch. »Ich wette, dir fallen einskommadreimillionen Möglichkeiten ein, wovon ich unter Umständen rede.«

Eine ganze Weile lang sagte sie nichts. »Michael hat den Jackpot gewonnen – nicht ich. Es gibt keinen Grund, dass irgendjemand den Verdacht hat, es wäre nicht mit rechten Dingen zugegangen.«

»Erst wenn sie beim Überprüfen der Überwachungsvideos merken, dass eine alte Dame vor dem großen Gewinn in den Waschraum getrippelt ist, aber nicht wieder herauskam.«

Naomi schluckte. »Ich hatte die ganze Zeit das Gefühl, beobachtet zu werden. Das warst also nur du?«

»Hoff' lieber, dass nur ich es gewesen bin.« Er unterdrückte einen Fluch und schäumte vor Wut angesichts ihrer Unverfrorenheit – ihres Leichtsinns –, der beinahe etwas Selbstzerstörerisches zu haben schien. »Um Himmels willen, Naomi, du musst doch wissen, was es heißt, wenn man einem Mann wie Leo Slater in die Quere kommt. Willst du umgebracht werden?«

»Nein.«

»Warum dann also, verdammt noch mal? Was zum Teufel versuchst du zu erreichen?«

»Du würdest es nicht verstehen.«

»Wetten dass?«, knurrte er und griff nach ihren schmalen Schultern. Er zitterte vor Wut – und Sorge – um sie. Er spürte, dass seine Augen Funken sprühten, während er sie im beengten Führerhaus des Pick-ups finster musterte. Der Himmel bewahre ihn, aber am liebsten hätte er sie geschüttelt.

Er wollte das Armaturenbrett mit der Faust zertrümmern, er wollte sie anschreien, weil sie so ein großes Risiko eingegangen war. Ein Risiko, das sie noch nicht einmal annähernd abschätzen konnte, nachdem er wusste, dass ein ehemaliger Jäger auf Slaters Gehaltsliste stand.

»Sag mir, warum du so auf dieses Kasino versessen bist … auf diesen Mann.«

»Er schuldet mir was. Belassen wir es einfach dabei.«

»Nein. Wir werden es nicht dabei belassen.« Er packte sie fester. »Du bist doch nicht dumm, Naomi. Eigentlich hast du sogar bewiesen, dass du ziemlich schlau bist … außer, wenn es um Slater geht.«

Ein Schauer lief ihm über den Rücken, als er noch einmal Furcht, Kummer und Hilflosigkeit eines unschuldigen Kindes durchlebte, das in viel zu jungen Jahren bereits erfahren hatte, wie brutal und hässlich das Leben sein konnte. Es gab einen Winkel in seiner Seele – einen Winkel, den er fest verschlossen hielt –, der diese Erfahrung zum Teil nachvollziehen konnte.

Asher erforschte ihren gequälten Blick, während seine Hände immer noch auf ihren Schultern lagen. Die Verbindung erneuerte die Erinnerung, die er schon einmal bei ihr gesehen hatte, doch er ließ nicht davon ab, denn er konnte sie nicht loslassen – oder vielleicht war er auch nicht bereit dazu. »Es war Slater, der deiner Mutter wehgetan hat, nicht wahr?«

»Wehgetan?« Sie sprach mit angespannter, aber ruhiger Stimme. »Er hat sie umgebracht, Asher. Ich kann es nicht beweisen, aber ich weiß, dass er es getan hat. Die Polizei hat es als einen ungeklärten Fall abgetan. Sie war einfach nur eine weitere Frau, die verschwand, nachdem Leo Slater ihrer überdrüssig geworden war und er kein Interesse mehr daran hatte, sie zu schlagen und zu benutzen.«

»Sie ist verschwunden?«

»Ja, als ich acht Jahre alt war. Sie ließ mich übers Wochenende allein und … und ist nie wiedergekommen.« Naomi schluckte, und ihre Augen begannen feucht zu glänzen. »Ich habe nicht aufgehört zu warten. Ich habe nicht aufgehört zu hoffen … nicht einmal nachdem das Jugendamt in unsere Wohnung kam und mich ein paar Monate später mitnahm.«

In Asher stieg ein Fluch auf, der aus dem tiefsten Innern seiner Seele kam. Ihre Wut war eine Sache. Die konnte er ohne Weiteres wegstecken. In der kurzen Zeit, die er sie kannte, waren Wut und die Lust zu streiten die Emotionen gewesen, die sie meistens gezeigt hatte … neben einer eigensinnigen, unermüdlichen Entschlossenheit.

Das waren die Emotionen, die sie zur Schau stellte, damit alle sie sehen konnten.

Doch es war die einzelne Träne, welche ihr über die Wange lief, die ihm das Herz zusammenzog.

Und die nächste und dann die, die danach kam. Die Trauer um ihre Mutter zerriss ihn förmlich.

Er hatte keine Erfahrung im Trösten und wusste auch nicht die rechten Dinge zu sagen. Alle Zartheit, alle Gefühle waren ihm aberzogen worden, denn sie hätten ihn nur geschwächt, wenn es um sein Geschäft ging ... das Töten. Nicht einmal die Phase, in der er sich um Ned gekümmert hatte, war in der Lage gewesen, seine rauen Kanten zu glätten.

Aber er wollte Naomi Trost spenden. Sie sollte wissen, dass ihr Schmerz jetzt seiner war ... dass er sie nicht nur beschützen würde, sondern auch alles täte, um dafür zu sorgen, dass Slater nie wieder die Gelegenheit bekäme, sie oder irgendjemand anders zu verletzen.

Wortlos nahm er die Hände von ihren Schultern und legte sie zärtlich an ihre Wangen. Sie wehrte sich nicht gegen ihn. Sie sah ihm weiter in die Augen, während er mit den Daumen die Tränen wegwischte, die ihr jetzt in einem steten Strom über das Gesicht liefen.

Und als er sie näher zu sich heranzog, öffneten sich ihre Lippen zu einem leisen Seufzer. Der Laut war weit davon entfernt, ein Schluchzen zu sein. Asher strich mit seinem Mund über ihre Lippen und war schockiert ob der Glut, die ihn bei der ersten, zarten Berührung durchströmte. Er war nicht darauf vorbereitet, wie heftig er sich nach ihr sehnte.

Er war nicht darauf vorbereitet, wie viel Einfluss die Frau auf sein Leben nahm. Da war kein Raum für den Ärger, den sie in sein Eremitendasein brachte. Und ganz gewiss war er auch nicht darauf vorbereitet, mit all den Gefühlen fertigzuwerden, die sie vom ersten Moment, als ihre Blicke sich begegnet waren, entfacht hatte.

Mit einem leisen Stöhnen löste er sich von ihr und murmelte eine Entschuldigung, die er eigentlich gar nicht meinte.

»Schnall dich an«, befahl er brummig. »Für dich ist es hier in der Stadt nicht sicher. Und wir haben bereits viel zu viel Zeit verschwendet.«

Schweigend ließ sie sich nach hinten in den Sitz sinken und legte den Gurt an. Nachdem sie sich angeschnallt hatte, gab Asher Gas und brauste mit wieder gefestigter Entschlossenheit aus dem Parkhaus.

Er würde Naomi mit Leib und Leben beschützen. So mäßig seine Ehre auch ausgeprägt sein mochte, würde er doch nicht mehr mit sich leben können, wenn er zuließ, dass ihr etwas passierte.

Und jetzt würde er zu dieser Verpflichtung dazu auch noch die Schuld eintreiben, die Leo Slater bei ihr hatte, und wenn es das Letzte wäre, was er tat.

Sobald er Naomi in sicherer Entfernung von Slater untergebracht hatte, würde er diesem Hurensohn den Garaus machen.

10

Auf der Fahrt aus Vegas heraus wechselte er keine zwei Worte mit ihr.

Sie redete sich ein, dass sie über sein nachdenkliches Schweigen froh war, vor allem da ihre Lippen immer noch von seinem heißen Kuss brannten. Es war so unerwartet gekommen ... diese Zärtlichkeit, die seiner offensichtlichen Verärgerung auf dem Fuße gefolgt war.

War Verlangen der Auslöser für seinen Kuss gewesen? Der Himmel wusste, dass ihr selbst in Bezug auf Asher ein paar unerwünschte, sehr erotische Gedanken und Wünsche in den Sinn gekommen waren. So wütend sie auch gerne sein wollte – und war – auf den anmaßenden Stammesvampir, musste sie doch gestehen, dass er ihr nicht egal war, und auch die allzu eifrigen Reaktionen ihres Körpers auf ihn ließen sich nicht leugnen. Jeder Frau mit Augen im Kopf, durch deren Adern kein Eiswasser rann, würde es unmöglich sein, Asher nicht als unfassbar sexy zu bezeichnen.

Doch das hieß nicht, dass die Anziehungskraft beidseitig war. In dem Moment, bevor er seinen Mund auf ihren gelegt hatte, schien er so wütend, dass sie halbwegs damit rechnete, er würde auf etwas einschlagen – vielleicht sogar auf sie. Doch das änderte sich plötzlich, und zwar, als bei ihr die Tränen anfingen zu laufen und diese erstickten Schluchzer aus ihr hervorbrachen, ehe sie sie zurückhalten konnte.

Scham ließ ihre Wangen brennen und verstärkte die Röte, die sich infolge seines Kusses in ihrem Gesicht ausgebreitet hatte.

Wie unsäglich peinlich, vor ihm derart zusammenzubrechen. Und dann auch noch Tränen, um Himmels willen. Sie hatte nie um ihre Mutter geweint und schon gar nicht vor jemand anders. Nicht einmal Michael wusste, wie tief der Verlust sie tatsächlich getroffen hatte. Und dann hatte sie ausgerechnet vor Asher angefangen, wie das untröstliche, verlassene kleine Mädchen zu flennen, das sie vor Jahren gewesen war.

Für sie sah es eigentlich danach aus, dass er es wohl nur getan hatte, um sie zum Schweigen zu bringen – oder schlimmer noch – aus Mitleid.

Aber sein sengender Kuss hatte eigentlich weder nach dem einen noch nach dem anderen geschmeckt. Nicht dass sie in dem Zustand gewesen wäre, um das zu beurteilen.

Als seine starken Hände sich um ihre Schultern geschlossen und dann ihr Gesicht umfasst hatten, war sie nicht mehr in der Lage gewesen, irgendetwas infrage zu stellen, sondern hatte sich nur noch ihrem heftigen Verlangen nach ihm hingeben wollen.

Jetzt im Moment wollte sie nur so weit wie möglich von ihm weg, um die ganzen beunruhigenden Vorstellungen aus dem Kopf zu bekommen.

Als Asher schließlich von der vom Sternenhimmel erhellten Wüstenstraße auf die unebene Schotterpiste abbog, die zur alten Ranch führte, schwankte Naomi zwischen dem Hochgefühl, Leo Slater um eine seiner Millionen geprellt zu haben, und der Sorge, wie es Michael wohl in den nächsten kritischen Stunden, die seinem großen »Gewinn« im Kasino folgten, ergehen würde.

Mittlerweile würden im Kasino alle erforderlichen Papiere unterzeichnet, der Scheck ausgestellt und in seinen Händen sein, sodass er ihn nur noch bei seiner Bank einreichen musste. Aber wenn nun irgendetwas schiefgegangen war?

Wenn nun alles den Bach runtergegangen war, nachdem sie mit Asher auf den Fersen die Flucht ergriffen hatte?

Naomi griff in ihre Jeanstasche und holte das neue Wegwerf-Handy hervor, um zu schauen, ob es eine Nachricht von Michael gab. Kein einziges Wort. Verdammt. Zwar hatten sie sich darauf verständigt, dass er ihr erst dann schreiben würde, wenn das Schlimmste überstanden war und er das Gefühl hatte, sich gefahrlos mit ihr in Verbindung setzen zu können, aber trotzdem kribbelte es ihr in den Fingern, bei ihm anzufragen, ob alles in Ordnung wäre.

Sie hatte gerade den ersten Buchstaben übers Display eingegeben, als das Gerät plötzlich ihren Fingern entglitt und direkt in Ashers rechte Hand sprang.

»Was zum Teufel soll das denn?« Sie sah ihn mit weit aufgerissenen Augen an, und ihr wurde wieder mal bewusst, wie wenig sie eigentlich über ihn und die Abkömmlinge seiner Art wusste. »Was glaubst du eigentlich, was du da tust?«

»Du hast deine kleinen Talente, ich habe meine.« Er ließ das Handy zwischen seine gespreizten Schenkel fallen, während er den Pick-up über die mit tiefen Schlaglöchern und Furchen übersäte Auffahrt manövrierte. Nachdem er vor dem Haus angehalten hatte, stellte er den Motor ab und warf ihr einen grimmigen Blick zu. »Wenn dir was an deinem Freund liegt, tust du ihm den größten Gefallen damit, wenn du eine Zeit lang auf Abstand bleibst.«

Sie wusste, dass er recht hatte, aber es ging ihr gegen den Strich, dass ein Mann – und besonders dieser – sie herumkommandierte und ihr erzählte, was sie tun und lassen sollte. »Schön, du hast deinen Standpunkt deutlich gemacht. Jetzt möchte ich mein Handy zurückhaben.«

Sie streckte die Hand aus, aber er ignorierte sie. Er nahm Schlüssel und Wegwerf-Handy in eine Hand, stieg aus und kam um den Wagen herum, um ihr die Tür zu öffnen, ehe sie selbst die Gelegenheit dazu bekam. »Lass uns reingehen. Es ist keine gute Idee, länger als nötig hier draußen zu verweilen.«

Sein Ton war ernst, und er klang wenig begeistert von der Vorstellung, sie wieder bei sich zu haben. Beinahe wäre sie geneigt gewesen, ihn daran zu erinnern, dass sie nur deshalb hier war, weil er darauf beharrt hatte, dass sie ohne ihn innerhalb kürzester Zeit tot wäre.

Widerwillig kletterte sie aus dem Truck und ging mit Asher zur Veranda, wo Sam sie hechelnd und freudig jaulend hinter der Fliegengittertür erwartete. Trotz allem, was in ihrem Leben gerade schieflief und ihr Sorge bereitete, ließ der Anblick des tanzenden, wedelnden Hundes ein Lächeln über ihr Gesicht gehen. Zumindest einer, der der unangenehmen Situation etwas abgewinnen konnte.

»Na du«, sagte sie, hockte sich hin und kraulte den schwankenden Rücken und die kräftigen Schultern des Tieres, sobald sie ins schwach erleuchtete Haus getreten war. Sie lachte, als der große Hund sich ekstatisch vor ihr drehte und ihr immer wieder mit der feuchten Zunge übers Kinn leckte. »Oh ja. Du bist ein guter Junge! Dein Hund ist verrückt, Asher. Schau ihn dir nur an. Er wedelt mit dem ganzen Körper, wenn ich ihn berühre.«

Asher schaute, aber nicht zu Sam. Als sie aus der Hocke zu ihm aufblickte, während sie den überglücklichen Hund weiterstreichelte und -kraulte, merkte sie, dass sein Blick auf sie geheftet war. In den dunkelblauen Augen schwelte es, und in der Tiefe sah man winzige Funken sprühen.

Vollkommen gebannt von der Intensität seiner unverwandten Musterung wurde sie wieder von der Glut erfasst, die ihren ganzen Körper während und nach Ashers Kuss erfüllt hatte.

Er gab einen unterdrückten Laut von sich. Es war kein richtiges Knurren, sondern ein tiefes Vibrieren, das etwas Animalisches in ihrem Innern anzusprechen schien. Ihr Herzschlag beschleunigte sich, und sie spürte das Pochen des Pulses seitlich an ihrem Hals und tiefer, sodass ihre Knie ein bisschen weich wurden.

Als er schließlich sprach, sah sie die schimmernden Spitzen seiner Fänge. »Ich werde mal ein bisschen mehr Licht für dich machen.«

Er verschwand im Dunkel des Hauses und bewegte sich dabei so leise wie ein Geist … oder wie etwas, das noch viel gefährlicher war.

Sobald Sam hörte, dass Asher in der Küche war, stellte er die Schlappohren auf und trottete davon. Sie folgte dem Hund und fühlte sich plötzlich verlegen und unwohl in Ashers Zuhause. Sie gehörte eigentlich nicht hierher. Und sie war sich ziemlich sicher, dass Asher es auch bedauerte, sie bei sich zu haben.

»Also, wenn es nur darum geht, für eine Weile unterzutauchen, gibt's für mich andere Möglichkeiten. Ich kann mir gefälschte Papiere besorgen und mich wieder verkleiden.«

Er schaltete die Lampe über dem Küchentisch an und warf einen finsteren Blick in ihre Richtung. »Wovon redest du überhaupt?«

»Ich glaube, dass du mich genauso wenig hier haben willst, wie ich hier sein will.«

»Was für einen Unterschied macht das?«

Sie zuckte mit den Achseln, als wäre das alles keine große Sache für sie. »Ich sage einfach nur, dass mir andere Möglichkeiten zur Verfügung stehen. Ich kenne haufenweise Leute, die ich um Hilfe bitten kann, wenn ich …«

»Keiner kann dir helfen, Naomi. Nur ich bin jetzt da.«

Er wirkte so sicher, so überzeugt, dass selbst sie versucht war, ihm zu glauben. Sie verschränkte die Arme vor der Brust, um das Zittern im Zaum zu halten, das sie erfasste. »Nicht einmal der Orden?«

Sein Kiefer spannte sich an, während er sie musterte. »Ich kann dort sofort Bescheid geben, wenn dir das lieber ist. Es gibt eine Kommandozentrale in der Nähe von Tahoe. Sie haben bestimmt jemanden, den sie losschicken können, um dich in ein paar Stunden zu holen.«

»Nein.« Sie schüttelte den Kopf und verfluchte sich selbst, dass sie ihm seine frühere Drohung, sie ohne ihr Einverständnis zum Orden zu verfrachten, wieder in Erinnerung gerufen hatte. »Ich bleibe.«

Zumindest vorläufig. Sie sagte sich, dass das ein hinreichend vernünftiger Plan war, wenigstens bis Michael Entwarnung gab. Je länger sie vorläufig keinen Kontakt zueinander aufnahmen, desto sicherer war es für sie beide. Sobald der Scheck vom Kasino auf seinem Konto eingegangen war, konnten sie ihr altes Leben fortsetzen.

Einen Tag oder so auf der Ranch mit Sam und seinem herrischen Vampir-Mitbewohner würde sie schon hinbekommen.

Es war der Gedanke, über Nacht zu bleiben, der ihr nicht ganz geheuer war.

»Du nimmst das große Schlafzimmer«, teilte Asher ihr kurz angebunden mit. »Ich brauche das Bett nicht. Davon abgesehen werde ich von jetzt ab rund um die Uhr Wache stehen.«

Sie schnaubte spöttisch und lehnte sich mit der Hüfte an einen Küchenschrank, während er noch mehr Lampen anschaltete. »Du willst Wache halten, um aufzupassen, dass ich mich nicht am Schloss zu schaffen mache und wieder weglaufe, hm?«

Er durchbohrte sie fast mit seinem ernsten Blick. »Ich kann dafür sorgen, dass du drinnen bleibst, aber ich mache mir mehr Gedanken darüber, andere daran zu hindern, ins Haus einzudringen.«

Der Ernst, der in seiner Stimme mitschwang, erschreckte sie. Er machte sich wirklich große Sorgen. Die Bestimmtheit, mit der er von einer höchst gefährlichen Situation ausging, bestürzte sie. »Was meinst du denn, wer nach mir suchen wird? Slater?« Nachdenklich zog sie eine Schulter hoch. »Er weiß nicht, dass ich es bin, die seinem Kasino seit einem Jahr immer wieder großen Schaden zufügt. Ich achte darauf, immer anders auszusehen … nie wie ich selbst. Und letzte Nacht war das erste Mal, dass man mich erwischt hat.«

Vor lauter Fassungslosigkeit – und wachsender Wut – legte sich ein stürmischer Ausdruck auf Ashers Gesicht. »Wie viele Male bist du ihm in die Quere gekommen?«

»Ich weiß nicht. Zehn-, zwölfmal, schätze ich.«

»Allmächtiger.« Er presste die Lippen so fest aufeinander, dass sie einen schmalen Strich bildeten. »Indem du deine Stammesgefährtinnengabe angewendet hast – wie nennst du sie, *Überlisten*?«

Sie nickte. »Mit meiner Berührung kann ich Metalle und Magneten beeinflussen. Einfache Apparate, Maschinen, Schlösser.«

»Und Glücksspielautomaten«, ächzte er.

»Manchmal mach ich's auch an den Roulettetischen. Um ein bisschen Abwechslung zu haben. Ich brauche nur die Hände aufs Gehäuse zu legen, um eine Verbindung zu den beweglichen Teilen herzustellen und diese dann steuern zu können.«

»Wie viel, Naomi?« Er zog die Brauen noch enger zusammen, und seine hünenhafte Gestalt strahlte eine Hitze aus, die sie selbst am anderen Ende der Küche spüren konnte. »Allmächtiger. Wie viel hast du ihm bereits entwendet?«

»Vor heute Abend?« Sie fuhr sich mit der Zunge über die Lippen, denn die sengende Glut von Ashers durchdringendem Blick hatte ihren Mund völlig ausgetrocknet. »Mehrere Hunderttausend. Auf die Art und Weise haben wir die Notunterkunft in Michaels Haus finanziert. Ohne das Geld würden die Kinder …«

»Verdammt noch mal, Frau.«

Sein knurrend hervorgestoßener Fluch unterbrach sie abrupt. Er stürmte auf sie zu. Sein Gesicht war zu einer Maske des Zorns verzogen. Und noch etwas anderes spiegelte sich darin wider. War es … Angst? Er sah aus, als wollte er sie packen und schütteln, bis ihr die Zähne klapperten. Entweder das oder sie erneut küssen, obwohl keine Zärtlichkeit darin sein würde, wenn er es tat. Es würde ein strafender Kuss sein und in einer Weise brutal, die ihr Herz eigentlich nicht so zum Rasen bringen sollte wie jetzt.

Doch er griff nicht nach ihr. Er fuhr sich mit einer Hand durchs Haar und schaute zum Fenster, das auf seinen Besitz draußen hinausging. Jetzt war da nur völlige Dunkelheit auf der anderen Seite der Scheibe, aber als Ashers Blick wieder zu ihr ging, war er ganz dunkel vor Furcht.

Plötzlich wurde ihr eiskalt, als sie sich an seine rätselhafte Bemerkung erinnerte, dass ihr jetzt keiner außer ihm helfen könnte – nicht einmal die mächtigen Krieger des Ordens.

»Um was geht's?«, fragte sie ihn. »Irgendetwas ist heute Abend im Kasino vorgefallen. Du weißt irgendetwas, nicht wahr? Asher, was verschweigst du mir?«

»Ich bin gleich nachdem du weggelaufen warst auf den Security-Chef von Slater gestoßen. Er heißt Cain. Er ist ein Stammesvampir, Naomi. Schlimmer als das … er ist ein ausgebildeter Killer.«

»Oh, shit.« Ihr war plötzlich ganz seltsam zumute, als wäre alles Blut aus ihrem Kopf gewichen. »Ein Killer. Bist du … bist du dir sicher?«

Er sagte nichts, sondern nickte nur ernst. Natürlich war er

sich sicher. Kein Wunder, dass er sich schon den ganzen Abend so aufführte, als wäre sie nur einen Schritt vom Grab entfernt. Wahrscheinlich war sie das auch.

»Er weiß nicht, dass du bei mir bist«, erklärte Asher ihr. »Soweit ich das sehe, weiß er nichts von dir. Denn wenn doch, hättest du das Kasino heute Abend nie im Leben verlassen können. Im Moment bist du sicher. Bei mir.«

Seine beruhigende Versicherung nahm ihrer Furcht den Stachel – ein wenig. Sie hatte keinen Grund, an dem zu zweifeln, was Asher ihr sagte; das war es nicht. Aber auch er war nicht in der Lage, sie auf ewig zu beschützen.

Und er bot es auch nicht an.

»Oh Gott«, sagte sie leise. »Ich muss Michael warnen.«

»Nein, Naomi.« Asher schüttelte den Kopf. »Am meisten hilfst du deinem Freund, wenn du erst einmal auf Abstand bleibst. Gibt es irgendeinen Hinweis, der Slater vermuten lassen könnte, dass ihr das Ding zusammen gedreht habt?«

»Nein. Wir haben nie zusammen was eingefädelt, und es gibt nichts innerhalb oder außerhalb des Kasinos, das uns miteinander in Verbindung bringen würde.«

»Das Haus, das ihr euch teilt …«

»Das läuft nur auf Michaels Namen. Ich benutze noch nicht einmal die Adresse auf einem meiner Ausweise.« Als er nickte, fuhr sie fort. »Wir sind getrennt voneinander im Kasino eingetroffen. Er war ungefähr vierzig Minuten vor mir da. Sobald wir drinnen waren, haben wir weder miteinander gesprochen noch durch irgendwelche Zeichen durchblicken lassen, dass wir uns kennen.«

»Aber du hast den Automaten berührt, damit er den Gewinn einstreicht?«

Sie nickte. »Alles war genau abgesprochen. Die einzige Planänderung war der Kostümwechsel. Vor heute Abend bin ich noch nie ohne Verkleidung im Kasino gewesen. Und die Sachen, mit denen ich mich als alte Dame ausstaffiert hatte, habe ich nur abgelegt, weil ich dachte, durchschaut worden zu sein.«

Asher stieß einen unterdrückten Fluch aus. »Du hast deine Verkleidung meinetwegen abgelegt. Weil ich dich beschattet habe. Es tut mir leid, Naomi.«

»Nicht deine Schuld.« Sie konnte nur schwer dem Drang widerstehen, die Hand auszustrecken und seine fest geballte Faust zu berühren, die auf dem Küchentresen lag. »Alle Fehler, die ich gemacht habe, gehen auf mein Konto. Ich hoffe nur, dass die von heute Abend am Ende nicht Michael schaden. Ich werde mich erst wieder entspannen, wenn ich weiß, dass bei ihm alles in Ordnung ist.«

Asher nickte kurz. »Du hast einen langen Tag gehabt … und wir ziehen ihn jetzt nur unnötig in die Länge. Du kannst dich schon hinlegen, während ich noch die Tiere füttere.«

Sie merkte erst, wie erschöpft sie war, als er es erwähnte. Ihr Nacken war vor Anspannung ganz steif, ihr verkrampfter Körper schmerzte. Ihre Augen brannten von den Überresten der hastig entfernten Schminke und dem Klebstoff aus dem Maskenbildnertöpfchen.

»Wäre es okay, wenn ich deine Dusche benutze?«

Er deutete über die Schulter auf den Flur, durch den man in sein Schlafzimmer gelangte. »In der Mitte des Flurs auf der linken Seite.«

»Danke«, sagte sie leise. Sie setzte sich in Bewegung, blieb dann aber noch einmal kurz stehen, um ihm über die Schulter einen Blick zuzuwerfen. »Ich meinte das ernst, Asher. Danke. Für alles, was du für mich tust.«

Er sah sie nur schweigend an und beobachtete, wie sie den Raum verließ.

11

Asher holte einen großen Beutel mit Hundefutter aus einem der Küchenschränke und stellte ihn auf die Arbeitsfläche, während er versuchte, das Geräusch des Wassers zu ignorieren, das durch die alten Leitungen des Hauses lief.

Das war nicht ganz einfach. Die Rohre knatterten und ächzten, was an jedem anderen Tag einfach nur ein bisschen nervig gewesen wäre. Doch zusammen mit dem Wissen, dass Naomi nur ein paar Schritte den Gang runter nackt unter dem warmen Wasserstrahl stand, schien das Geräusch, das die Dusche machte, überhaupt nicht mehr aufzuhören.

Mit dieser überdeutlichen Wahrnehmung im Hinterkopf traten ihm lauter lebhafte Bilder vor Augen, die er offensichtlich nicht aus seinem Kopf verbannen konnte … Bilder von ihrem schwarzen Haar, das glatt und nass an der milchig-zarten Haut von Hals und Schultern klebte, ihrem zierlichen Körper, der vom Schaum ganz glitschig war, während sie ihn verteilte.

Er konnte ihre weiche Haut förmlich unter seinen Händen spüren, und als er sich vorstellte, ihre straffen Schenkel zu spreizen, um erst mit den Fingern und dann mit seinem Körper ganz tief in sie einzutauchen, erbebte er in einer Woge des Verlangens.

»Allmächtiger.« Er rieb über seinen angespannten Kiefer. Seine hervorgetretenen Fänge schmerzten und füllten seinen Mund.

Sie zu küssen, war wohl das Schlimmste, was er hatte tun können – um ihret- und um seinetwillen. Denn jetzt wusste er, wie ihr köstlicher, süßer Mund schmeckte, und das steigerte seinen Hunger nur noch mehr. Er gierte förmlich danach zu erfahren, wie der Rest von ihr wohl schmeckte, wenn er ihren Körper mit Lippen und Zunge erforschte ... oder seine Fänge in sie bohrte.

Wäre es nur Lust gewesen, die ihn antrieb, hätte er damit umgehen können. Er hatte zwar seit einiger Zeit mit keiner Frau geschlafen, aber er kannte viele Möglichkeiten zwischen hier und Las Vegas, wo er dieses Bedürfnis befriedigen könnte. Allerdings bezweifelte er, dass der Körper einer anderen Frau ausreichte, um das zu stillen, was er für Naomi empfand. Sie erregte mehr als nur physische Neugier oder Verlangen in ihm. Sie erregte auch mehr als reinen Blutdurst in ihm.

Sie weckte sein Interesse in einer Weise, wie es noch nie einer anderen Frau vor ihr gelungen war. Sie war nicht nur intelligent und verführerisch, sondern auch stark und widerstandsfähig. Taff und unglaublich zäh trotz ihrer geringen Größe. Das flößte ihm mehr Respekt ein, als er eigentlich zugeben wollte. Doch mit dem Rückgrat aus Stahl, das sie offensichtlich besaß, ging auch ein Starrsinn einher, den er bisher nur in einem Spiegel gesehen hatte.

Es bestand überhaupt kein Zweifel daran, dass diese Frau ihm großen Ärger machen würde.

Nein, sie machte ihm bereits Ärger, denn seine Drohung, sie beim Orden abzuladen, hatte sich mittlerweile als leer erwiesen. Jetzt war es an ihm, sie zu beschützen. Wenn Slater oder Cain oder irgendjemand sonst auch nur daran dachte, ihr etwas anzutun, würden sie es zuerst mit ihm aufnehmen müssen.

Er merkte, wie ihn etwas von hinten gegen das Bein stieß, und als er nach unten schaute, sah er Sams erwartungsvollen Blick und den ungeduldig wedelnden Schwanz.

»Ah ja, jetzt bin ich wieder dein bester Freund, hm, alter

Junge? So lange unser hübscher Gast nicht im Raum ist oder ich dein Futter in der Hand halte.«

Sam führte ihn eifrig zu seinem leeren Napf und senkte den großen Kopf schon, um mit dem Fressen anzufangen, ehe Asher alle Brocken eingefüllt hatte. Während der Hund sich begeistert sein Futter einverleibte, klopfte Asher ihm den kurzen, goldfarbenen Pelz und das dichtere Fell im Nacken des Tieres.

Eine ungebetene Erinnerung kam in ihm hoch – eine seiner eigenen – aus der Zeit, als er Ned kennengelernt hatte, nachdem er nach seiner Erlösung von Dragos' Kontrolle ziellos durchs Land gezogen war.

Sie hatten genau hier in dieser Küche gesessen, während Ned einen Teller Rindereintopf an dem kleinen Tisch aß, der vor dem Fenster stand, durch das man die Rückseite der Ranch sah. Es war dunkel, und Sam musste raus.

»Ich geh mit ihm«, hatte Asher angeboten. »Du bleibst sitzen und isst auf.«

Ned hatte sich mit einem Nicken bei ihm bedankt und weitergegessen. »Leg ihm sein Halsband um und nimm ihn an die Leine, ehe du ihn rauslässt. Dieser verdammte Kojote schleicht hier wieder herum, und ich will nicht, dass Sam meint, ihm hinterher zu müssen, um ihn zu vertreiben. Bei dem Burschen setzt der Verstand manchmal aus. Ein bisschen wie bei ein paar anderen hier.«

Asher erinnerte sich, bei der kleinen Stichelei gelächelt zu haben, als er sich nach dem geflochtenen Halsband mit der daran baumelnden Hundemarke umgedreht hatte. Doch sobald sich seine Finger um das feste, kühle Band gelegt hatten, war sein ganzer Körper erstarrt.

Er konnte sich nicht mehr von der Stelle rühren, und Eiseskälte hatte ihn erfasst, als wäre er festgefroren. Er konnte auch nicht mehr denken … konnte nichts hören außer dem Rauschen seines eigenen Blutes. Er war nicht mehr in der Lage gewesen zu atmen, während er spürte, wie sich im Geiste ein anderes Band fest um seinen eigenen Hals legte.

Erst als er Neds ledrige, braune Hand auf seinem Arm spürte, riss dies Asher aus seiner Erstarrung. Die Berührung gab ihm Halt und zog ihn von einem dunklen Abgrund zurück. Doch in diesem kurzen Moment hatte er den Wahnsinn am Horizont gesehen, und er war so nah gewesen, dass Asher ihn fast hätte berühren können.

»Kein Halsband«, hatte er hervorgestoßen. Seine gepresste Stimme hatte ganz hölzern geklungen.

Ned hatte seinen Arm leicht gedrückt und genickt. *»In Ordnung, mein Sohn. Dann eben kein Halsband.«*

Sie hatten nie wieder darüber gesprochen, und obwohl Ned in Grundzügen von Ashers Vergangenheit wusste – eine Gegenleistung, zu der Asher sich verpflichtet gefühlt hatte, nachdem der alte Mann so bereitwillig sein Heim mit jemandem teilte, der so anders war als er selbst –, wusste Ned nicht, dass Asher ein sogenannter Jäger, ein im Labor gezüchteter Killer, war. Er wusste nichts von den abscheulichen Dingen, die Asher hatte tun müssen, während ein Band um seinen Hals gelegen hatte, von dem Asher nicht einmal im Traum gedacht hätte, dass er es jemals würde ablegen können.

Ned war nie neugierig gewesen, hatte nie über ihn geurteilt. Stattdessen hatte er – erfolglos – versucht, Asher davon zu überzeugen, dass er früher oder später die Ranch verlassen müsste, um eine eigene Familie zu finden. Ihm war nicht klar gewesen, dass Ashers Freiheit nur so weit reichte, wie seine Beine ihn trugen. Er würde sich niemals von seinen Erinnerungen befreien können … und auch nicht von den Sünden, die er begangen hatte.

Ein leises Geräusch riss Asher aus seiner Versunkenheit und holte ihn in die Gegenwart zurück.

Naomi räusperte sich hinter ihm und brachte den frischen Duft warmer, sauberer Haut und feuchter, gewaschener Haare mit sich. Ihre rosigen Wangen und das glänzende schwarze Haar weckten einen sehnsüchtigen Schmerz in ihm, den er kaum zähmen konnte.

Ein Schmerz, der noch um ein Vielfaches verstärkt wurde durch das lange, weiße T-Shirt, das sie anhatte. *Sein T-Shirt.*

Er verzog das Gesicht zu einer mürrischen Miene. Mehr konnte er nicht tun, um gegen die plötzlich hervortretenden Fänge und die Hitze vorzugehen, die seine Haut vom Kopf bis zu den Füßen kribbeln ließ. Seiner Erregung folgte auch eine sofortige körperliche Reaktion, und ihm war klar, dass der Schmerz, der damit einherging, dafür sorgte, dass er sie noch finsterer anstarrte.

»Ich, äh, hoffe, es macht dir nichts aus. Meine Klamotten haben vom Kasino total gestunken, und ich mochte sie partout nicht wieder anziehen, nachdem ich geduscht hatte und wieder sauber war. Ich habe dieses T-Shirt neben ein paar anderen zusammengefalteten Sachen auf der Kommode gefunden.«

Alles Blut verließ seinen Kopf und strömte gen Süden, als ihm klar wurde, dass sie praktisch nackt unter dem T-Shirt war. Ihre Brüste waren klein und straff und brauchten eigentlich keinen BH – sie schien aber auch keinen anzuhaben. Der Baumwollstoff trug kaum auf, sodass ihre zierliche Gestalt nur zu erahnen war, doch er war so dünn, dass Asher die dunkler gefärbten Spitzen ihrer Brüste und das lavendelfarbene Höschen darunter durchaus erkennen konnte.

Allmächtiger.

»Kein Problem«, knurrte er und drehte sich mit einem Ruck von ihr weg, damit sie nicht sah, dass seine Augen wie heiße

Kohlen glühten. Seine Glyphen wanden sich in satten Farben: all das die Reaktion auf das Verlangen nach dieser Frau, das ihn erfasst hatte. Als er wieder sprach, klang seine Stimme ganz rau und belegt, weil die Fänge kaum mehr Platz in seinem Mund ließen. »Wir können morgen Abend losziehen, um dir Sachen zum Anziehen zu besorgen. Lebensmittel werden wir auch brauchen. Ich hoffe, du hast keinen Hunger, denn alles, was ich da habe, sind Überreste aus der Zeit, als Ned noch am Leben war. Was bedeutet, dass die Sachen entweder ungenießbar oder radioaktiv verseucht sind.«

Sie lachte. »Ich habe keinen Hunger, aber falls ich doch welchen bekomme, wird mir bestimmt was einfallen.«

»Das muss es auch, denn ich koche nicht.«

»Ach, das wusste ich nicht. Wenn ich mich recht entsinne, machst du hervorragende Dosensuppen.«

Er spürte ihre Wärme hinter sich, als sie ein paar weitere Schritte in die Küche machte und zu Sam ging, um ihn zu streicheln. Sie war barfuß, und er ertappte sich dabei, wie er völlig gebannt ihre pfirsichfarben lackierten Zehennägel und den schmalen Ring anstarrte, der an einer ihren perfekt geformten Zehen steckte.

»Michael hat mir eine SMS geschrieben, während ich unter der Dusche war«, erzählte sie und klang mehr als nur erleichtert. »Er sagt, alles wäre völlig reibungslos abgelaufen. Er ist zu Hause, und er hat den Scheck bekommen. Er wird ihn Montagmorgen zur Bank bringen. Das Geld sollte in ein paar Tagen auf seinem Konto sein, und es sieht so aus, als ob Slater keine Ahnung hat, dass er ausgetrickst worden ist.«

Asher hoffte, dass sie damit recht hatte, aber sein Bauchgefühl sagte ihm, dass sie und Michael weit davon entfernt waren, von Slater nichts mehr befürchten zu müssen. Vielleicht würden sie nie wieder vor ihm sicher sein. Denn das konnten sie getrost vergessen, wenn er je Wind von ihrer Betrugsmasche bekam.

Die Furcht angesichts dieser Möglichkeit dämpfte das Verlangen ein wenig, das ihn nach der Stammesgefährtin erfasst hatte, welche nicht nur sein Eremitendasein beendet, sondern sein ganzes Leben auf den Kopf gestellt hatte. Er wollte sie. Das stand völlig außer Frage, aber mehr noch wollte er, dass sie in Sicherheit war.

»Was hast du Michael erzählt? Du hast ihm doch nicht gesagt, dass du hier draußen bei mir bist, oder?«

»Nein.« Sie kam näher und lehnte sich gegen die Arbeitsplatte. »Ich habe ihm nur gesagt, dass ich mich an einem sicheren Ort befinde und denke, es wäre das Beste, wenn ich mich eine Weile nicht blicken lasse. Er soll keine Informationen haben, die Slater oder jemand anders gegen ihn verwenden könnte, falls es brenzlig wird. Je glaubwürdiger er beteuern kann, nichts zu wissen – vor allem in den nächsten paar Tagen –, desto sicherer ist es für ihn.«

Asher nickte und musterte ihre besorgte Miene. »Du und Michael steht euch ziemlich nahe, habe ich das Gefühl.«

»Er ist wie ein Bruder für mich. Wir sind seit mittlerweile achtzehn Jahren wie eine Familie füreinander. Wir waren acht, als wir uns kennengelernt haben.«

Acht Jahre. Asher atmete tief durch. »Seit du deine Mutter verloren hast.«

»Michael und ich haben uns in dem Jahr kennengelernt. Meine Mutter wurde seit ein paar Monaten vermisst, als das Jugendamt in die Wohnung kam und mich als Staatsmündel aufnahm. Ich wurde durch ein paar Gruppenunterkünfte und Pflegefamilien geschleust, aber es kam nichts Dauerhaftes dabei raus. Dafür habe ich wohl selbst gesorgt. Ich lief immer wieder weg und habe mich jedes Mal mehr aufgelehnt, wenn man versuchte, mich zu erziehen. Ich war, wie es fast alle formulierten, schwierig.«

Asher spürte, wie sich seine Mundwinkel zu einem schiefen Grinsen verzogen. Es war nicht schwierig, sich eine jüngere Version von Naomi vorzustellen, ein eigensinniges, wütendes, unabhängiges Geschöpf, das sich auch gegen den leisesten Versuch, sie zu brechen oder unter Kontrolle zu bringen, auflehnte. Und hier stand sie nun … selbst erwachsen nur halb so groß wie er, doch als Kind hatte sie mehr Mut gehabt als er als Teenager und junger Mann.

»Wo bist du schließlich gelandet?«

»Auf der Straße«, erwiderte sie gleichmütig und zuckte mit den Achseln. »Das war besser als alles, was der Staat mit mir vorhatte. Zumindest waren die, die es auf einen abgesehen hatten, eindeutiger zu erkennen. Ich nehme es lieber mit Drogenabhängigen und Mistkerlen auf, die auf der Straße leben, als mit den Monstern, die in hübschen Häuschen wohnen und lächeln, wenn sie dich hereinbitten, aber ihre Krallen erst dann zeigen, wenn man sich endlich entschließt, ihnen zu trauen.«

»Ist dir das passiert?«

»Ein paarmal. Aber ich traue meinem Bauchgefühl mehr als allem anderen. Deshalb hab ich es immer geschafft, da rauszukommen, ehe was Schlimmes passieren konnte.« Sie schaute mit düsterem Blick aus ihren sherryfarbenen Augen zu ihm auf. »Für Michael war alles noch viel schlimmer als für mich. Er hatte mal eine richtige Familie gehabt – liebevolle Eltern, ein großes Haus und einen Hund – heile Welt wie aus der Werbung. Doch an seinem achten Geburtstag machte er den Fehler, seiner Mutter anzuvertrauen, dass er das Gefühl hätte, er wäre schwul. Sie erzählte es Michaels Vater, und statt Kuchen und Eiscreme zum Geburtstag gab es eine Tracht Prügel, bei der Michael Hören und Sehen verging. Es war so schlimm, dass Michaels Kiefer hinterher mit Draht gerichtet werden musste.«

»Allmächtiger«, stieß Asher hervor. In ihm bäumte sich alles auf, wie jedes Mal, wenn er von der Misshandlung von Kindern hörte. Mühsam rang er um Worte, mit denen er ihr hätte Trost spenden können.

Naomi schluckte laut hörbar. Durch die Empfindungen, die in ihr hochkamen, war ihre Stimme ganz belegt. »Seine Eltern erzählten den Ärzten und der Sozialarbeiterin, die zu ihnen ins Krankenhaus kam, dass er in der Schule in eine Schlägerei geraten wäre. Michael widersprach der Version seiner Eltern nicht. Er hat niemandem die wahren Umstände anvertraut. Sobald er nach Hause geschickt wurde, um sich zu erholen, lief er weg und ist nie wieder zurückgekehrt. Etwas später im selben Jahr liefen wir uns zufällig über den Weg. Ich beobachtete, wie er versuchte, einem Touristen vor einem Schnellimbiss die Brieftasche zu klauen. Er wurde ertappt, und der Typ brüllte so laut, dass Michael wegrannte. Ich sah, wo Michael hingelaufen war, und so kaufte ich ein paar Burger und Getränke, nachdem ich einem Bankautomaten zwanzig Dollar abgetrickst hatte, und brachte ihm die Sachen. Wir haben uns zusammen in eins von diesen riesigen Abwasserrohren in der Nähe des Highways gesetzt und die Burger gegessen. Seitdem sind wir kaum einmal getrennt·voneinander gewesen.«

Asher musterte sie und staunte über ihren Mut und ihre Stärke. Er bewunderte sogar ihren leichten Hang zum Diebstahl, denn Überlebenswillen und Freundlichkeit hatten sie dazu getrieben und nicht Eigennutz. Sogar ihre Anschläge auf Slaters Kasino schienen eher dazu zu dienen, andere zu unterstützen, als sich selbst einen Vorteil zu verschaffen. Das Problem waren ihre Beweggründe. Sie wäre nicht die Erste, die ihr Leben wegen unersättlicher Rachegelüste verlor.

»Was hält Michael denn davon, dass du wegen Leo Slater so große Risiken eingehst?«

»Es gefällt ihm nicht«, gab sie zu. »Er bittet mich schon seit Langem, damit aufzuhören.«

»Ein kluger Mann. Ich mag ihn jetzt schon.«

Sie warf ihm einen spöttischen Blick zu. »Wie auch immer … ich habe ihm versprochen, dass dies der letzte Coup für mich sein würde. Keine weiteren Angriffe auf Slater. Wir haben das, was wir brauchen, um die Unterkunft erst einmal eine Weile weiterführen zu können. Deshalb ist die Sache für mich erledigt.«

Asher musterte sie mit durchdringendem Blick, denn er spürte, da waren Dinge, die sie nicht sagte … Dinge, die sie Michael nicht versprochen hatte. »Slater um Geld zu erleichtern, ist für dich erledigt, aber mit ihm selbst bist du noch nicht fertig, nicht wahr?«

Das war keine Frage, sondern eine schlichte Feststellung.

»Ich hab's dir doch gesagt, Asher. Es gibt eine Schuld, die ich bei ihm eintreiben muss. Für meine Mutter, für das, was er ihr angetan hat und meint, damit durchzukommen. All die Schläge und anderen Misshandlungen, die sie erleiden musste. Und am Ende ihr Tod.«

»Wie kannst du dir so sicher sein, dass er sie getötet hat? Leute hauen hin und wieder einfach nur ab, Naomi. Sogar Mütter gehen manchmal und lassen alles hinter sich.«

»Sie nicht.« Energisch schüttelte sie den Kopf. »Wir hatten nur uns. Das heißt, bis Slater auftauchte. Er blendete sie mit schicken Autos und Klamotten, mit Versprechen von einem besseren Leben – für uns beide. Aber er hat sie nur benutzt. Er hat sie vernichtet … erst durch die Schläge und dann durch Drogen. Als sie verschwand, war sie nur noch ein Schatten der Frau, die meine Mutter gewesen war, ehe sie ihn kennenlernte.«

»Und du willst Rache.«

»Das ist richtig«, flüsterte sie und nickte. »Ich will ihn leiden lassen. Ich will ihn ruinieren und zwar so, dass er erkennt, dass ich es die ganze Zeit gewesen bin. Er soll für alles zahlen, was er getan hat … für Dinge, die unentschuldbar sind und nicht ignoriert werden dürfen, indem man jemanden schmiert oder durch Drohungen gefügig macht.«

»Das ist verständlich, Naomi«, brummte Asher. »Ich kann noch nicht einmal sagen, dass ich an deiner Stelle nicht dasselbe wollte. Aber auch wenn du deine Rache an Slater bekommst, muss dir klar sein, dass deine Chance, mit dem Leben davonzukommen, gering ist … verschwindend gering.«

Sie schüttelte den Kopf und tat seinen Einwand damit wortlos ab. »Es ist mir egal, was mit mir passiert.«

»Das ist dann der Punkt, an dem wir uns unterscheiden. Mir ist es nämlich nicht egal, was mit dir passiert.«

Ein sanfter Ausdruck legte sich auf Naomis Gesicht, als er sie ansah. Das währte nur einen kurzen Moment. Sie stieß ein leichtes Schnauben aus und verdrehte die Augen. »Ach ja … wegen des Mals unter meinem Kinn?«

»Ja«, erwiderte er ernst. »Weil du eine Stammesgefährtin bist.«

Aber da war noch etwas anderes, das er fühlte. Etwas, das er eigentlich nicht wahrhaben, geschweige denn aussprechen wollte. Wenn er daran dachte, für Naomis Sicherheit zu sorgen, nahm alles, was an ihm gefährlich und gewalttätig war, eine andere Bedeutung an.

Sein Beschützerinstinkt war geweckt.

Sein Wunsch zu besitzen.

Diese für ihn fremden Emotionen vereinnahmten ihn im gleichen Maße wie das Verlangen, das er seit dem unbesonnenen Kuss in der Stadt anscheinend kaum kontrollieren konnte. Er konnte nicht verhindern, dass sein Blick wieder über sie glitt. Ihr Duft und ihr Puls, der so nah pochte, trieben ihn vor Verlangen fast in den Wahnsinn.

Bestimmt spürte sie es auch – dieses dumpfe Dröhnen, das die Atmosphäre zwischen ihnen aufzuladen schien. Die Küche wirkte plötzlich zu beengt, zu warm. All die Dinge, die Naomi in ihm zum Leben erweckte, luden die Anspannung, die in der Luft lag, noch mehr auf.

Sie schluckte, rührte sich aber keinen Millimeter vom Fleck.

»Egal«, sagte sie. »Das Einzige, was mir wichtig ist, sind Michael und die Kinder, denen wir zu helfen versuchen. Die sind jetzt meine Familie. Ich würde alles für sie tun.«

»Sie können sich glücklich schätzen, dich zu haben.«

»Was ist mir dir, Asher?« Zuerst wusste er nicht, worauf ihre Frage abzielte. Fragend zog er die Brauen zusammen und legte den Kopf auf die Seite. »Hast du eine Familie? Einen ganzen Haufen Brüder, die genauso mürrisch und überheblich sind wie du?«

»Ich habe keine Familie«, erwiderte er tonlos. Zumindest das stimmte.

»Was ist mit Ned? Schließlich hat er dir seine Ranch und seinen Hund hinterlassen … da müsst ihr euch doch recht nahegestanden haben.«

Asher wusste nicht, was er darauf erwidern sollte. Er hatte nicht das Gefühl, jemals mit irgendwem eng verbunden gewesen zu sein. So war er nicht aufgezogen worden. Eher das Gegenteil hatte man ihn gelehrt. Aber er war dem freundlichen alten Witwer dankbar gewesen, der sein Haus einem Fremden, einem Herumtreiber, geöffnet hatte, den man eigentlich mit einigem Recht fürchten konnte.

Doch Ned hatte keine Angst gehabt. Er hatte Asher wie ein fühlendes, denkendes Wesen behandelt, nicht wie ein Monster.

Er hatte ihn behandelt, als wäre er ihm ebenbürtig, und nicht wie einen Dienstboten oder Handlanger. Er hatte Asher Respekt erwiesen. Nein, mehr noch … er hatte ihm sein Vertrauen geschenkt.

»Wir waren … Freunde.« Das Wort fühlte sich seltsam an, als es über seine Lippen kam, denn er hatte es noch nie zuvor benutzt, um seine Beziehung zu jemand anders damit zu beschreiben. »Manchmal ist es schon komisch hier so ganz ohne ihn.«

Naomi lächelte sanft und streckte die Hand aus, um sie auf seine zu legen. »Es tut mir leid, dass du deinen Freund verloren hast, Asher.«

Der rührende Moment versetzte ihm einen Stich, den er genauso beunruhigend empfand wie sein Geständnis, dass er den alten Mann vermisste. Offensichtlich begab man sich in Naomis Gegenwart auf emotional gefährliches Terrain und entdeckte Dinge, die einem bisher nicht bewusst gewesen waren. Und dazu gehörte auch die Erkenntnis, wie sehr er sich danach sehnte, sie in den Arm zu nehmen und ihren Körper an seinem zu spüren.

Er wollte sie wieder küssen, und wenn sie ihn weiter berührte und so sanft über Gefühle sprach, würde er noch den Verstand verlieren. Er zog seine Hand weg und entfernte sich mit staksigem Schritt, um Sams Futter zurück in den Schrank zu stellen.

Er hörte, wie sie hinter ihm leise seufzte. »Könnte ich wohl ein Glas Wasser haben?«

»Bedien dich. Du wirst feststellen, dass ich kein sonderlich aufmerksamer Gastgeber bin.«

Sie schnaubte zustimmend und tappte zum Schrank, um nach einem Glas zu suchen. Sie füllte es an der Spüle und blieb dann vor dem Kühlschrank stehen, um die gewellten, vergilbten Fotos anzuschauen, die lange vor Ashers Erscheinen auf der Farm mit Magneten und Tesafilm daran befestigt worden waren.

»Ist er das?«, fragte sie. »Der Afroamerikaner, den man auf einigen der Bilder sieht?«

»Ja, das ist Ned.« Asher verstaute das Hundefutter und musterte die Sammlung verblasster Fotos. »Die Frau, neben der er auf dem Foto da auf der Veranda sitzt, war seine Ehefrau, Ruth.«

Naomi nahm das Bild genauer in Augenschein und drehte sich dann mit einem warmen Lächeln zu ihm um. »Sie ist wunderschön. Hast du sie auch kennengelernt?«

»Nein. Sie starb sechs Jahre, bevor ich hierherkam.«

Auf dem Foto war ein lächelnder Ned von vielleicht Mitte fünfzig zu sehen. Es war aufgenommen worden, ehe seine kurzen schwarzen Locken weiß und die dunkelbraunen Augen trüb und blind geworden waren. Er und seine etwas hellere, sanftäugige Frau saßen Seite an Seite in identischen Schaukelstühlen aus Holz. Asher hatte noch nie zuvor in seinem Leben eine solche Zufriedenheit in zwei Gesichtern gesehen.

Er hatte nicht gewusst, dass es eine solche Liebe überhaupt gab.

»Ned hat die beiden Stühle selbst angefertigt«, sagte er, als sich das Schweigen in die Länge zog. »Er erzählte mir, er hätte sie nach Ruths Tod in die Scheune gestellt. Er hätte es nicht mehr ertragen, sie zu sehen, da sie ihn an sie erinnerten und an alles, was er verloren hatte.«

»Wie traurig.« Naomi schaute sich noch ein paar andere Fotos an, ehe sie ihm einen neugierigen Blick zuwarf. »Wie habt ihr beiden euch eigentlich kennengelernt?«

»Eines Nachts vor ungefähr fünfzehn Jahren strandete ich irgendwo vor Vegas. Es hielt mich nie irgendwo lange, aber ich wusste nicht, wo ich als Nächstes hinwollte. In dem Moment wusste ich nur, dass ich zu lange keine Nahrung zu mir genommen hatte. Das letzte Mal war mehr als eine Woche her, und so lange sollte kein Abkömmling meiner Art es aufschieben. Ich war mehr als fünfzig Meilen gelaufen, ehe ich endlich auf Anzeichen von Zivilisation stieß. Und damit meine ich eine heruntergekommene Tankstelle und einen kleinen Laden, wo man nur das Nötigste einkaufen konnte. Es war niemand zu sehen, und da stand nur so eine alte Klapperkiste von Pick-up an einer der Tanksäulen.«

»Neds Chevy«, sagte Naomi mit einem Lächeln.

Asher nickte. »Der alte schwarze Mann trat aus dem Laden und schlurfte zur Tanksäule, um seinen Wagen zu tanken. Er wusste sofort, was ich von ihm wollte, als er mich sah. Himmel, ich muss ein ziemlich schreckliches Bild abgegeben haben. Vor Hunger konnte ich kaum noch etwas sehen, und meine Fänge fühlten sich so an, als würden sie in Flammen stehen. Ich fauchte ihn an. Ich weiß noch nicht einmal mehr, was ich zu ihm gesagt habe. Ich erwartete, dass er weglaufen würde … oder es zumindest versuchte. Ich wollte ihn nicht umbringen, aber so wie mein Durst mich innerlich zerfleischte, war ihm wohl klar, dass zumindest die Möglichkeit bestand.«

»Was tat Ned?«

Als Asher wieder sprach, sah man ihm die Verwirrung an, die er damals gespürt haben musste. »Er tat was völlig Verrücktes. Er hielt mir seinen Arm hin. Er ließ mich an Ort und Stelle Nahrung zu mir nehmen. Das war das Großzügigste, was je einer für mich getan hat. Nachdem ich mir genommen hatte, was ich brauchte, klopfte er mir auf die Schulter und sagte, ich sollte mit ihm in den Wagen steigen. Er sagte, ich würde so aussehen, als bräuchte ich ein Bad und einen Unterschlupf vor dem Tageslicht.«

Naomi sah ihn schweigend und sichtlich bewegt an. »Es hört sich so an, als wäre dieser Ned ein ganz besonderer Mensch gewesen.«

»Ja«, stimmte Asher ihr zu. »Der Beste, den ich je kennengelernt habe.«

»Du sagtest, du wärst nie lang an einem Ort geblieben. Wo warst du denn vor dieser Nacht gewesen?«

Er zuckte mit den Achseln. »Unterwegs.«

»Nun, ich schätze mal, du hattest ein Riesenglück, dass du auf Ned gestoßen bist. Andererseits habe ich den Eindruck gewonnen, dass er meinte, Glück gehabt zu haben. Es scheint mir so, als hättet ihr beiden einander mehr gebraucht, als dir klar ist.«

»Vielleicht«, stimmte er ihr zu. Er hing jetzt alten Erinnerungen nach … Stationen seines Lebens, von denen er noch nie jemandem erzählt hatte und es auch nie hatte tun wollen. Bis jetzt.

Naomi lächelte. »Ich glaube, vielleicht bist du auch für mich in genau dem richtigen Augenblick aufgetaucht, Asher. Hättest du letzte Nacht in der Wüste nicht angehalten, würde ich jetzt nicht hier stehen.« Sie lächelte, aber ihre hübschen Lippen zitterten dabei leicht. »Was ich dir wohl gerade versuche zu sagen, ist, dass ich dir mein Leben verdanke. Ich weiß nicht, wie ich das jemals vergelten soll.«

Wider jede Disziplin, die ihm von klein auf an eingebläut worden war, streckte Asher die Hand aus, denn das Bedürfnis, sie zu berühren, war zu stark, als dass er ihm hätte widerstehen können. Er legte seine große Hand an ihr zartes Gesicht und strich mit dem Daumen über ihre Haut, die so glatt und weich wie Samt war.

Er stieß einen unterdrückten Fluch aus, der eine wortlose Warnung an sich selbst war, das, was sich da zwischen ihnen entwickelte, noch weiter seiner Kontrolle entgleiten zu lassen. »Du bleibst am Leben, Naomi. Das ist alles, was zählt.«

Er rechnete eigentlich damit, dass sie sich seiner Berührung entziehen würde, doch das tat sie nicht. Sie stand regungslos da und schien sich, genau wie er, nicht von der Stelle rühren zu können. Sie schmiegte ihre Wange fester in seine Hand, und ihr Blick verdunkelte sich, wobei ihre Augen die satte, warme Farbe von Whiskey annahmen.

Das war eine Einladung. Das stand völlig außer Frage. Und er wusste nicht, ob er die Kraft hatte, dieser Einladung zu widerstehen.

»Es ist spät geworden«, brummte er mit tiefer, rauer Stimme. Er zog seine Hand zurück und schob sie in die vordere Tasche seiner Jeans. »Wie ich schon sagte ... das Schlafzimmer gehört dir. Ich habe draußen Tiere, um die ich mich kümmern muss, aber die paar Minuten, bis ich wieder drinnen bin, hast du im Haus nichts zu befürchten. Bis morgen früh dann.«

Er wartete ihre Erwiderung nicht ab.

Er konnte es nicht. Sein seelisches Wohlergehen hing davon ab, sofort auf Abstand zu ihrem verführerischen Mund und Körper zu gehen, und von seiner Willenskraft – die nur noch an einem seidenen Faden hing –, ihr zu widerstehen.

Er marschierte mit einem leise gezischten Fluch auf den Lippen aus der Küche, und sein Atem dampfte in der kalten Wüstennacht.

12

Cain sah aus dem gegen UV-Strahlen abgeschirmten Fenster seiner Penthousewohnung im Kasino *Moda* und beobachtete, wie die Sonne über der kupferfarbenen Bergkette in der Ferne aufging. Ein Unwetter braute sich zusammen, dunkle, dräuende Wolken standen am Himmel, und immer mehr dicke Regentropfen liefen an der leicht dunstigen Scheibe herunter.

Solch sintflutartige Regenfälle gab es besonders am Tage selten, aber wenn es doch passierte, genoss er es … die Luftveränderung, den stahlgrauen Himmel, der schwer über den Bergen in der Ferne hing, während es blitzte und donnerte. Angesichts dieser Naturgewalt ging ein Beben durch seinen Körper.

Ein Unwetter wie dieses vermittelte ihm, der sich so stark und unbezwingbar fühlte, wohl in gewissem Maße den Eindruck, dass es ein paar Dinge auf Erden gab, die er nicht kontrollieren konnte.

Auf diese Mahnung hätte er in diesem Moment gern verzichtet.

Er stand barfuß auf dem hellgrauen Teppich und hatte eine lockere Hose an, die tief an seinem muskulösen Körper hing, als er vom Fenster wegtrat und sich zum Schreibtisch umdrehte, um wieder auf den Bildschirm seines offenen Laptops zu schauen, der in seinem Arbeitszimmer stand.

Das Gesicht, das ihm entgegenblickte, ließ ihm jetzt schon seit zwölf Stunden keine Ruhe. Er hatte sich das Bild erst aus großer Entfernung angesehen und es dann so stark vergrößert, dass er ihre Gesichtszüge ganz genau erkennen konnte ... aber verdammt noch mal.

Er war sich immer noch nicht sicher.

Mit einem verstimmten Ächzen ließ er sich in den mit Leder bezogenen Schreibtischstuhl fallen und ging noch einmal die Videos durch, die er zusammengestellt hatte.

Es hatte vor ein paar Monaten in einem von Leo Slaters kleinen Kasinos in der Innenstadt angefangen. Das *Gold Mine* war eines von Vegas' ältesten Kasinos, und so sah es auch aus. Doch die Veteranen, die das abgehalfterte Etablissement besuchten, würden es auch gar nicht anders haben wollen. Cain nahm an, dass die tapezierten Räumlichkeiten und der abgenutzte rote Teppichboden eine wohlige Gemütlichkeit ausstrahlten, bei der die Gäste sich wie zu Hause fühlten. Der glatte, marmorne Chic des *Moda* würde da nie mithalten können.

Slater, der sich nie eine Chance entgehen ließ, wenn es darum ging, Geld zu scheffeln, und dem es auch egal war, woher es kam, hatte sich auf das ältere Publikum eingestellt. Er bot nostalgische Spiele an, die von altmodisch in Uniform gekleideten Croupiers bedient wurden, und jeden Abend früher als alle anderen Restaurants Speisen zu Schleuderpreisen wie Fleischklöße mit Kartoffelpüree oder klassische Gerichte mit allen Beilagen, was die alten Herrschaften natürlich auch anlockte. Angesichts der Einnahmen hätte das *Gold Mine* passender *Bronzemine* heißen sollen, und es würde es in Bezug auf den Profit nie mit dem *Moda* aufnehmen können.

Andererseits war es auch nicht den Launen des Jetsets ausgesetzt, der das *Moda* ganz gewiss über kurz oder lang im Stich ließ und sich einen neuen Szene-Treffpunkt suchte, sodass der ganze Lack und Glanz verblassen würde. Aufstieg und Fall gehörten am Strip dazu, aber als Security-Chef von Slaters Unternehmen gehörte es auch zu Cains Aufgaben, dafür zu sorgen, dass die Geldquellen des Boss' so lange wie möglich sprudelten.

Das *Gold Mine* war Leo Slaters Versicherung gegen die launischen Wendungen des Glücks. Aus diesem Grunde war es Cain aufgefallen, dass seit anderthalb Jahren die Einnahmen an den Glücksspielautomaten und den Roulettetischen jedes Quartal kontinuierlich zurückgegangen waren.

Auf den ersten Blick war es gar nicht so auffällig. Doch dann hatte er nachgeforscht, war mit den hauseigenen Analysten den Geldfluss durchgegangen und hatte ein nicht sehr markantes, aber seltsames Muster von mittleren und großen Gewinnen entdeckt, die vom üblichen Verlauf des Restjahres abwichen. Als er die Bücher über die noch weiter zurückliegenden Einnahmen durchgegangen war, hatte er dort ebenfalls eine zwar nicht ganz so große, aber ähnliche Häufung von Verlusten an den Automaten entdeckt, sodass sein Argwohn weiter gewachsen war.

Diese Vorkommnisse hatten ihn dazu veranlasst, sich die Videos der Überwachungskameras von den Tagen zu besorgen, an denen es zu ungewöhnlich hohen Auszahlungen gekommen war. Es handelte sich um zig Videos, und er hatte trotz seines scharfen Auges und seiner erhöhten Wahrnehmungsfähigkeit Tage gebraucht, um sich alle anzuschauen. Am Ende hatte er ein Muster erahnt, das sich zwar noch nicht bestätigen ließ, aber seine Vermutung bestärkte, einer Sache auf der Spur zu sein.

Ein und dieselbe Person war für mindestens ein halbes Dutzend Gewinne verantwortlich. Vielleicht sogar mehr.

Zugegebenermaßen sah sie jedes Mal völlig anders aus. Manchmal war sie größer, manchmal ziemlich klein. An einem Tag war sie korpulent und zwei Wochen später so schlank wie eine Turnerin. Jung, alt, grauhaarig und dann platinblond. Er hatte sogar den Verdacht, dass sie sich ein- oder zweimal als Mann verkleidet hatte.

Das Einzige, was sich nie änderte, war, dass sie mindestens zur Hälfte Asiatin war. Es gab buchstäblich Millionen von Asiaten, die jährlich durch das *Gold Mine* strömten. Deshalb wollte Cain sich erst ganz sicher sein, ehe er seine Theorie zu Gehör brachte und sich unter Umständen zum Narren machte.

Keiner konnte sich ohne plastische Chirurgie so gut verkleiden, außer es steckte jahrelange Übung dahinter.

Aber Cain war hartnäckig an der Sache drangeblieben und hatte den Sicherheitsteams von jedem Kasino befohlen, ihm jedes Video sofort zukommen zu lassen, wenn es ungewöhnlich hohe Gewinne gab. Er hatte sogar bei Kollegen nachgehakt, die bei Konkurrenten von Slater am Strip arbeiteten. Kein anderer hatte ähnliche wiederholte, offensichtlich gezielte Angriffe auf sein Etablissement bemerkt.

Das bedeutete, dass die geheimnisvolle Frau entweder den Boss auf dem Kieker hatte oder aber nicht genug Verstand besaß, um zu erkennen, was für einen Ärger sie sich mit ihren Aktionen einhandelte.

Allerdings machte sie nicht den Eindruck – angesichts der chirurgischen Genauigkeit, mit der sie sich verkleidete, und der Schläue, mit der sie bestimmt an die Hunderttausende von Dollar im Laufe der Zeit abgestaubt hatte –, dass es ihr an Verstand mangelte … oder an Mut.

Das führte ihn wieder zum einzig plausiblen Motiv zurück.

Aus irgendeinem Grund hatte sie es auf Leo Slater abgesehen.

Und das bedeutete, ob nun schlau oder nicht, dass sie es wahrscheinlich nicht mehr lange machen würde.

Wenn es vorletzte Nacht nach Slater gegangen wäre, wäre die Frau längst tot. Beinahe wäre sie unerkannt entwischt. Mit dem Kapuzenpullover und der weiten Jogginghose hatte sie wie eine von den vielen Skatern und Jugendlichen ausgesehen, die mit bis in die Kniekehlen hängenden Hosen und zotteligen, die Augen verdeckenden Haaren den Strip bevölkerten. Doch dann hatte sie an einem der Glücksspielautomaten gewonnen … fast als hätte sie nicht widerstehen können, noch einen Gewinn einzustreichen. Sie hatte offensichtlich eine andere Spielerin angeheuert, den Gewinn für sie abzuholen, aber da war es bereits zu spät gewesen.

Einer von den Aufpassern im Kasino hatte Slaters Handlangern ein Zeichen gegeben, und von oben war der Befehl gekommen, der kleinen Falschspielerin eine Lektion zu erteilen. Cain war stinksauer gewesen, als er erfuhr, dass der Boss das Mädchen Gordo und seinen beiden Kumpanen überlassen hatte, ohne Cain mit einzubeziehen.

Wenn Slater von der Spur gewusst hätte, der Cain nachging, wäre Cain zweifellos der Erste gewesen, der das Ganze hätte regeln sollen. Schließlich waren die sechzehn Jahre, die er Killer im berüchtigten Hunter-Programm gewesen war, die Hauptqualifikation in seinem Lebenslauf.

Er hatte eigentlich erwartet, dass seine verdeckte Ermittlung nach dem geheimnisvollen Dieb in jener Nacht ein abruptes Ende gefunden hätte, doch stattdessen waren noch mehr Fragen aufgetaucht. Vor allem nachdem man Gordos Firmenwagen drei Meilen von der Straße entfernt in der Wüste gefunden hatte, aber keine Spur von dem Mädchen oder einem der drei Männer zu entdecken war, die man losgeschickt hatte, um das Mädchen kaltzumachen.

Und dann war sie gestern Abend wieder aufgetaucht.

Sie war ins *Moda* gekommen und erneut bis zur Unkenntlichkeit verkleidet gewesen … zumindest für eine Weile.

Cain schaute sich das Video, das von der Überwachungskamera an der Decke aufgenommen worden war, noch einmal an und spulte schnell bis zu der Stelle vor, wo die alte Dame mit den hochgezogenen Schultern auf geradem Wege auf die Damentoilette zugesteuert war, ohne aber jemals wieder herauszukommen.

Er wusste, dass das nicht ganz stimmte. Sie war wieder herausgekommen, doch sie hatte sich der dicken Theaterschminke und ihrer Verkleidung entledigt und offensichtlich entschieden, sich in der Menge zu verstecken.

Cain hatte nicht lange suchen müssen, um sie zu finden.

Er spielte das Band ab, welches in der Nähe des Monte-Carlo-Fortune-Bonanza-Automaten aufgenommen worden war ... und da war sie.

Wow, sie war ein richtiger Hingucker.

Zierlich, mit schulterlangem schwarzen Haar und einem atemberaubenden Gesicht, das so unschuldig wie verführerisch wirkte. Er wusste, dass sie nicht unschuldig war – vor allem nicht in Bezug aufs *Moda*, doch letzte Nacht hatte sie sich nichts zuschulden kommen lassen. Er hatte sich das Video immer wieder angeschaut und keinen anderen Grund gefunden, ihr zu misstrauen, als dass sie das Kasino mit Theaterschminke und Verkleidung betreten hatte.

Was den großen Jackpot anging, war die Million und ein paar Zerquetschte an den Mann gegangen, der neben ihr gesessen hatte. Es hatte sich um einen siebenundzwanzigjährigen Rollstuhlfahrer gehandelt, der fast zwanzig Minuten lang Freudentränen vergossen hatte, während die Leitung des Kasinos mit ihm den Papierkram erledigt hatte, die der Übergabe des Schecks mit der Gewinnsumme vorausging.

Und trotzdem konnte Cain den Blick nicht vom Bildschirm abwenden.

Es war auch nicht gerade hilfreich, dass er immer wieder an den anderen ungewöhnlichen Gast denken musste, den das *Moda* gestern Abend gehabt hatte ... niemand Geringerer als ein Stammesvampir, der demselben Zuchtprogramm angehört hatte wie er.

Asher.

Er hielt inne und ging dann schnell die restlichen Aufnahmen durch, bis er bei einer Sequenz landete, die das andere Ende des Kasinos, in der Nähe des Eingangs, zeigte. Ein so großer Kerl wie dieser Stammesvampir konnte sich nicht verkleiden. Er schob sich entschlossenen Schritts durch die Menge. Ein Mann mit einem Ziel.

Nein. Korrektur: ein Jäger auf der Suche nach seiner Beute. *Was zum Teufel hatte dieser Mistkerl hier verloren? Wonach suchte er?*

Cain ließ das Band laufen und wendete den Blick nicht von dem Stammesvampir ab. Er war kaum in der Lage, sein Knurren zu unterdrücken. Definitiv war er nicht der einzige Jäger, der keinen Funken Liebe für Asher übrig hatte. Zur Hölle noch mal … der Mann verdiente jedes Fitzelchen Zorn, das ihn traf.

Als der Film weiterlief, sah er den Moment, in dem Ashers Blick seine Beute erfasste. Die dunkelblauen Augen waren mit der Schärfe eines Lasers auf ihr Ziel gerichtet, während Asher sich durch die Menge der Gäste im Kasino schob und seine langen Schritte ihn in Richtung … der Damentoilette trugen.

Allmächtiger.

Er hatte es auf die Frau abgesehen. Die war es, nach der er suchte.

Er sah sich das Filmmaterial ein paar Minuten lang an, und seine Überzeugung verfestigte sich immer mehr, als Asher genau vor der Toilette Stellung bezog und wartete.

Arbeiteten die beiden zusammen?

Und wenn nicht … was zum Teufel wollte er dann von Leo Slaters hartnäckiger kleiner Diebin?

Cain schloss seinen Laptop und stieß einen fassungslosen Fluch aus.

Er wusste nicht, was Asher vorhatte, aber es war so sicher wie das Amen in der Kirche, dass er der Sache auf den Grund gehen würde.

13

Der Regen hatte irgendwann vor Tagesanbruch eingesetzt. Naomi wusste es, weil sie fast die ganze Nacht wach gelegen hatte. Sie hatte viel Grund gehabt, sich bis zum Morgengrauen schlaflos hin und her zu wälzen ... wegen der aufgeregten Anspannung nach dem großen Schlag gegen das *Moda*, wegen ihrer Sorge um Michael und das Wohlergehen der Kinder in ihrer Obhut und wegen ihrer Furcht, dass Slater, wenn er spitzkriegte, wer und wo sie war, nicht nur mit seinen Handlangern vom Sicherheitsdienst, der sich aus gemeingefährlichen menschlichen Schlägern zusammensetzte, Vergeltung üben könnte, sondern auch noch mit einem Stammesvampir.

Einem Stammesvampir, bei dem es sich laut Asher um einen ausgebildeten Killer handelte.

Und dann war da noch er. *Asher*.

Von allen Gedanken, die ihr durch den Kopf gingen und sie nicht in Ruhe ließen, war es die Tatsache, sich mit Asher unter einem Dach zu befinden, die es ihr praktisch unmöglich machte, Schlaf zu finden.

Und es war auch eher kontraproduktiv, dass das Bettzeug und das T-Shirt, in dem sie schlief, seinen Duft verströmten. Jedes Mal, wenn sie die Augen schloss, füllte sich ihr Kopf mit Bildern von ihm – seinem scharf geschnittenen, schroffen Gesicht mit den kobaltblauen Augen, dem kantigen Kinn und dem schmalen, sinnlichen Mund. Jetzt, da sie wusste, wie sich dieser Mund auf ihrem anfühlte, fiel es ihr schwer, an irgendetwas anderes zu denken, wenn sie in seiner Nähe war. So angenehm es auch gewesen sein mochte, sich gestern Abend mit ihm in der Küche zu unterhalten, war sie sich doch sicher, dass er ganz genau wusste, wie gern sie ihn wieder küssen wollte.

Ja, sie war sich sogar ziemlich sicher, dass ihm das klar war.

Als sie ihre Hand auf seine gelegt und ihm gesagt hatte, wie leid ihr Neds Tod tat, schien er sich ihr gar nicht schnell genug entziehen zu können.

Und obwohl er ihr Gesicht in beide Hände genommen hatte, nachdem sie sich mit dem eigentlich unschuldigen Angebot, sich bei ihm revanchieren zu wollen, förmlich an ihn geworfen hatte, war er offensichtlich der Meinung gewesen, sie lieber nicht noch einmal zu küssen. So wie er buchstäblich aus dem Haus gestürzt war, grenzte es schon an ein Wunder, dass er die Fliegengittertür dabei nicht herausgerissen hatte.

Naomi atmete tief durch und stieg aus dem Bett. Sie wusste nicht, wo er war oder wo er die Nacht verbracht hatte. Im Haus war es ganz still, nur Sam schlief vor der Schlafzimmertür auf einem verblichenen Läufer. Er hob den Kopf, als sie herauskam, und übersäte ihre Hand mit feuchten Küssen.

»Ich wünsche dir auch einen schönen guten Morgen«, murmelte sie und tappte zum Badezimmer.

Auf dem Waschbeckenrand befanden sich eine verpackte Zahnbürste und eine Tube mit Zahnpasta, die offensichtlich nach ihrer gestrigen Dusche und vor Tagesanbruch für sie dort hingelegt worden waren. Nachdem sie sich ein bisschen frischgemacht hatte und mit feuchten Fingern durchs Haar gefahren war, trat sie wieder nach draußen auf den Flur.

Sam führte sie in die leere Küche zu seinem genauso leeren Napf. »Versuchst du, mich in Schwierigkeiten zu bringen, oder brauchst du wirklich ein bisschen was zum Frühstück?«

Mit schief gelegtem Kopf sah er sie mit flehendem Blick einfach unwiderstehlich an.

»Na gut. Dann gibt's also Frühstück.« Sie holte das Futter aus dem Schrank und schüttete ein bisschen davon in seinen Napf, ehe sie ihm auch frisches Wasser hinstellte.

Sie musste unwillkürlich an Zuhause denken und fragte sich, wie wohl alles lief. Bestimmt herrschte das übliche fröhliche Tohuwabohu; die Kinder, die den Tisch deckten und bei den Eiern und Pfannkuchen – einer Spezialität von Michael – halfen. Der Drang anzurufen und sich davon zu überzeugen, dass alles in Ordnung war, überwältigte sie fast. Aber mit dem Austausch der SMS gestern Abend waren sie bereits Risiko genug eingegangen. Sobald der Scheck vom Kasino auf der Bank war, konnte sie daran denken, ihr altes Leben in Vegas wieder aufzunehmen.

Was bedeutete, dass sie Asher verließe, sodass auch er zu seinem alten Leben zurückkehren würde.

Warum ihr dieser Gedanke einen Stich des Bedauerns versetzte, wollte sie nun ganz bestimmt nicht wissen.

Sie verdrängte das Gefühl und wandte ihre Aufmerksamkeit konstruktiveren Dingen zu. Nachdem sie erfolglos versucht hatte, Kaffee aufzustöbern oder die Utensilien, um sich welchen zuzubereiten, entschied sie sich für Tee, den sie in einem der Schränke gefunden hatte. Mit einem dampfenden Becher in der Hand ging sie durchs Haus und nahm langsam alles in sich auf – die gepolsterten Möbelstücke und den Fernseher aus einem anderen Zeitalter, die gerahmten Fotos und den drolligen Kleinkram, der überall herumstand. Das alte Soundsystem und die CD-Sammlung, bei der sich R&B das Regal mit Country-Musik der letzten paar Jahrzehnte teilte. Es gab Bücherregale voller vergilbter, zerlesener Taschenbücher. Und auf dem Boden neben einem abgenutzten Fernsehsessel stand ein Korb mit Kreuzworträtsel- und Sudoku-Heften, von denen die meisten mit Bleistift in der zittrigen Handschrift eines alten Menschen gelöst waren.

Sie sah überall im Haus, wohin sie auch schaute, Schnapp-schüsse von Neds und Ruths gemeinsamem Leben.

Was sie nicht sah, waren Hinweise auf Asher.

Fünfzehn Jahre hatte er mit dem alten Mann zusammen-gelebt, der ihm Unterschlupf in seinem Haus gewährt hatte, und seit fast einem Jahr wohnte er nun schon ohne Ned hier. Trotzdem schien Asher sich nicht häuslich niedergelassen zu haben. Er könnte morgen gehen, und es würde keine Hinweise geben, dass er überhaupt jemals hier gewesen war.

Naomi nippte an ihrem Tee und begab sich in den hinteren Teil des verwinkelten Hauses, der später angebaut worden war. Vom Flur gingen zwei weitere Schlafzimmer ab – beide unmöb-liert –, als hätten sich Pläne von Familienzuwachs oder Besuche von Neds und Ruths Freunden und Verwandten nie realisiert.

Am Ende des Flurs befand sich ein weiterer Raum, aus dem gedämpfte Schleifgeräusche zu hören waren. Es war ein ganz gleichmäßiges, sehr konzentriertes Geräusch.

Sie blieb in der offenen Tür stehen, durch die es in eine Schreinerwerkstatt zu gehen schien, und beobachtete Asher einfach eine Weile lang.

Sein Kopf war gesenkt, und sein seidiger schokoladenbrau-ner Schopf hing ihm in die Stirn, während er den Rand eines geschnitzten Betthauptes mit größter Sorgfalt schliff. Er war barfuß und hatte nur eine locker sitzende, verblichene Jeans an.

Sie stand da und betrachtete völlig gebannt das Gewirr von Dermaglyphen, die sich über seinen ganzen Oberkörper und entlang der muskulösen Arme zogen. Die Hautmuster waren jetzt nur einen Hauch dunkler als sein restlicher Körper, aber sie wusste, dass sie ein Abbild seiner Gefühlslage waren. In der kurzen Zeit, die sie ihn kannte, hatte sie mehrmals beobachtet, wie sie ihre Farbe – meistens vor Wut – änderten.

Endlich schaute er auf. Sein Gesicht verzog sich zu einer finsteren Miene, was sein üblicher Ausdruck in ihrer Gegenwart zu sein schien. »Ist irgendwas los?«

»Nein.« Sie zuckte mit den Achseln und hob dabei den Becher. »Ich hoffe, es stört dich nicht, dass ich mir einen Tee gemacht habe.«

»Natürlich stört es mich nicht.« Er verharrte wortlos, als erwarte er, dass sie wieder gehen würde. Vielleicht hoffte er es auch.

Naomi trat in den Raum und schaute die Stücke an, die darin verteilt herumstanden … selbst gemachte Stühle, hübsche kleine Beistelltischchen, zwei Bücherregale. Sogar ein großer Kleiderschrank stand in einer Ecke. Es waren viele schöne Dinge, mit denen man den größten Teil des Hauses einrichten konnte. Alle Möbelstücke waren fachmännisch hergestellt und in ihrer Schönheit fast schon Kunstwerke.

Sie konnte nicht widerstehen, alles genauer in Augenschein zu nehmen. »Das sind ganz wundervolle Sachen. Warum hat Ned sie alle hier hinten aufbewahrt?«

»Ein paar sind von ihm«, erwiderte Asher mit undurchdringlicher Miene. »Der Rest ist von mir.«

Sie warf ihm einen ungläubigen Blick zu. »Von dir? Du meinst, du hast sie gemacht?«

Er nickte leicht. »Ned hat mir beigebracht, wie man's macht, ehe er sein Augenlicht verlor und nicht mehr schreinern konnte. Anfangs half ich ihm nur, die Teile fertigzustellen, die er hatte stehen lassen müssen. Nach einer Weile stellte ich fest, dass es eine gute Möglichkeit ist, mich zu beschäftigen … vor allem, wenn ich während des Tages gezwungen bin, drinnen zu bleiben.«

Sie betrachtete das Betthaupt mit den gewundenen Schnitzereien und Intarsien, die sich auf Ashers Haut wiederholten.

»Du bist wirklich gut darin. Du solltest ein paar der Stücke in andere Zimmer des Hauses stellen. Die Beistelltische würden sich im Wohnzimmer viel schöner als die machen, die jetzt da stehen. Wenn du willst, könnte ich dir zeigen, wie ich sie arrangieren würde.«

Er starrte sie an, als hätte sie gerade angeboten, ihm den Kopf kahl zu scheren. »Ich verbringe nicht viel Zeit im Wohnzimmer, und ich habe für keins der Möbelstücke, die hier stehen, Verwendung. Nur Sam und ich wohnen in diesem Haus, und wir brauchen nicht viel.«

»Hast du zumindest je daran gedacht, zu verkaufen, was du anfertigst?« Sie stellte ihren Becher auf eine Hobelbank, sodass sie mit der Hand über die geschwungene Lehne eines Stuhls fahren konnte. »Es ist doch eigentlich eine Schande, so schöne Sachen einstauben zu lassen, wenn jemand seine Freude daran haben könnte.«

»Ich habe auch kein Interesse daran, irgendetwas zu verkaufen.« Er legte den Schleifblock weg und wirkte jetzt verärgert und barsch. Er musterte sie von Kopf bis Fuß mit einem missvergnügten Ausdruck in seiner angespannten Miene. »Du hast immer noch mein T-Shirt an. Hinter der Küche ist ein kleiner Hauswirtschaftsraum. Da steht eine Waschmaschine, wenn du deine Sache waschen willst.«

Sie schenkte ihm ein Lächeln, das nicht erwidert wurde. »Danke, das werde ich tun. Ich habe den Geruch von Zigarettenrauch noch nie ertragen können. Meine Mutter hat ihn jeden Abend mit nach Hause gebracht, wenn sie mit Slater im Kasino gewesen war.«

»Sobald die Sonne untergegangen ist, fahren wir an die Staatsgrenze, um Lebensmittel und Vorräte zu kaufen«, brummte er. »Du kannst dir dann auch ein paar Sachen zum Wechseln besorgen. Aber warum suchst du dir bis dahin nicht eine Beschäftigung … lies eins von Ruths Büchern oder löse Neds Kreuzworträtsel.«

»Meinst du das im Ernst?« Sie verschränkte die Arme vor der Brust und runzelte die Stirn, während er sich wieder der Arbeit an dem Betthaupt zuwandte, als wäre sie bereits gegangen. Sein brummiger Tonfall und die abweisende Haltung störten sie das erste Mal, seit sie in diesem Haus war, doch dass es sich gegen sie richtete – vor allem nach dem Kuss –, traf sie mehr, als sie erwartet hätte. »Versuchst du etwa, mich loszuwerden?«

Er warf ihr einen finsteren Blick zu. »Solange ich mich nicht um Slater gekümmert habe, kann ich das nicht. Und Cain muss ich mir höchstwahrscheinlich auch vornehmen.«

Ihre Lippen wurden ganz schmal, denn so versuchte sie, den Schmerz aus ihrer Stimme herauszuhalten. »Wenn ich nicht Sorge hätte, Michael oder die Kids, die auf uns zählen, in Gefahr zu bringen, wenn ich sofort nach Hause gehe, wäre ich längst fort.«

Sie machte auf dem Absatz kehrt, um zu gehen, doch nach zwei Schritten blieb sie wieder stehen. Sie ertrug weder die emotionale Verwirrung noch das Gefühl, sich zum Narren gemacht zu haben, weil sie zugelassen hatte, etwas für diesen Mann zu empfinden – diesen kalten Stammesvampir –, der es ganz offensichtlich nicht erwarten konnte, sie wieder loszuwerden.

Genauso wütend auf sich selbst wie auf ihn fuhr sie wieder herum.

»Warum hast du mich gestern Abend im Wagen geküsst, Asher?«

Ein harter Ausdruck legte sich auf sein Gesicht. »Spielt das eine Rolle? Es war ein Fehler. Ein Fehler, den ich nicht noch einmal machen werde.«

Seine Worte ließen alle Luft aus ihrer Lunge entweichen, und sie hatte das Gefühl, ein Bleiklumpen läge auf ihrem Magen. Er wandte sich wieder dem Schleifen zu, als hätte er nichts mehr zu sagen … als wäre es ganz leicht für ihn, sie nicht nur aus dem Raum zu verdrängen, sondern auch aus seinen Gedanken.

»Ein Fehler«, wiederholte sie und nickte, denn sie wusste, dass sie es genauso handhaben sollte, aber das konnte sie nicht. »Hast du es getan, weil ich geweint habe? Weil ich dir leidgetan habe?« Sie atmete jetzt ganz flach und starrte seinen gesenkten Kopf und die kräftigen, muskulösen Schultern an, während er mit dem Schleifblock über die bereits glatte Kante des Betthaupts strich. »Hast du es etwa aus Mitleid getan, Asher?«

Er hielt abrupt inne. Mit einem leisen Knurren ließ er den Schleifblock fallen, schob das Betthaupt beiseite und sprang auf. Naomi wich zurück und stellte ihren Verstand infrage. Was war bloß in sie gefahren, ihn derart zu provozieren? Manchmal fiel es ihr schwer, daran zu denken, was er war, was dieser gefährliche Stammesvampir ihr antun könnte.

Doch im Moment war er einfach nur Asher … der Mann, der ihr Leben auf den Kopf stellte, allein dadurch, dass sie ein Verlangen nach ihm verspürte, das sie nicht fühlen wollte. Sie mit einer Sehnsucht erfüllte, die ganz und gar auf ihn gerichtet war, auf diesen gefährlichen Einzelgänger, den sie wider jede Vernunft wollte.

Sie wich nicht zurück, als er langsam auf sie zukam, doch sie spürte ein leichtes Zittern in den Gliedern.

Sein Blick versengte sie förmlich, denn seine Augen loderten in einem heißen, bernsteinfarbenen Licht. Die Glyphen auf seiner breiten Brust und den kräftigen Armen schillerten in satten Farben – blau, tiefrot und golden. Sein Kiefer war angespannt, doch als er mit schmalen Lippen Luft holte, erhaschte sie einen Blick auf die schneeweißen Spitzen seiner Fänge.

»Ja, Naomi«, sagte er, und seine tiefe Stimme war rau wie ein Reibeisen. »Als ich dich küsste, tat ich es, weil du geweint hast.«

Sie atmete krampfhaft ein, und es war ihr zuwider, dass es so klang, als hätte sie einen Kloß im Hals. Als sie seinem sengenden Blick auswich, streckte er den Arm aus. Seine große Hand legte sich um ihren Nacken, und sie hatte keine andere Wahl, als ihn anzuschauen.

»Ich habe dich geküsst, weil deine Tränen auch in mir einen Schmerz auslösten«, erklärte er leise. Er schüttelte den Kopf und durchbohrte sie förmlich mit diesen außerirdischen Augen, die mit einer noch größeren Qual gefüllt zu sein schienen als die, welche ihr zu schaffen machte. »Und obwohl ich wusste, dass es ein Fehler sein würde, von deinen Lippen zu kosten, sorgte noch nicht einmal das dafür, dass ich dich weniger wollte.«

Ehe sie etwas sagen konnte, senkte er den Kopf und eroberte ihren Mund aufs Neue. Es war nicht das zärtliche Streichen seiner Lippen über ihre wie beim letzten Mal im Wagen, sondern eine leidenschaftlich innige und ausgehungerte Berührung. Seine Zunge drang in ihren Mund ein und versengte sie von innen heraus mit jedem fiebrigen Vorstoß. Er küsste sie, als wollte er sie bei lebendigem Leibe verspeisen.

Als hätte er sich danach verzehrt, wieder von ihr zu kosten, und als würde ihn jetzt nichts mehr davon abhalten, sie ganz und gar zu vereinnahmen.

Das Verlangen, das vom ersten Moment an zwischen ihnen geschwelt hatte, als sie in seinem Bett erwacht war und nur noch dank seiner Hilfe am Leben war, brach sich in einer Glut Bahn, der scheinbar keiner von beiden Herr werden konnte.

Wo ihr erster Kuss noch vorsichtig und unsicher gewesen war, ließ dieser jetzt keinen Zweifel daran, was sie beide voneinander wollten – brauchten.

Asher schob seine Hand unter den langen Saum des T-Shirts, das sie anhatte. Er stöhnte an ihrem Mund, während er mit den Fingern über den dünnen Stoff ihres Slips strich.

»Dich gestern Abend in diesem Shirt zu sehen, war die reinste Folter. Jetzt kann ich es nie wieder tragen, ohne dich dabei zu sehen.« Er legte die Hand auf ihren Schoß und knetete die wachsende Sehnsucht, die dort erblühte. »Und mir dann auch noch vorzustellen, wie du nackt und nass unter meiner Dusche stehst …«

Er streichelte sie jetzt drängender. Seine große Hand spreizte ihre Schenkel weiter, sodass er noch besser an die feuchte Stelle zwischen ihren Beinen kam. Sie drängte sich ihm entgegen und klammerte sich an seine Schultern, während sich in ihrem Kopf alles vor Lust drehte. Seine Finger waren heiß, als er ihr Höschen zur Seite schob und dann in ihre Feuchtigkeit eintauchte. Lustvolle Erregung schoss bei seiner Berührung und der rhythmischen Bewegung durch ihre bebenden Glieder.

»Das ist es, was ich tun wollte«, stieß er zwischen leidenschaftlichen Küssen hervor, während sein Mund über ihren Hals nach unten glitt und er sie mit seiner Hand an den Rand des Wahnsinns trieb. »Ich musste all meine Kraft zusammennehmen, um nicht zu dir ins Badezimmer unter die Dusche zu kommen.«

Naomi stöhnte und drängte sich hilflos gegen seine Hand mit den kräftigen Fingern. »*Asher.*«

»Genau«, knurrte er. »Vielleicht verstehst du jetzt, warum ich dich geküsst habe. Und als du gestern Abend nebenan geduscht hast, wollte ich am liebsten über deinen seifigen, glatten

Körper streichen, und dann wollte ich dich nehmen, Naomi. Ich wollte dich gegen die Fliesen drücken und so tief in dich eindringen, dass ich endlich dieses unerträgliche Verlangen loswerde, in dir zu sein.«

»Oh Gott.« Seine verruchte Berührung ließ sie keuchen, und sie war kurz davor, an Ort und Stelle zu kommen. »Ich hätte dich nicht daran gehindert, Asher. Ich hatte die gleichen Fantasien. Das habe ich mir vorgestellt, als ich mich unter der Dusche berührt habe. Ich habe mir vorgestellt, dass du mich berührst, mich genauso streichelst, wie du es jetzt tust.«

Er stieß ein leises Knurren aus und sah sie voller Verlangen an. »Hast du unter dem warmen Strahl gestanden und bist gekommen, während du an mich gedacht hast, süße kleine Narumi?«

Der Klang ihres Namens – ihres richtigen Namens – hätte sich falsch, ja wie ein Missklang anhören sollen.

Keiner nannte sie jetzt noch so. Sie erlaubte es keinem. Doch ihren richtigen Namen aus Ashers Mund zu hören, vor allem, wenn er sie dabei so anschaute, als würde sie ihm gehören und zwar nur ihm, löste etwas tief in ihrem Innern aus.

Sie hatte das Gefühl, befreit worden zu sein.

Sie hatte das Gefühl, gesehen zu werden.

Und sie hatte das Gefühl – vielleicht sogar zum ersten Mal in ihrem Leben –, wirklich geborgen zu sein.

»Ja«, seufzte sie an seinen Lippen, als er erneut den Kopf senkte, um sie zu küssen. »Ich habe an dich gedacht, als ich kam. Dann habe ich den Rest der Nacht allein in deinem Bett verbracht und mich gefragt, ob du wohl zu mir kommen würdest. Ich habe es mir gewünscht.«

Er stieß einen rauen Fluch aus und riss ihr im gleichen Moment das Höschen herunter. Dann zog er ihr das T-Shirt über den Kopf und fuhr mit den Händen jeden Zentimeter ihres nackten Körpers nach. Seine Muskeln spannten sich an und wölbten sich, seine Glyphen pulsierten und schimmerten in allen Farben – zum Leben erwachte Kunst, die auf seiner goldenen Haut tanzte.

Sie konnte die Ungeduld, ihn ebenfalls mit allen Sinnen zu erforschen, kaum ertragen.

Als sie die Hände seitlich an seinem Oberkörper nach unten gleiten ließ, zitterte sie angesichts der schieren Kraft, die sie unter ihren Fingerspitzen spürte. Es bestand kein Zweifel daran ... er war kein normaler Sterblicher, und fraglos war er der gefährlichste, stärkste Mann, dem sie je nahegekommen war. Aber er bestand auch aus Fleisch und Blut – ein Körper, der unter ihren forschenden Händen herrlich heiß vor Leben strotzte.

Er gab ein leises, kehliges Stöhnen von sich, als sie ihre Hand in den lockeren Bund seiner Hose schob und ihn in die Hand nahm. Doch jeder zögernde Zweifel, ob sie das Richtige tat, löste sich in Luft auf, als er in ihrem Griff zuckte und ein Zischen ausstieß, als sie fester zupackte und ihn zu massieren begann.

»Ich will dich sehen«, wisperte sie. »Ich muss alles von dir spüren.«

Als sie eher unbeholfen an seiner Kleidung zerrte, kam er ihr zu Hilfe, löste den Knopf, zog den Reißverschluss auf und schob die Jeans nach unten. Naomi betrachtete ihn wie gebannt und schwelgte im Anblick der wunderschönen Glyphen, die sich über seine schmalen Hüften und die Lenden zogen, wo sie im dunklen Haar am Ansatz seiner Männlichkeit verschwanden.

Sie nahm ihn wieder in die Hand und bewunderte ihn jetzt sowohl mit ihrem Blick als auch mit ihrer Berührung. Er reagierte darauf mit einem tiefen, lauter werdenden Knurren.

»Bin ich der erste Stammesvampir, mit dem du zusammenkommst?«

»Der erste und einzige.« Ihr entging nicht, wie seine Augen bei diesem Geständnis aufleuchteten.

»Was ist mit Menschenmännern?«

Sie zuckte mit den Achseln. »Es waren wohl ein paar. Aber es ist so lange her, dass ich mich gar nicht mehr erinnern kann.« Während sie einander tief in die Augen schauten, streichelte sie ihn weiter und musste sich sehr anstrengen, dass die Beine nicht unter ihr nachgaben, während er sie ebenfalls erforschte. Sie war so feucht, sehnte sich so sehr danach, ihn in sich zu spüren, dass sie ihr Verlangen kaum mehr ertrug. »Und ich habe keinen je so sehr gewollt, wie ich dich will, Asher.«

Sein Mund verzog sich zu einem sündhaft schönen Lächeln. »Gut.«

Er ging vor ihr in die Knie, packte mit einer Hand ihre Hüfte, um sie festzuhalten, während er mit der anderen ihre Schenkel spreizte, um mit dem Mund an ihren Schoß zu gelangen. Seine Lippen legten sich auf ihr Geschlecht, und seine Zunge schob sich nass und heiß in ihr Fleisch, um dann vom Zentrum der lustvollsten Empfindung nicht mehr abzulassen, sodass sie innerhalb kürzester Zeit Sternchen hinter den geschlossenen Lidern sah.

Er gab höchst erotische, animalische Laute von sich, während er ihr zartes Fleisch leckte und es ihr mit der Zunge besorgte. Er war eine unaufhaltsame Macht, ein Sturm, dem sie sich völlig hemmungslos hingab.

»Oh Gott«, keuchte sie und zitterte, als er sie erbarmungslos dem Gipfel herrlicher Erlösung entgegentrieb. Keuchend und bebend kam sie an seinem Mund, und sie hatte das Gefühl, als schössen weiß glühende Blitze durch ihre Adern. »Asher!«

Sie war immer noch besinnungslos vor Lust und völlig entkräftet von der Wucht ihres Höhepunkts, als er sich mit einem leisen Knurren von ihr losriss und sie hochhob.

»Schling deine Beine um mich«, befahl er ihr, mit einem unirdischen, rauen Unterton in der Stimme.

Sie verschränkte ihre Knöchel hinter seinem Rücken, und er hielt sie hoch, seine starken Hände lagen unter ihren Oberschenkeln, während er sie Zentimeter für Zentimeter seiner Männlichkeit zuführte.

Er füllte sie so vollständig aus, dass es an Schmerz grenzte. Doch es war ein süßer, köstlicher Schmerz, als er ihren engen Schoß immer weiter dehnte, damit sie ihn ganz aufnehmen konnte. Es fühlte sich so gut an, dass sie beinahe schon wieder gekommen wäre, weil sie das Gefühl förmlich überwältigte, mit ihm vereint zu sein.

Dann begann er sich zu bewegen.

Er trug ihr ganzes Gewicht auf Händen, als wäre sie so leicht wie eine Feder, als er immer wieder in sie eindrang und jedes Mal ein bisschen tiefer eintauchte.

Sie drängte ihm entgegen, denn sie brauchte mehr. Sie brauchte alles, was er ihr zu geben hatte.

Er stöhnte, als sie ihn zu einem härteren Tempo antrieb. »Du bist so eng, Naomi. Ich will dir nicht wehtun.«

»Ich bin zäher, als ich aussehe, Vampir.«

Er grinste, und seine schneeweißen Fänge blitzten auf. »Das bist du.«

»Dann hör auch nicht auf, Asher.« Sie drückte einen festen Kuss auf seinen Mund und biss ihn kurz in die Unterlippe. »Und sei nicht sanft.«

»Oh, Himmel.« Sein Blick stand jetzt in Flammen, seine bernsteinfarben funkelnden Augen vereinnahmten die schmalen Pupillen fast vollständig. Mit einem rauen Knurren packte er sie fester und stieß jetzt immer heftiger in sie.

Naomi stöhnte. Das Beben in ihrem Körper steigerte sich schnell zu einer Erlösung, die sie weder verlangsamen noch zurückhalten konnte. Ein lauter Schrei brach aus ihr heraus, als sie den Höhepunkt der Lust erreichte.

Trotzdem hörte Asher nicht auf, sondern nahm sie weiter mit wilder Leidenschaft und gab ihr genau das, was sie von ihm verlangt hatte.

Er kam mit einem so lauten Brüllen, dass es eigentlich das Hausdach hätte wegreißen müssen. Seine Erlösung war ein nicht enden wollender heißer Strom, wodurch er noch geschmeidiger und hitziger in sie stieß. Die Empfindungen waren zu intensiv, ihr Körper zu empfindsam.

Wieder wurde sie von einem Höhepunkt erfasst, der sie bebend und völlig entkräftet zurückließ.

»Oh Gott.« Sie keuchte an seiner Schulter, während sie mühsam versuchte, wieder zu Atem zu kommen. »Das war … unglaublich.«

Das leise Lachen, mit dem er auf ihre Worte reagierte, war voll dunkler Verheißung. »Ja, das war es. Aber glaub ja nicht, dass ich schon mit dir fertig bin. Vor uns liegen noch viele Stunden Tageslicht, und jetzt, da ich weiß, was du magst, will ich es richtig auskosten.«

14

Asher hatte in den gesamten fünfzehn Jahren, die er nun auf der Ranch lebte, nicht so viel Zeit im Bett verbracht wie jetzt. Allerdings hatten er und Naomi sich – um genau zu sein – nicht streng ans Bett gehalten. Sie hatten auch den Teppich im Schlafzimmer, den Sessel und sogar die Kommode benutzt.

Und sie hatten viele kreative Möglichkeiten gefunden, sich auch in anderen Bereichen des Hauses zu vergnügen.

Eigentlich hätte er befriedigt sein müssen, aber er konnte nach ihrer abendlichen Einkaufstour an die Staatsgrenze nur daran denken, wie er sie möglichst schnell ihrer Kleidung entledigen und wieder unter sich haben könnte.

Da half es, als er nach dem Füttern der Pferde und Hühner ins Haus zurückkam, bei seiner fast ständigen Erektion auch nicht gerade weiter, Naomi nach vorn gebeugt in der Küche stehen zu sehen, sodass ihr kecker kleiner Hintern in der engen Jeans einladend nach oben gereckt war, während sie den Küchenschrank nach einer Pfanne durchwühlte. Leise Musik drang aus der Anlage im Wohnzimmer. Es war keine von Neds Lieblings-CDs mit Country-Musik, sondern ein getragenes Jazz-Stück, das sich der alte Mann immer dann angehört hatte, wenn er mit seinen Gedanken mehr als sonst bei Ruth gewesen war. Während Asher Naomi beobachtete, wie sie sich zu dem sinnlichen Stück wiegte und summte, konnte er sich nicht vorstellen, es je wieder zu hören, ohne dabei an sie zu denken.

Sie schaute in seine Richtung, als er die Fliegengittertür langsam hinter sich zuschwingen ließ. Bei dem zarten Lächeln, das sich auf ihrem Gesicht ausbreitete, als ihre Blicke sich begegneten, zuckte es hinter dem Reißverschluss seiner Jeans.

»Ich brate Hähnchenbrust, die ich mit ein bisschen Salat anrichte«, sagte sie und stellte die Pfanne auf den Herd. »Ist das okay für dich?«

»Mach dir, was immer du willst. Die Küche gehört dir.«

»In Ordnung.« Sie ging zum Kühlschrank, holte ein paar von den frischen Lebensmitteln heraus, die sie heute gekauft hatten, und legte sie auf die Küchenarbeitsfläche neben der Spüle, wo er sich gerade die Hände wusch. »Was für ein Gefühl ist es eigentlich, kein richtiges Essen zu sich nehmen zu können?«

Er zuckte mit den Achseln und lehnte sich an die Arbeitsplatte, während sie einen Kopfsalat wusch und dann trocken schüttelte. »Deine Definition von Essen und meine unterscheiden sich. Das ist alles.«

»Dann hast du also nie frisches Obst probiert oder ein perfekt gebratenes Steak? Oder richtig gute Schokolade?«

»Nein. Ich könnte menschliches Essen probieren, wenn ich wollte, aber nur einen Bissen oder zwei. Das Verdauungssystem eines Stammesvampirs ist nicht auf so schwere Nahrung eingestellt.«

Ihr Blick ging zu seinem Mund. »Nur Blut?«

»Ja. Und dann muss es auch frisch sein, direkt aus der Ader eines lebenden Menschen.«

Sie schluckte, und als sich ihre zarte Kehle bewegte, wurde ihm plötzlich klar, dass schon ein paar Tage vergangen waren, seit er das letzte Mal Nahrung zu sich genommen hatte – zu viele Tage, insbesondere für einen Gen-Eins-Vampir wie ihn. Spätere Generationen waren in der Lage, es bis zu einer Woche aufzuschieben. Doch die Stammesvampire reinsten Blutes konnten das nicht.

Aber so durstig er auch sein mochte, besaß die Vorstellung, sich das Blut eines normalen Homo sapiens einzuverleiben, noch weniger Reiz als sonst. Insbesondere wenn Naomi vor ihm stand.

»Warum hast du nicht versucht, von meinem Blut zu trinken, Asher?«

Er biss bei ihrer unschuldigen Frage die Zähne zusammen. Naomi war aus vielen Gründen tabu und nicht zuletzt, weil sie eine Stammesvampirin war. Er streckte die Hand aus und berührte das kleine Muttermal unter ihrem Kinn. »Wegen dem hier.«

Ein Schluck von ihrem Blut würde ihn in einer Weise nähren, wie menschliches Blut das nie konnte, doch es würde ihn wie mit einer Kette, die sich nie wieder sprengen ließe, an sie binden. Solange sie lebten, würde er sie immer in seinem Blut, in seinen Sinnen spüren. Und wenn sie von seinem Blut tränke, würde es auch für sie keinen anderen Mann mehr geben. Die Blutsverbindung zwischen einem Stammesvampir und seiner Frau war nicht nur heilig, sondern galt auch für die Ewigkeit.

Sie verdiente einen besseren Mann. Einen, der ihrer würdig war.

Warum war er also von solch einer starken Sehnsucht erfüllt, trotz allem seine Fänge in ihre zarte Haut zu bohren?

Er räusperte sich, und sein Mund war plötzlich so ausgetrocknet wie die Mojave-Wüste vor der Haustür.

»Fang lieber mit dem Kochen an«, brummte er. »Wenn Sam nebenan aufwacht und riecht, dass Huhn auf dem Herd steht, musst du unter Umständen mit ihm um dein Abendessen kämpfen.«

Sie lachte leise. »Okay. Also kein Abendessen für dich. Aber du bist sicher, dass du nichts willst?«

»Das habe ich nicht gesagt.« Er ging langsam auf sie zu, denn er konnte dem Verlangen nicht widerstehen, ihr nah zu sein. »Ich sehe eindeutig etwas, das ich will.«

Er schloss die Arme von hinten um sie, trat ganz dicht an sie heran und stöhnte, als er ihren Körper an die Vorderseite seines Körpers drückte. So klein sie auch im Vergleich zu seiner hünenhaften Gestalt sein mochte, hatte er doch noch nie etwas Vollkommeneres kennengelernt als die zarte Wärme ihres Körpers, die sich an seine Härte schmiegte. Er drängte seine Hüften gegen ihren Hintern, und es hatte fast etwas Schmerzhaftes, auch nur in ihrer Nähe zu sein.

Sie ließ den Kopf nach hinten sinken und seufzte, wobei sie sich in seinen Armen langsam zur Musik wiegte. »Ich habe dieses alte Stück immer geliebt.«

»Es hat mir nie besser gefallen als gerade jetzt«, brummte er.

Ihr Mund verzog sich zu einem Lächeln, als sie ihn unter ihren dichten Wimpern hervor ansah. »Tanz mit mir.« Sie drehte sich in seinen locker um sie geschlungenen Armen zu ihm um, bis sie einander in die Augen schauen konnten. Sie bewegte sich anmutig und schwang die Hüften, während sie die Arme um seinen Hals legte und seinen lodernden Blick erwiderte. »Du bist so steif, Asher.«

»Ich bin kein großer Tänzer.«

»Das habe ich nicht gemeint.« Sie stellte sich auf die Zehenspitzen, zog seinen Kopf zu sich herunter und legte ihren Mund auf seinen.

Ihr Kuss ließ seine Sinne explodieren, als hätte man Benzin in tosendes Feuer geschüttet. Er strich mit den Händen über ihren runden Hintern, drückte sie und zog sie fest an seinen erregten Körper. Er wollte in ihr sein, mit ihr verschmelzen. Das würde er auch, wäre da nicht diese hinderliche Kleidung.

»Wessen brillante Idee war es eigentlich zu erlauben, dass du dich wieder anziehst?«, knurrte er zwischen leidenschaftlichen

Küssen. »Von jetzt an will ich dich nur noch in meinem T-Shirt sehen oder ohne alles.«

Lächelnd sah sie zu ihm auf. »Das hört sich für mich nach einem guten Plan an.«

Er küsste sie wieder. »Wenn dir der Plan gefällt, dann warte nur, bis du hörst, was ich sonst noch vorhabe.«

»Vielleicht hätte ich auch ein paar Energy-Drinks mitnehmen sollen«, meinte sie und seufzte, als er die Hand unter ihr Shirt schob und ihren BH aufhakte. »Du unersättlicher Vampir, mit deinem Durchhaltevermögen bringst du mich noch um.«

»Beklagst du dich?«

»Kein bisschen.« Sie schrie überrascht auf, als er sie hochhob und auf die Küchenarbeitsplatte setzte. Sie streichelte seinen Rücken und schob die Hände dann in sein Haar, während er nach ihren Knien fasste und ihre Beine spreizte. Er trat zwischen ihre Schenkel, legte eine Hand besitzergreifend um ihren Nacken und drückte seinen Mund in einem heißen, leidenschaftlichen Kuss auf ihre Lippen.

Er verlor alles Zeitgefühl und wusste nicht, wie lange sie sich geküsst hatten, ehe seine Sinne begannen vor Unbehagen zu kribbeln. Er hörte ein von draußen kommendes Geräusch – aber so schwach, dass er es sich vielleicht auch nur eingebildet hatte.

Doch das war nicht der Fall. Es war da. Das Gehör eines Stammesvampirs – und ganz besonders seines – war viel zu scharf, um sich da zu irren.

Da draußen irgendwo im Dunkel war jemand.

»Was ist los?«, fragte Naomi, als er regungslos innehielt, um zu lauschen, während seine Hand weiter um ihren Nacken lag. »Asher?«

Er legte den Zeigefinger an ihre feuchten, leicht offen stehenden Lippen. Ihre mandelförmigen Augen wurden vor Angst ganz groß. Er zog sie von der Arbeitsplatte herunter, stellte sie auf den Boden und flüsterte ihr ins Ohr: »Geh ins Schlafzimmer und schließ hinter dir ab. Nimm Sam mit.«

»Asher, was …«

»Tu es einfach, Naomi.« Draußen in dem Paddock stieß eins der Pferde ein nervöses Wiehern aus, sodass ihr Blick unwillkürlich zur Tür ging, hinter der tiefschwarze Nacht war. Asher fasste zärtlich nach ihrem Kinn und drehte ihr Gesicht zu ihm zurück. »Wahrscheinlich ist es nichts. Die Tiere erschrecken sich ständig vor irgendetwas. Aber ich muss mich davon überzeugen, dass nichts ist. Deshalb tu, was ich gesagt habe. Bitte.«

Sie nickte schwach und verließ die Küche.

Erst als er hörte, wie sich die Schlafzimmertür schloss, setzte Asher sich in Bewegung. Er schlich sich ohne Waffen aus dem Haus, denn wenn es einen Eindringling gab – und zwar insbesondere der, mit dem er rechnete –, trat er diesem am besten mit bloßen Händen entgegen.

Als er sich dem Pferdepaddock näherte, kam eine dunkle Gestalt aus dem Schatten hervor.

»Das ist aber ein heimeliges kleines Nest, das du hier hast, Asher.« Cains Stimme war völlig ausdruckslos, sodass nicht zu erkennen war, was in seinem Kopf vorging. »Hätte nie gedacht, dass ich dich mal in der Walachei wiederfinden würde, wo du einen auf Trautes Heim, Glück allein machst. Vor allem nicht mit diesem diebischen kleinen Weib da drin.« Er lachte leise. »Offensichtlich bist du in letzter Zeit für ein paar Überraschungen gut.«

»Solltest du das Bedürfnis verspüren, den morgigen Abend zu erleben, empfehle ich dir, auf der Stelle mein Land zu verlassen, Cain.«

Der frühere Jäger kam ohne Hast näher. »Ich bin nicht hier, um mit dir zu kämpfen, Asher. Zumindest heute nicht. Letztendlich kennen wir einander gut genug, um zu wissen, dass keiner von uns beim anderen auch nur ein bisschen Gnade walten – oder erhalten – würde.«

Dem würde Asher nicht widersprechen. »Warum bist du denn dann hier?«

»Aus Neugier«, erwiderte er. »Nicht so sehr deinetwegen als vielmehr ihretwegen.«

»Sie geht dich nichts an.« Seine Worte wurden von einem Knurren begleitet, das er nicht unterdrücken konnte. »Unterliege da keinem Fehler, Cain … wenn du sie anfasst, werde ich dich töten.«

Der dunkelhaarige Killer grinste und schüttelte den Kopf, seine silbernen Augen funkelten. »Ich brauche sie nicht anzufassen. Sie ist bereits eine tote Frau, so wild wie sie darauf aus ist, sich mit Leo Slater anzulegen.«

Asher stürzte sich mit einem Satz auf ihn, wobei seine Fänge hervorschossen, als er Cains Kehle packte. »Hat er dich geschickt? Dieser Hundsfott hat bereits drei Schläger auf sie gehetzt, um die ich mich gekümmert habe. Sag, was du weißt, sonst bist du der Nächste.«

Cain grinste, doch in seinem wachen Blick lag auch eine gewisse Unsicherheit. Und dann schien es ihm zu dämmern. »Du machst dir was aus ihr.« Er lachte leise glucksend. »Erzähl mir nicht, dass du an der kleinen Diebin hängst. Ich könnte ja verstehen, warum du die Finger nicht von ihr lassen kannst, aber das scheint mir jetzt doch ein bisschen mehr zu sein.«

Asher drückte fester zu, ließ dann aber seinen früheren Kameraden mit einem deftigen Fluch los.

Gedankenverloren rieb Cain sich die Kehle. »Was für ein Spielchen treibt ihr beiden da eigentlich? Was braucht so ein Mistkerl wie du die Menge von Geld, die sie Slater seit mehr als einem Jahr klaut? Zweihunderttausend fegt man nicht einfach unter den Teppich und vergibt. Vor allem nicht ein Mann wie Slater.«

Heiliger Himmel. Die hohe Summe schockierte ihn, aber er ließ sich nichts anmerken. Außerdem fiel ihm auf, dass Cain nichts von Michaels Gewinn von gestern Abend sagte.

»Slater soll sich nicht so anstellen«, erwiderte er. »Wenn er ein paar Federn lassen muss, hat er das mehr als verdient.«

Cain schüttelte den Kopf. »Was ist mit dir los? Du hattest doch keine kriminellen Ambitionen, ehe wir aus Dragos' Labor geflohen sind, und doch bist du jetzt nichts weiter als ein gewöhnlicher Dieb?«

Er erhob keine Einwände. Solange Cain Naomi im Visier hatte, würde Asher den Verdacht nicht von sich selbst ablenken … nicht einmal, um dem anderen die Wahrheit zu sagen. »Du bist gerade der Richtige, ein Urteil abgeben zu dürfen, wenn man bedenkt, für wen du arbeitest. Du nimmst Slaters Geld. Der einzige Unterschied ist, dass du dir dabei die Hände mit Blut befleckst.«

Cains Züge erstarrten zu einer Maske der Härte. »Wir haben beide Blut an den Händen, Asher, und es wird sich niemals abwaschen lassen. Aber zumindest habe ich nicht meine eigenen Brüder umgebracht.«

»Wir haben jeden umgebracht, für dessen Ermordung Dragos uns den Befehl gab.«

Cain schüttelte den Kopf. »Du weißt verdammt genau, dass es einen Unterschied zwischen dir und mir gibt.«

»Dann beweis es. Geh und komm nie wieder zurück.«

»Das kann ich nicht machen. Slater bezahlt mich dafür, dass ich mich um seine Interessen kümmere. Und nichts interessiert ihn mehr als sein Geld.« Cain fügte hinzu: »Er wird es zurückhaben wollen. Wenn er herausfindet, dass sie es war, die immer wieder zugeschlagen hat, wird es für ihn kein Halten mehr geben. Und er wird beim nächsten Mal auch keinen Haufen Trottel schicken, um sie zu erledigen.«

Die Information, die Cain gerade entschlüpft war, verblüffte Asher. Slater wusste gar nicht, dass Naomi hinter allem steckte? Hinter den Verkleidungen, den regelmäßigen, geduldig ausgeführten Coups, bei denen sie Slater um mehrere Hunderttausend Dollar erleichtert hatte.

Ganz abgesehen von der Million und ein paar Zerquetschten, mit der Michael sich letzte Nacht mit ihrer Hilfe davongemacht hatte.

Slater wusste nichts davon.

Aber Cain offensichtlich schon, und das war genauso gefährlich – wenn nicht sogar gefährlicher.

»Warum hat sie es getan?«, fragte der Jäger. »Ich habe mir Stunden von Filmmaterial der Überwachungskameras angeschaut. Ich habe gesehen, wie sie vorgeht. Ich weiß, dass sie schlau ist und höllisch mutig und draufgängerisch. Warum also provoziert sie Slater in dieser Weise? Sag mir zumindest das.«

Asher brauchte zwar einen Verbündeten, aber er würde sich nicht einbilden, dass er ihn in Cain gefunden hätte – oder in einem anderen Jäger finden würde. Sie waren alle derselben Blutlinie eines Ältesten in Dragos' Labor entsprungen, und keiner war der Knechtschaft entronnen mit einem Gefühl der loyalen Verbundenheit zu den Halbbrüdern.

Am allerwenigsten Asher.

Er durfte Naomis Leben nicht aufs Spiel setzen in der Hoffnung, dass Cain ihm dieses Entgegenkommen gewährte. Aber welche andere Wahl hatte er?

»Slater hat ihre Mutter umgebracht.«

Cain zuckte noch nicht einmal mit der Wimper. »Er hat viele Leute umgebracht.«

»Tja, diesmal hat er es mit jemandem zu tun, der die Schuld eintreibt.«

»Sie ist zu weit gegangen. Sie ist dabei, sich ihr eigenes Grab zu schaufeln. Irgendwann wird Slater es herausfinden, und er wird mich beauftragen, sie zu erledigen.« Als Asher leise knurrte, musterte der andere Jäger ihn eine ganze Weile schweigend. »Slater wird mir befehlen, sie zu töten, und ich werde es tun, weil es mein Job ist. Ich bin mir sicher, du kannst das nachvollziehen, nicht wahr?«

Diese Spitze hätte ihn eigentlich nicht treffen sollen, doch Asher hatte den größten Teil seines Lebens alles bedauert, was er auf Dragos' Befehl hin getan hatte. Das Ausmaß seiner Sünden musste er durch den Fluch seiner einzigartigen Gabe immer wieder aufs Neue erfahren.

Cains silberne Augen wurden ganz schmal. »Der Gewinn letzte Nacht im *Moda* – der große an einem der Automaten. Du warst mit der Frau da. Sie hatte nichts damit zu tun, oder?«

Asher täuschte Verwirrung vor und schüttelte den Kopf. »Soweit ich mich erinnere, war der Gewinner ein Typ, der im Rollstuhl saß. Da hätte sie schon eine wahre Zauberin sein müssen, um das zu schaffen. Ich weiß nicht, wie du überhaupt auf die Idee gekommen bist.«

Cain durchbohrte ihn mit seinem drohenden Blick. »Wenn sich herausstellt, dass einer von euch mit diesem Typen – Michael Carson – zusammenarbeitet, wird das böse für euch enden.«

»Ist das eine Drohung?«

»Nein«, erwiderte Cain sarkastisch. »Aber betrachte es als eine Warnung, obwohl ich nicht weiß, ob du das verdient hast.«

»Habe ich nicht«, gestand Asher. »Aber sie schon. Sie ist eine Stammesgefährtin, Cain «

Entsetzen zeichnete sich auf dem Gesicht des hünenhaften Mannes ab. Diese Enthüllung war das Einzige, das selbst einen eiskalten Killer wie ihn stoppte. Alle Stammesvampire – und selbst die Jäger – wussten, dass die gesamte Art ihr Leben den Frauen verdankte, die das Mal aus Träne und Halbmond trugen. Ohne diese Frauen gab es für sie keine Zukunft. Das allein machte Naomi und andere wie sie kostbarer als alle weltlichen Reichtümer.

Cain stieß einen Fluch aus und sah ihn noch argwöhnischer an. »Diese Stammesgefährtin … die gehört also zu dir?«

Asher wusste nicht, wie er darauf antworten sollte, deshalb verlegte er sich auf die Wahrheit. »Nicht im Blute«, sagte er. »Aber täusche dich nicht … sie gehört mir. Und solange ich lebe, wird sie unter meinem Schutz stehen.«

»Unter deinem Schutz? Unter dem Schutz eines so herzlosen Mistkerls wie dir?« Cain zog die dunklen Brauen amüsiert hoch und lachte leise. »Dann möge ihr der Himmel beistehen, wenn du alles bist, worauf sie zählen kann.«

Cain ließ ihn im Dunkeln stehen und verschmolz so schnell mit der rabenschwarzen Nacht, wie er gekommen war.

Asher wartete mehrere Minuten lang, ehe er ins Haus zurückging. Naomi empfing ihn mit einem erleichterten Seufzen, als er die Schlafzimmertür öffnete und ihr sagte, dass alles in Ordnung wäre.

»Was war los?«, fragte sie und suchte die Geborgenheit seiner Umarmung. »War es … war jemand draußen?«

»Da war nichts.« Er drückte ihr einen Kuss auf das glatte schwarze Haar und hasste sich dafür, wie leicht ihm die Lüge über die Lippen ging. »Wahrscheinlich ein Kojote, der da herumgeschnüffelt hat, wo er eigentlich nicht soll. Mach dir keine Sorgen. Wenn er zurückkommt, werde ich mich um ihn kümmern.«

15

Er hatte zwar behauptet, dass alles in Ordnung wäre, aber den Rest der Nacht wirkte Asher abwesend und mit seinen Gedanken ganz woanders. Naomi war nicht in der Lage, die Schatten zu durchdringen, die auf seinem gut aussehenden, besorgt wirkenden Gesicht lagen. Und er erlaubte es ihr auch nicht.

Er wich all ihren Fragen aus und beschwichtigte ihre Befürchtungen mit der wiederholten Versicherung, dass er nichts – und niemanden – mit der Absicht, ihr etwas anzutun, je nah genug an sie heranlassen würde. Er brauchte es nicht auszusprechen … sie wusste auch so, dass Slater und der gefährliche Mann, der in seinen Diensten stand, im Moment all seine Gedanken beherrschten. Sein grimmiges Schweigen und die militärische Art und Weise, wie er durchs Haus marschierte und dabei eine Anspannung an den Tag legte, die zeigte, dass er jederzeit zum Gegenschlag bereit war, kündeten untrüglich von seiner Sorge, dass doch etwas passieren könnte.

Erst als er ein paar Stunden später mit ihr ins Bett ging, spürte sie, dass er wieder ganz bei ihr war. Sie lag nackt unter ihm, als er sie beide zu einem atemlosen Moment der Erlösung brachte. Währenddessen sah sie, wie seine tiefblauen Augen vor Verlangen nach ihr brannten und seine Glyphen sich in satten Farben auf seiner schimmernden Haut wanden. Ihn in sich zu spüren – seine kräftigen Bewegungen –, ließ keinen Raum für Zweifel oder Sorgen wegen Slater und was immer sie außerhalb der Geborgenheit von Ashers Armen erwarten mochte.

Alles trat in den Hintergrund außer der überwältigenden Lust, die er in ihr auslöste.

Und in einer ähnlichen Weise weckte er sie am nächsten Morgen.

Immer noch schlaftrunken und mit trägen Gliedern voll herrlicher Erschöpfung stöhnte Naomi, als sie spürte, wie Ashers warmer Mund ihren Bauch küsste, ehe seine Lippen bis zu ihrer Hüfte wanderten. Sein Atem strich über ihren Schoß, als er sich ihrem Venushügel zuwandte.

Seine Zunge tauchte in ihr weiches Fleisch ein und fand den Punkt höchster Erregung; sie bäumte sich keuchend auf, als unbeschreibliche Empfindungen sie erfassten. Sie öffnete die schweren Lider und biss sich auf die Unterlippe, als er sie energischer küsste und an ihr zu saugen anfing.

»Asher«, wisperte sie. Schon jetzt bekam sie kaum mehr Luft und schmolz unter seinem leidenschaftlichen Angriff dahin. »Warte. Ich sollte mich erst frischmachen, ehe du …«

»Leg dich hin.« Sein Blick loderte, als er zu ihr aufschaute. Eine seiner großen Hände lag flach auf ihrem Bauch, während er sie mit der anderen festhielt, damit sie sich seinem Mund nicht entziehen konnte. »Ich will dich genau so. Es gefällt mir, dass du nach mir schmeckst und ich bis zur Gänze darin schwelgen kann.«

Er senkte seinen Kopf wieder, während er sprach, und ergötzte sich mit unverhohlener Sinnlichkeit an ihr, ihr dabei tief in die Augen schauend. Er nahm die feste Knospe ihres Schoßes zwischen die Zähne und strich mit der Zunge darüber. Die Empfindungen, die er damit auslöste, waren so schwindelerregend, dass sie sich förmlich ins Laken krallte.

»Oh Gott«, hauchte sie und bebte bei jeder verruchten Berührung. »Das fühlt sich so gut an.«

Er gab ein zufriedenes Brummen von sich und belohnte sie,

indem er seine Zunge besonders schamlos tief in ihren Körper eintauchte. Flammenzungen tanzten auf ihrer Haut, und sie reckte sich ihm noch weiter entgegen. Hatte sie sich jemals so lüstern gefühlt? Sie kannte die Antwort darauf, denn sie hatte noch nie einen Mann so sehr gewollt, wie sie für ihn brannte.

Ihre Gedanken zerstoben in alle Richtungen, als er sie weiter der süßen Qual seiner Zunge unterwarf. »Du treibst mich noch in den Wahnsinn, Asher.«

Sein leises Lachen vibrierte an ihrem empfindsamen Fleisch, doch er zeigte kein Erbarmen. Sie konnte den Höhepunkt in der Ferne außerhalb ihrer Reichweite erahnen. Und er wusste es, verdammt. Er wusste ganz genau, welche Empfindungen er in ihr auslöste, und erwies sich als ein Meister der Kontrolle.

»Oh verflucht ... lass mich kommen«, knurrte sie ihn an, und es war ihr egal, wie ausgehungert sie klang. Es war sowieso zu spät, etwas anderes vorgeben zu wollen. Wenn sie so zusammen waren, hatte sie ihm nichts entgegenzusetzen. Sie wollte ihn einfach. Sie brauchte die Lust, die nur er ihr geben konnte.

Seine Finger schlossen sich um ihre Schenkel, und er spreizte sie noch weiter. Seine Hände waren so grob wie seine Zunge sanft.

Sie zitterte, als er sich von ihr löste und sein warmer Atem über sie strich.

»Du bist so wunderschön«, murmelte er, und in seiner Stimme klang ein außerirdischer, rauer Klang mit. »Seidenweich. Süß und heiß. Wer braucht schon Nahrung, wenn ich in dir schwelgen kann?«

Alle Verspieltheit war jetzt vergessen und machte schierem Hunger Platz, als er sich leckend und saugend an ihr labte, sodass glühende Wogen von ihren Fingerspitzen bis in ihre Zehen schossen.

Verzweifelt drängte sie die Hüften gegen seinen Mund. Der

süße Schmerz in ihrem Bauch breitete sich immer weiter aus und verstärkte sich zu einem Verlangen, das sie nicht mehr beherrschen konnte.

»Bitte, Asher«, flehte sie und packte mit beiden Fäusten sein dichtes braunes Haar, als sich ihre Mitte wie unter Krämpfen zusammenzog. Sie wollte, dass es andauerte, aber die Lust war jetzt so scharf wie eine Klinge, und sie balancierte gefährlich nah am Abgrund.

»Du willst also kommen, Baby?« Seine tiefe Stimme neckte ihre Sinne, während sein Mund weiter unerbittlich über ihr entflammtes Fleisch strich. Seine Zunge tauchte tief in sie ein, und sie stöhnte. »Komm für mich, Naomi. Gib es mir jetzt.«

Sie hätte die Erlösung noch nicht einmal zurückhalten können, wenn sie es versucht hätte.

Ihr Rücken wölbte sich nach oben, als er zwei Finger tief in ihren Körper schob. Das plötzliche Eindringen zusammen mit der Ekstase, die seine Zunge auslöste, als sie ihren magischen Tanz um das Zentrum ihrer Lust vollführte, war mehr, als sie aushalten konnte. Ihr Höhepunkt raste immer unaufhaltsamer heran, sodass sie schließlich seinen Namen rufen musste, während sie über die Klippe stürzte.

»Asher.«

Blut schoss in ihren Kopf, und helles Licht explodierte hinter ihren geschlossenen Augenlidern, während ihr Körper in einem endlosen Rausch der Erlösung nicht aufhörte zu zucken. Ihre Knochen schmolzen dahin, ihre Glieder waren völlig schwerelos. Ihre Nervenenden standen unter Strom, und ihre Sinne schimmerten wie winzige Diamanten durch die geschlossenen Lider, während sie ihn mit einer Hand fest an sich drückte, um den Höhepunkt bis zur Gänze auszukosten.

Eigentlich hätte sie jetzt völlig am Ende sein müssen, so heftig und häufig, wie er sie hatte kommen lassen, seitdem sie das erste Mal nackt beieinander gelegen hatten. Doch das Zusammensein mit Asher machte etwas mit ihr. Es entfesselte eine Sehnsucht, die sich sogar zu verstärken schien, je länger sie mit ihm zusammen war.

Sie wollte es dem Umstand zuschreiben, dass sie so lange ohne körperliche Nähe oder Verlangen gewesen war. Oder vielleicht lag es auch daran, noch ganz frisch mit einem Mann zusammen zu sein, der so attraktiv und sinnlich wie Asher war.

Sie vermutete, dass dieses unersättliche Verlangen vielleicht mit einer instinktiven Reaktion des Teils von ihr zusammenhing, der nicht wirklich sterblich war und durch ihn, den Stammesvampir, erweckt worden war.

Doch Naomi spürte, dass es da eine noch tiefergehende Verbindung gab. Sie fing an, ihn tatsächlich gernzuhaben.

Unmöglich. Sie kannten einander doch kaum. Es war alles nur wegen der äußeren Umstände so heiß, aufregend und überwältigend. Leben und Tod. Gefahr im Verzug. Und dann war da noch die Tatsache, dass er wie der dunkle Ritter, an dessen Existenz sie eigentlich nie geglaubt hatte, plötzlich aufgetaucht war, um sie zu retten.

Deshalb fühlte sich das Zusammensein mit ihm so wahnsinnig aufregend an. Das war der Grund, warum sie so wild, so ganz und gar scharf auf ihn war, obwohl die erste Lust längst gestillt sein musste.

Allerdings schien all das nicht die schmerzhafte Sehnsucht zu erklären, die in ihr geweckt worden war, nachdem sie Asher kennengelernt hatte. Eine Sehnsucht, die mit jedem Mal, das er sie berührte und mit den Spitzen seiner Fänge über ihre Haut strich, stärker wurde und kaum mehr zu leugnen war.

So sehr sie es auch versuchte, war sie doch nicht in der Lage, das Verlangen nach etwas zu verdrängen, von dem sie immer gemeint hatte, dass sie es nie würde haben wollen.

Die Art von Verbindung, von der sie wusste, dass sie sie wenn nur mit Asher würde eingehen können.

Der Himmel stehe ihr bei, aber sie musste sich tatsächlich eingestehen, dass die sehr reale Möglichkeit bestand, sich in Asher zu verlieben.

»He«, sagte er. Seine tiefe Stimme kam rau über seine Lippen, als er sich an ihrem Körper hochschob. Sanft tippte er mit einem Finger an ihre Schläfe. »Alles in Ordnung da oben? Geht's dir gut?«

Sie blinzelte kurz, denn nach den eben erlebten herrlichen Empfindungen und ihrer darauffolgenden verwirrenden Erkenntnis war sie noch nicht wieder ganz bei sich. »Ja«, murmelte sie und schaute tief in seine glühenden Augen und das herbschöne Gesicht, dessen Anblick ihr immer wieder den Atem raubte. Sie streckte die Hand aus, um seine Wange zu streicheln. »Mir geht es gut, Asher.«

Es erschreckte sie, wie richtig sich alles anfühlen konnte, wenn sie mit ihm zusammen war.

Denn früher oder später würden sie sein Bett verlassen und sich der Realität stellen müssen.

Aber jetzt noch nicht.

Später erst.

Sie küsste ihn und war plötzlich wieder voller Sehnsucht nach ihm. Ihr leidenschaftlicher Kuss ließ ihn stöhnen, doch dieser Laut ging sofort in ein Zischen über, als ihre Hand nach unten glitt und sich fest um sein steifes Fleisch schloss. »Auf den Rücken, Vampir. Jetzt ist es an mir, dir süße Qualen zu bereiten.«

Er tat, was sie von ihm verlangt hatte, obwohl er härter denn je war und ganz außer sich vor Begierde, in ihr zu sein. Nachdem er Dragos' Knechtschaft entronnen war, hatte er geschworen, sich nie wieder einem anderen zu unterwerfen. Doch das war gewesen, ehe er Naomi kennengelernt hatte.

Diese Frau hatte ihn in der Hand. Das konnte er nicht leugnen.

Vor allem nicht, wenn sie ihn mit vor Lust verhangenem Blick und dennoch zugleich gierigen Augen anschaute.

Sein ganzer Körper pochte nicht nur vor Verlangen, sie zu nehmen, sondern wurde noch von einem anderen überwältigenden Drang beherrscht.

Als er sich auf dem Bett zurücklegte und beobachtete, wie sie sich rittlings auf ihn setzte, unterdrückte er ein Knurren. Alles Blut strömte in seine Lenden, und in seinem Mund setzte ein schmerzhaftes Pochen ein, als seine Fänge noch weiter hervortraten. Die Spitzen seiner Eckzähne waren scharf wie Dolche an seiner Zunge.

Er streckte die Hände nach ihren Hüften aus, um sie mit einem Ruck auf sich zu ziehen, doch sie schlug sie zur Seite. Ein sinnliches, aber gleichzeitig entschlossenes Lächeln lag auf ihren Lippen. »Nicht ungeduldig sein. Ich hab ja noch nicht einmal angefangen.«

Er atmete stockend aus. »Ich kann keine Geduld aufbringen, wenn du nackt und innerhalb meiner Reichweite bist.«

Sie legte den Kopf auf die Seite und zog eine ihrer schmalen, schwarzen Augenbrauen hoch. »Willst du damit andeuten, dass ich dich fesseln sollte?«

Allmächtiger. Obwohl es keine Fesseln gab, die ihn würden halten können, ließ die Vorstellung, sich Naomis Lust auszuliefern, Glut in jede einzelne Zelle seines Körpers fließen. Es war zwar die reinste Folter und stellte seine Selbstbeherrschung auf die härteste Probe überhaupt, aber er ließ die Hände auf dem Bett liegen und beobachtete einfach nur, wie sie seine Brust und den Bauch mit vielen kleinen Küssen übersäte. Ihre rosige Zunge schoss hervor und fuhr die Schnörkel und Bögen seiner Dermaglyphen nach.

»Ich liebe ihre Farben«, murmelte sie und erforschte ihn langsam mit dem Mund. Ihre leicht geöffneten Lippen glitten über die Glyphen, die seine Brust bedeckten, und dann schlossen sich ihre kleinen, runden Zähne um eine der Spitzen. Der Ruck, der durch seinen Körper ging, hätte sie beinahe abgeworfen.

»Allmächtiger, Frau. Sei vorsichtig, außer du willst, dass ich zurückbeiße.«

Die Drohung war ein Fehler; denn es war eine leere Drohung. Diese Schwelle würde er nie überschreiten. Aber nun wurde auch noch sein logischer Verstand vom Hunger und dem Durst in den Hintergrund gedrängt, die ihn von innen heraus zerfleischten, je länger Naomi mit ihm spielte.

Nun, nachdem er die Worte ausgesprochen hatte, stand ihm das Bild lebhaft vor Augen. Er sah Naomi mit schlanker, bloßer Kehle sich ihm einladend entgegenreckend unter sich liegen, während sein Mund sich auf sie senkte und seine Fänge sich in ihre Halsschlagader bohrten.

Fast meinte er die Süße ihres Blutes auf seiner Zunge zu spüren. Es würde genauso köstlich sein wie ihr Duft und kühn wie die Frau selbst.

Er kniff die Augen und Zähne zusammen und kämpfte gegen den Schmerz, der ihm sagte, dass er Nahrung zu sich nehmen musste. Mehr denn je war er völlig ausgehungert danach, und er konnte den animalischen Drang, Beute zu erlegen, kaum mehr unterdrücken.

Er sehnte sich nach dem heißen, dunklen Geschmack von Blut – Naomis Blut –, das in seinen Mund strömte. Er wollte tief in ihr sein, während er trank, sodass er den Moment spüren konnte, wenn sie kam.

Er knurrte und schloss die Augen. Vergeblich versuchte er, die Bilder zu verdrängen und nicht mehr an seinen Durst zu denken. Die Notwendigkeit, einen Blutwirt zu finden, wurde immer drängender, je länger er sich in Naomis Gegenwart aufhielt. Er würde vielleicht die Kraft haben, zumindest eins seiner Bedürfnisse in Bezug auf sie im Zaum zu halten, wenn er seinen physischen Hunger gestillt hatte.

Das war zwar nicht besonders wahrscheinlich, aber er wollte verdammt sein, wenn er noch mehr von ihr nahm, als er es bereits getan hatte.

Als Cain ihn gestern Abend daran erinnert hatte, was Asher gewesen war – und was er alles nie sein könnte –, war dies zur rechten Zeit gekommen. Asher hatte angefangen, sich viel zu wohl mit Naomi zu fühlen. Es war ihm viel zu leichtgefallen sich vorzustellen, wie sein Leben aussehen könnte, wenn er es mit jemandem teilte … jemandem wie Naomi.

Nein. Nicht wie sie.

Nur mit ihr.

Er redete sich ein, dass er ihr Cains Erscheinen nur deshalb verheimlicht hatte, um ihre Befürchtungen hinsichtlich Slater zu zerstreuen. Aber Ashers Gründe für sein Schweigen waren auch egoistisch. Naomi wusste nichts über seine Vergangenheit. Sie wusste nicht, wie viele Leben er genommen hatte … darunter auch die vieler Unschuldiger.

Die Lüge setzte ihm zu, doch jede Minute, die seit seiner Begegnung mit dem anderen Jäger verging, machte es ihm nur noch schwerer, die Worte zu finden, die er zu ihr sagen musste.

Sie setzte ihre Reise aus Küssen und Knabbern fort und glitt dabei immer weiter nach unten. Er hob den Kopf, um sie dabei zu beobachten, und der Blick, den sie ihm daraufhin zuwarf, ließ Lust scharf wie ein Schwert durch seinen Körper schießen. Seine Männlichkeit, die bereits steif war und pochte, zuckte und eine klare Flüssigkeit trat vor Erwartung, was Naomi als Nächstes tun würde, hervor.

»Du bist einfach herrlich«, murmelte sie, und ihr Blick glitt genauso bewundernd wie ihre Hände über ihn. »Ich werde es nie müde werden, jeden Zentimeter von dir anzuschauen, Asher.«

Er wollte ihr gern antworten … wollte ihr sagen, dass er ein Nichts war im Vergleich zu ihr. Er wollte sie mit all den Worten überschütten, die ihr aber eigentlich gar nicht gerecht wurden. Doch das Einzige, was er hervorbrachte, war ein ersticktes Stöhnen, das ihr warmer Griff ihm entlockte, als ihre Finger sich um ihn schlossen. Dann begann sie ihre Hand auf und ab zu bewegen.

Die sinnliche Berührung brachte sein Becken zum Zucken, sodass er sich ihr noch weiter entgegendrängte. »Du bringst mich noch um, mein Engel. Himmel, ich würde alles tun, solange du mich nur weiter so berührst.«

»Alles?« Sie lachte leise. »Du solltest lieber nichts versprechen, was du hinterher nicht halten möchtest.«

Sie wollte ihn mit ihren Worten nur necken und war sich gar nicht im Klaren darüber, wie treffend ihre Warnung war. Ihm lagen mindestens hundert Versprechen auf der Zunge, die er ihr machen wollte, doch er hatte nicht das Recht, auch nur eines zu machen.

Und dann war er auf einmal nicht mehr in der Lage, auch nur ein Wort von sich zu geben, als er die Glut ihres warmen, feuchten Atems an der Spitze seiner Männlichkeit spürte.

»Naomi …« Ihr Name war kaum mehr als ein ersticktes Stöhnen, als sich ihre Lippen um ihn schlossen und sie ihn tief in ihren Mund nahm. »Oh Gott.«

Er bäumte sich auf und schob instinktiv die Finger in ihr dunkles Haar. Ihre Zunge war das reinste Feuer, und sie verbrannte ihn bei lebendigem Leib, während sie ihn streichelte, massierte und an ihm saugte. Sie konnte ihn nicht ganz in ihrem Mund aufnehmen, aber das hielt sie nicht davon ab, es zu versuchen. Beinahe hätte er sich selbst von der Decke abkratzen müssen, als sie ihn tatsächlich bis tief in ihren Hals eintauchen ließ und die festen Muskeln ihn wie eine warme, feste Faust umschlossen.

Die ganze Zeit über gab sie sinnliche, leise Laute von sich, stöhnte und summte, während sie ihn mit ihren Lippen umschloss, was ihm mehr als alle Worte sagte, dass sie dabei genauso viel Lust empfand wie er.

Aber wenn er jetzt nicht von ihr kosten konnte, wollte er zumindest in ihr sein. Die Anspannung, die ihn erfasste, als er sie ihr Tun fortsetzen ließ, brachte ihn zum Beben. Die Schläge ihrer Zunge nahm er wie ein Märtyrer hin, während er die süße Folter schweigend über sich ergehen ließ.

Doch dann fing sie an, fester an ihm zu saugen, und zog sich jedes Mal so weit zurück, dass sie ihn fast losließ, ehe sie ihn kraftvoll wieder tief in sich aufnahm. Dabei massierte sie seinen Ansatz mit den Fingern und drängte ihn mit einer Hand um seine Hüfte, in der Bewegung mitzugehen.

Das Tempo ahmte jetzt den Schlag eines Herzens nach, war unerbittlich und nicht mehr zu kontrollieren. Sein Griff um ihren Hinterkopf wurde fester.

»Allmächtiger«, stieß er hervor. Ein roter Schleier legte sich vor seine Augen, und seine Fänge traten noch weiter hervor, als er sich mit der Geschwindigkeit eines Güterzugs dem Höhepunkt näherte. »Du musst aufhören, ehe ich … ah, Himmel … Naomi …«

Er verstummte, als er merkte, dass seine Warnung genau den gegenteiligen Effekt hatte. Ihr Griff wurde fester, und sie bewegte sich noch schneller. Sie stieß ein sehnsuchtsvolles, verlangendes Stöhnen aus, das schließlich für einen Kurzschluss in seinem Gehirn sorgte.

»Ja, ja!«

Er brüllte ihren Namen, während alle Nervenenden auf einmal explodierten und Schockwellen durch seinen Körper schießen ließen. Die Macht, mit der er kam, war intensiver als je zuvor, und heiße Lavaströme versengten ihn von innen, während sie weiter erbarmungslos an ihm saugte.

Ein Gefühl, das er noch nie erlebt hatte, legte sich über ihn und ließ seine Brust ganz eng werden, während er Naomis Haar streichelte und sich der Hitze ihres Mundes ergab. Was er für sie empfand, ging weit über reine Lust hinaus. Es war etwas Elementares, Urwüchsiges, etwas Fundamentales, das sich nicht leugnen ließ. Etwas Besitzergreifendes und Dauerhaftes.

Mein, dachte er, als er sie hochzog, damit sie neben ihm zum Liegen kam.

Er streichelte ihr schönes Gesicht und die schimmernden Lippen, die ihm gerade so eine intensive Lust beschert hatten.

Mein, sagte er zu sich selbst, obwohl er wusste, dass er nicht das Recht hatte, es sich zu wünschen.

Er senkte den Kopf und küsste sie leidenschaftlich, bis sie beide keine Luft mehr bekamen. Dann fuhr er mit den Fingern über ihre weiche Wange und den anmutigen Kieferknochen entlang, bis er das kleine rote Mal erreichte, das genau über ihrem flatternden Puls lag, der in ihrer Kehle pochte.

»Mein«, sagte er mit gebleckten, schmerzenden Fängen.

Doch ehe er dem einen Fehler nachgab, den er nie wieder würde rückgängig machen können, drehte er Naomi auf den Bauch, zog sie auf die Knie hoch und spreizte ihre Schenkel, um im nächsten Moment bis zum Heft in sie einzutauchen. So ließ er sie wissen, dass sie sein war in der einzigen Weise, in der sie es je sein konnte.

16

»Nun, was meinst du?« Naomi stand im Wohnzimmer und deutete auf die beiden Beistelltischchen, die Asher angefertigt hatte. »Habe ich dir nicht gesagt, dass sie hier toll aussehen würden?«

Er zuckte unverbindlich mit den Achseln, aber er wollte verdammt sein, wenn sie nicht recht gehabt hatte, dass es eine gute Veränderung sein würde. »Das tut es wohl, nehme ich an.«

»Du nimmst es an?« Sie sah ihn mit großen Augen an, doch dann breitete sich ein strahlendes Lächeln auf ihrem Gesicht aus. »Das sieht tausendmal besser aus, und das weißt du auch.«

Seiner Ansicht nach war die beste Verschönerung des Zimmers der kleine Hitzkopf, der genau in der Mitte davon stand. Sie hatte das glatte schwarze Haar zu einem Pferdeschwanz zusammengenommen, was die schöne Haut und die ungewöhnlichen Augen betonte. Eine dunkle Jeans und ein schlichtes weißes T-Shirt hätten eigentlich nichts Besonderes sein sollen, doch an Naomi wirkte alles so verführerisch wie reizvolle Unterwäsche.

Aber vielleicht war es auch nur Ashers unersättliche Libido, die ihm das sagte, wenn es um sie ging.

Er hatte sie schließlich irgendwann gegen Mittag aus dem Bett gelassen. Vor allem, weil beide duschen mussten und sie etwas zu essen brauchte. Er hatte sich dafür entschieden, so gut es ging auf Abstand zu bleiben, um so der Versuchung ihres köstlichen Körpers zu widerstehen … und ihrer genauso reizvollen Halsschlagader.

Nachdem sie etwas gegessen hatte, war sie mit Sam auf dem Sofa eingeschlafen, während Asher sich allein mit seinen Schuldgefühlen und seiner Unentschlossenheit in der Werkstatt verkrochen hatte.

Das Treffen mit Cain ließ ihm immer noch keine Ruhe. Der andere Jäger hatte in einer Hinsicht recht. Wenn Slater spitzkriegte, dass Naomi etwas mit den verdächtigen Gewinnen zu tun hatte, würde er aus allen Rohren auf sie schießen. Und wenn der Mistkerl herausfand, dass es eine Verbindung zwischen ihr und Michaels großem Gewinn am vergangenen Abend gab?

Asher mochte gar nicht darüber nachdenken.

Er machte sich keine Sorgen, dass er Probleme mit Slater oder einer ganzen Wagenladung seiner Handlanger haben könnte. Himmel, er würde sich sogar um Cain kümmern, falls es dazu käme, oder zusammen mit ihm untergehen. Doch die sehr reale Möglichkeit, dass Naomi dabei zu Schaden kommen könnte – körperlich oder sonst wie – stellte ein immer größeres Risiko dar, welches er partout nicht akzeptieren wollte.

Und er wusste auch warum.

Dieser immer stärker werdende, nicht nachlassende Schmerz in seiner Brust war dafür verantwortlich.

Sie bedeutete ihm etwas. Nicht so wie am Anfang, als er es als seine Pflicht angesehen hatte, die Frau zu beschützen, die vielleicht eines Tages das Kind eines Stammesvampirs zur Welt bringen würde, sondern wie eine Frau, die er mehr als jede andere begehrte.

Wie die Gefährtin, derer er nie würdig sein könnte, selbst wenn seine Hände nicht mit dem Blut Unzähliger befleckt wären, denen er das Leben genommen hatte.

Und wenn sie ihm etwas bedeutete, hieß das, dass er anfällig für Fehler war.

Um ihre Sicherheit zu gewährleisten, brauchte er jede Waffe, die ihm zur Verfügung stand, und die wichtigste war seine Fähigkeit, mit der emotionslosen Vernunft seines früheren Lebens zu denken, zu handeln und zu reagieren. Doch er hatte zugelassen, dass Naomi diese Mauer überwunden hatte, und dadurch hatte sich alles geändert.

Sie hatte ihn geändert.

»Na los«, sagte sie und griff nach seiner Hand. »Lass uns den Schrank ins Schlafzimmer bringen. Du wirst mir später dankbar sein.«

Sie zog an seiner Hand, hielt dann aber sofort inne, als ihr Handy in der Gesäßtasche ihrer Jeans kurz klingelte und damit anzeigte, dass eine Textnachricht eingegangen war. »Das ist Michael.«

Asher verharrte regungslos, als sie aufs Display tippte und eine Sekunde lang las. »So schnell kann das Kasino doch nicht überwiesen haben, oder?«

»Nein«, sagte sie, und als sie zu ihm aufsah, leuchtete ihr Gesicht vor Freude. »Es geht nicht ums Geld. Das ist eine sogar noch bessere Nachricht. Penny ist zurück.«

»Penny?« Verwirrt schüttelte Asher den Kopf.

»Sie ist eines von den Kindern im Haus. Ein zehn Jahre altes Mädchen, das schon wirklich viel durchgemacht hat. Dieses Mal war sie fast zwei Wochen lang weg. So lange wie noch nie, seit sie bei uns ist. Aber jetzt ist sie wieder da.«

»Ich kann sehen, dass du erleichtert bist«, brummte Asher.

»Willst du mich auf den Arm nehmen? Ich bin völlig außer mir vor Freude. Ich hatte mir solche Sorgen um sie gemacht.« Naomi senkte den Kopf und begann, auf Michaels SMS zu antworten. »Ich muss sie sehen. Und sei es auch nur für ein paar Minuten …«

»Kommt nicht infrage.«

»Hättest du was dagegen, wenn ich mir den Wagen …« Sie schaute verwirrt auf. »Wie bitte?«

Er schüttelte kurz den Kopf. »Ich halte das für keine gute Idee. Es ist zu früh. Slater könnte das Haus beobachten, ach, verdammt. Man kann fest davon ausgehen.«

Oder zumindest Cain würde es beobachten; allerdings erst, wenn es dunkel war. Asher war sich ziemlich sicher, dass der frühere Jäger Naomi nichts tun würde, nachdem er wusste, dass sie eine Stammesgefährtin war. Trotzdem war es immer noch seine Aufgabe, nach Slaters Geld zu suchen. Es gab viele kreative Möglichkeiten, jemanden aus dem Weg zu schaffen, ohne ihn zu verletzen. Die Vorstellung, dass ein Killer wie Cain irgendwie in ihre Nähe kommen könnte, reichte, um Asher das Blut gefrieren zu lassen.

Und die Vorstellung, sie am Tage gehen zu lassen, wo Asher sie noch nicht einmal vor Slaters Handlangern schützen konnte, war eine Möglichkeit, die überhaupt in Erwägung zu ziehen er sich weigerte.

»Du gehst nicht, Naomi. Und ganz gewiss nicht allein.«

Trotzig hob sie das Kinn. »Und du kannst mich hier nicht festhalten.«

»Doch, das kann ich.« Er trat auf sie zu. »Aber ich will es nicht tun.«

»Ich will Michael und Penny und die anderen Kinder sehen.«

»Es ist zu früh dafür. Wenn Slater …«

Sie schüttelte den Kopf. »Wenn Slater wegen Michaels Gewinn misstrauisch gewesen wäre, hätte er ihn gar nicht erst mit dem Scheck aus dem Kasino gelassen. Wir verbringen hier gerade eine sehr schöne Zeit, Asher, aber ich bin nicht dein Eigentum. Du hast nicht das Recht, mich von meinem Zuhause fernzuhalten.«

Ihrem Zuhause.

Irgendwie hatte er angefangen, diese Tatsache zu vergessen. Schon komisch, wenn man bedachte, dass er sonst dazu verflucht war, alles in seinem Leben in Erinnerung zu behalten. Naomi hatte woanders ein Leben. Ihr Freund und die notleidenden Kinder, denen sie zu helfen versuchten, bedeuteten ihr mehr als alles andere.

Sie bedeuteten ihr eindeutig mehr als er.

Er sah ihre Zuneigung zu ihnen im entschlossenen Zug um ihren Mund und in ihren aufmüpfigen sherryfarbenen Augen, die die Macht besaßen, ihn mit einem einzigen Blick völlig aus der Fassung zu bringen ... wie zum Beispiel der, den sie jetzt gerade auf ihn richtete.

Nach der Nähe und Intimität der vergangenen paar Tage und Nächte versetzte es ihm einen schmerzhafteren Stich, als er für möglich gehalten hätte, wenn er hörte, dass sie es als schöne Zeit abtat.

Der Moment war gekommen, sein Denken neu zu ordnen. Ganz abgesehen von seinen unbesonnenen Sehnsüchten, wenn es um diese Frau ging.

»Du hast recht«, erwiderte er mit tonloser Stimme. »Du gehörst mir nicht. Wenn du nach Hause willst, werde ich dich nicht davon abhalten. Aber ich werde dich hinbringen.«

»Schön«, sagte sie leise, und ihre Miene wurde etwas sanfter. »Danke.«

Er trat zurück, ohne auf ihren Dank zu reagieren. »Sag deinem Michael, dass ich mitkomme. Wir brechen auf, sobald es Nacht wird.«

Die Tür ging auf, ehe er die Gelegenheit bekam zu klopfen, und Michael Carson schaute aus seinem Rollstuhl zu ihm auf.

»Ach, du heiliger Bimbam. Das war kein Scherz von ihr.

Du bist wirklich riesig.« Der junge Mann bedachte Asher mit einem breiten Grinsen, während er ein Stück zurückfuhr und Platz machte, damit er das Haus nach Naomi betreten konnte. »Ich bin Michael.«

Er reichte Asher die Hand, und Naomi wurde blass. »Oh, Michael, warte. Asher gibt nicht gern –«

»Schon gut«, sagte Asher und schüttelte dem Mann die Hand, obwohl es ihn so viel kostete.

Er überstand den Schwall widerlicher Erinnerungen, die der Körperkontakt auslöste, und achtete darauf, sich trotz der scheußlichen – und schmerzhaften – Vorkommnisse in Michaels Vergangenheit nichts anmerken zu lassen. Der Vorfall, von dem Naomi ihm erzählt hatte und bei dem der Kiefer eines achtjährigen Jungen von der Faust seines Vaters zertrümmert worden war, enthüllte sich vor ihm in allen brutalen Einzelheiten.

Er nickte und war voller Respekt vor dem jungen Mann, der so viel gelitten hatte, es aber geschafft hatte, nicht nur sich selbst ein besseres Leben zu schaffen, sondern auch den Kindern, die er in seinem Haus aufnahm.

»Ich freue mich sehr, dich kennenzulernen, Michael.«

»Gleichfalls. Jetzt verstehe ich, warum Nay versucht hat, dich ganz für sich selbst zu behalten.« Mit seinem freundlichen, lächelnden Blick musterte er Asher noch einmal von Kopf bis Fuß, ehe er wieder in Naomis Richtung sah. »So, nun kommt aber mal rein, ihr zwei. Wir wollen doch nicht den ganzen Abend an der offenen Tür verbringen, oder?«

»Wie steht's?«, fragte Naomi, und Michael wusste sofort, was sie meinte.

»Bisher ist alles ruhig.« Er senkte die Stimme, sodass er fast flüsterte. »Ich kann kaum glauben, wie glatt alles gelaufen ist. Morgen um diese Zeit sollte alles geritzt sein.«

Seufzend stieß sie den angehaltenen Atem aus. »Gott sei Dank.« Der Klang von Kinderstimmen drang aus anderen Teilen des Hauses zu ihnen, und sie reckte den Hals, um den Flur entlangzuschauen. »Sind schon viele Kinder zur Nacht hergekommen?«

»Es ist noch früh, deshalb sind es bisher nur vier, aber der Rest wird später schon noch eintrudeln.«

»Und Penny?«, fragte Naomi gespannt nach. »Ich war so froh, als du geschrieben hast, dass sie wieder da ist.« Man hörte ihr die Erleichterung deutlich an.

Michael nickte. »Ich bin auch froh. Offensichtlich ist ihre Mutter aus Reno zurück und hat wieder so 'nen Loser aufgegabelt, mit dem sie jetzt zusammen ist. Penny hatte ihr noch eine Chance geben wollen, aber es lief nicht so gut.«

Naomis Gesicht verzog sich vor Mitgefühl. »Wieder Drogen?«

»Ja, das Übliche.«

»Die arme Kleine.«

»Hat echt Pech mit ihren Eltern«, meinte Michael. »Aber Penny hat einen klugen Kopf auf ihren Schultern sitzen. Und sie weiß, dass sie jederzeit herkommen und bleiben kann.« Er fuhr nach nebenan in die Küche. »Bleibt ihr beiden ein bisschen?«

Sie warf Asher einen Blick zu. »Ja, ich denke mal, ein Weilchen können wir bleiben.«

»Super«, sagte Michael. »Wir hatten gerade Abendbrot, und da ich einen Superheldenfilm besorgt habe, machen sich jetzt alle fertig, um mitzugucken. Ich bin fürs Popcorn zuständig. Und wo du jetzt da bist, kannst du mir ja dabei helfen.«

Asher beobachtete, wie entspannt die beiden miteinander umgingen, und spürte, wie ein bitterer Anflug von Eifersucht in ihm aufstieg. Er wusste, dass Naomi und Michael nur Freunde waren, aber ihre offensichtliche Zuneigung zueinander gab ihm das Gefühl, ein Außenseiter zu sein … ein Eindringling, der er ja auch war.

Es hatte mal eine Zeit gegeben – und die war noch nicht einmal lange her –, da wäre dieses Unbehagen gar nicht hochgekommen. Und jetzt auch nicht, wenn es nicht Naomi, sondern irgendeine andere Frau gewesen wäre.

Während die beiden über ein paar der anderen Kinder redeten und überlegten, wer wohl zur Nacht noch erscheinen würde, schaute er sich in dem behaglichen, wenn auch schlichten Haus um. Die große Couchgarnitur hatte schon bessere Tage gesehen, war aber sauber und ordentlich wie der Rest des gemütlichen Wohnzimmers. Ein Flachbildfernseher bildete offensichtlich den Mittelpunkt des Raumes, aber es gab auch Bücherregale, die mit bestimmt Hunderten von Romanen und Sachbüchern gefüllt waren, sowie einen kleinen Arbeitstisch, auf dem ein Computer stand.

Alles im Haus strahlte Geborgenheit und Familie aus – Dinge, die Asher gar nicht hätte erkennen können, hätte er nicht vor all den Jahren Ned Freeman kennengelernt.

Dinge, in deren Genuss die Kinder, die Zuflucht bei Naomi und Michael suchten, wahrscheinlich gar nicht kämen, wäre da nicht die Großzügigkeit der beiden.

Und die Liebe.

Asher spürte sie, als er den beiden beim Reden zuhörte. Und dann sah er einen Moment später, wie die Fürsorge in die Tat umgesetzt wurde, als man aus dem Flur das leise Tappen von nackten Füßen hörte.

»Penny!« Naomis Gesicht leuchtete voll unverhüllter Freude auf, als sich das schlaksige, blonde Mädchen, das ein langes Nachthemd anhatte, auch schon in ihre Arme warf.

Penny umarmte Naomi fest. »Michael sagte, du wärst eine

Weile weg und er wüsste nicht genau, wann du wieder da sein würdest.« Das Mädchen sah zu Asher und wurde still. Ein vorsichtiger und gleichzeitig neugieriger Ausdruck trat in ihre himmelblauen Augen. »Wer bist du?«

Naomi warf ihm einen verlegenen Blick zu. »Asher ist … ein Freund von mir.«

»Hallo«, sagte das Mädchen, deren Arme immer noch Naomi umschlangen.

Asher nickte kurz, und im gleichen Moment kamen noch mehr Kinder aus dem Flur hereingeschlendert – vier Jungs, von denen zwei ein eineiiges Zwillingspärchen mit dunklen Augen waren und die beiden anderen ein kleiner, etwas pummeliger Teenager mit einem Schopf hellroter Haare sowie ein mürrisch guckender Latino mit rundem Gesicht. Die Jungs blieben abrupt stehen und starrten Asher mit großen Augen an.

»Wer hat den Riesen hereingelassen?«, fragte einer der Zwillinge.

Michael lächelte. »Jungs, das ist Asher.« Er warf Asher einen etwas schiefen Blick zu. »Erlaube mir, dir den Rest des Empfangskomitees des heutigen Abends vorzustellen. Max hat sich ja bereits zu Wort gemeldet, und das da ist sein besser aussehender Bruder Billy.« Das war natürlich ein Scherz im Anbetracht der Tatsache, dass die beiden kaum voneinander zu unterscheiden waren, doch der andere Junge kicherte, während Max ihm in die Seite knuffte. »Der Große, Schweigsame hier ist Juan, und der andere kleine Halunke heißt Tyler.«

»Sind das Tätowierungen auf deinen Armen?«, platzte Tyler heraus und zeigte auf Asher.

Der Wortführer der Zwillinge, Max, verdrehte die Augen. »Er ist ein Stammesvampir, du Genie. Das sind Dermaglyphen … und zwar ziemlich viele, würde ich sagen.«

Asher nickte. »Ich bin ein Gen Eins. Deshalb habe ich so viele Glyphen.«

Juan wurde aufmerksam, und eine leicht argwöhnische Neugier trat in seinen Blick, als er Asher ansah. »Dann bist du also so was wie ein richtiger Vampir?«

Asher schmunzelte. »Mehr oder weniger.«

»Cool!«, johlte Tyler, dessen junge Stimme hell und hoch war. »Können wir deine Reißzähne sehen?«

»Wenn du hungrig bist, sehen die Leute dann wie Essen für dich aus?«, fiel Billy ihm ins Wort.

»Jungs.« Michael hob die Arme, um die Ruhe wiederherzustellen. »Wir wollen doch einen Film schauen. Schon vergessen? Vielleicht lässt sich Asher ja von euch Halunken später noch mal interviewen.«

»Och Mann!« Es waren vornehmlich Billy und Tyler, die protestierten, während Michael sie zur Couchgarnitur scheuchte.

»Das eben tut mir leid«, sagte Naomi und sah Asher sanft an. »Ich zweifle daran, dass sie je jemanden wie dich gesehen haben.«

»Ist schon gut.«

»Du, Nay«, rief Michael, der mit seinem Rollstuhl neben der Couch saß und die Fernbedienung in der Hand hielt. »Hättest du was dagegen, dich ums Popcorn zu kümmern, während ich den Film anschmeiße?«

»Klar, mach ich.« Sie sah zu Asher. »Hilfst du mir?«

Er wusste so viel über die Zubereitung von Popcorn wie über alles andere, wenn es ums Kochen ging, doch er nickte und folgte ihr aus dem Raum. Er hätte zwar zu gern so getan, als könne er sich von ihr fernhalten, aber sie zog ihn an wie ein Magnet. Und wenn ihr Sog schon ohne eine Blutsverbindung so stark war, wie sehr wäre er dann auf sie fixiert, wenn sie wirklich ihm gehörte?

Er gewährte sich nicht den Genuss, bei diesem Gedanken zu verweilen. Es sich vorzustellen, war ohnehin sinnlos.

Hier gehörte sie her. Wenn es ihm vorher nicht klar gewesen war, dann erkannte er es jetzt.

Er blieb in der Küche stehen und beobachtete, wie sie gewandt die Schränke öffnete, eine große Schachtel mit Popcorn, Servietten und mehrere große Schüsseln hervorholte. »Du bist glücklich, wieder zu Hause zu sein.«

»Das bin ich.« Das Lächeln, das sie ihm zuwarf, war völlig offen und entspannt, und man merkte ihr an, wie zufrieden sie war. »Siehst du, wie besonders sie sind? Und die fünf sind nur ein paar von denjenigen, die wahrscheinlich noch kommen, um hier zu übernachten.«

Er nickte. »Die sehen alle nach guten Kindern aus.«

»Sie sind toll«, erklärte Naomi. »Sie haben alle so viel Potenzial, weißt du. Sie brauchen nur jemanden, der ihnen eine Chance gibt. Nur ein Einziger ist nötig, um ihnen zu zeigen, dass sie wichtig sind, dass sie geliebt werden.«

Er trat näher heran; kaum in der Lage, dem Drang zu widerstehen, sie zu berühren. »Dann sind die Kinder da drinnen in einer glücklicheren Lage als die meisten anderen. Es sind gleich zwei, die ihnen eine Chance geben. Zwei, denen sie am Herzen liegen.«

Naomi nickte einmal kurz und sah ihn mit festem Blick an. »Michael und ich können nicht alle retten. Wir werden nie in der Lage sein, alle zu retten, und dieser Gedanke macht mich ganz fertig.«

»Du tust das, was in deiner Macht steht, Naomi. Das ist mehr, als viele andere tun würden, und dazu zählen auch die Eltern dieser Kinder.«

»Ich weiß. Das ist das wirklich Schlimme daran, nicht wahr? Eltern, die sich nicht einmal für ihre Kinder zusammenreißen wollen oder können. So sehr ich meine Mutter auch liebe, schmerzt doch nicht so sehr ihr Tod, sondern mehr, dass sie immer wieder jemanden wie Leo Slater mir vorgezogen hat.«

Sie wandte sich ab und hantierte mit der Popcornverpackung herum. Asher trat zu ihr und streckte die Hand aus, um ihre Wange zu streicheln. »Deine Mutter war nicht so stark, wie du es bist. Schon als Achtjährige, als du sie angefleht hast zu bleiben, warst du stärker, warst du mutiger als sie.«

Naomi drehte den Kopf zu ihm, sodass er den gequälten Ausdruck in ihren goldenen Augen sehen konnte. »Ich hasse die Vorstellung, dass du mich so gesehen hast.« Sie schluckte und stieß einen leisen Fluch aus. »Ich hasse die Vorstellung, dass du weißt, wie verängstigt und verletzt ich war. Ich habe mein ganzes Leben lang diesen Schmerz verdrängt und versucht zu leugnen, dass ich tief im Innern immer noch dieses verängstigte, wütende Kind bin. Und jetzt bist du ... bist du der Einzige, vor dem ich mich nicht verstecken kann, Asher. Bei dir kann ich nicht stark sein, weil du mich in meinem schwächsten Moment gesehen hast.«

»Nein.« Er legte die Hand um ihren bloßen Nacken, sodass der seidige, schwarze Pferdeschwanz über seinen Handrücken strich. »Du musst dich nicht verstecken oder verstellen. Du kannst schwach oder stark sein ... es wird keinen Unterschied für mich machen. Für mich wirst du immer die außergewöhnlichste Frau sein, die ich je kennengelernt habe.«

Sie holte tief Luft. »Asher, was ich heute zu dir gesagt habe, ehe wir hierhergefahren sind ...«

»Du hattest recht«, unterbrach er sie. »Du gehörst mir nicht. Du gehörst hierher ... zu den Kindern. Sie brauchen dich, Naomi. Und Michael tut es auch.«

Eine ganze Weile lang sah sie ihn nur mit forschendem Blick an. »Was ist mit dir? Sag mir, was du brauchst.«

»Ich muss wissen, dass dir nichts passiert, dass du glücklich bist.« Er zog seine Hand weg, ehe er dem Drang nachgab, an etwas festzuhalten, das er nicht verdiente. »Ich muss wissen, dass Slater und die, die für ihn arbeiten, dir nie etwas antun werden.«

»Das ist alles?«

»Das ist genug.« Er trat zurück, sodass sie außerhalb seiner Reichweite war. »Ich habe versprochen, dich zu beschützen, bis wir sicher sein können, dass Slater dir nichts anhaben kann. Das habe ich vor durchzuziehen. Dann kannst du dein altes Leben hier wiederaufnehmen, und ich werde zu meinem zurückkehren.«

Sie wurde ganz still und gab keinen Ton mehr von sich. Der Himmel stehe ihm bei, aber ihr Blick war so trostlos und leer, wie er sich innerlich fühlte, so betroffen, als hätte er sie gerade geschlagen. Schier endlos sprach keiner von beiden, regte sich oder holte auch nur Atem.

Hinter ihnen ertönte das Tappen nackter Füße auf Linoleum.

»He, Leute, wo bleibt das Popcorn?«, wollte Tyler mit seiner piepsigen Stimme wissen. »Der Film fängt gleich an!«

»Ist unterwegs«, erwiderte Naomi und begrüßte den Jungen mit einem freudigen Lächeln, das ihre Augen nicht ganz erreichte. »Warum hilfst du mir nicht kurz, da du schon mal da bist? Du könntest die Packungen öffnen und die Schüsseln hinstellen.«

Sie kehrte Asher den Rücken zu und machte sich mit Tyler an ihrer Seite eilig an die Arbeit.

Asher verschwand ins Nebenzimmer, ohne dass sie es bemerkte.

Als das Popcorn fertig und ins Wohnzimmer gebracht worden war, startete Michael den Film für die gespannten Kinder.

Alle drängten sich ins Wohnzimmer und steuerten auf einen bestimmten Platz zu. Max setzte sich in den Lehnstuhl, Naomi nahm an der Seite der Couch Platz, neben die Michael sich mit seinem Stuhl gestellt hatte. Penny kuschelte sich von der anderen Seite an Naomi.

»Schläft Asher heute Nacht hier?«, fragte Billy, der am anderen Ende der Couch saß.

Michael lachte leise. »Heute Nacht nicht, Kumpel. Asher hat ein eigenes Haus.«

Penny drehte sich mit neugierigem Blick zu Naomi um. »Da bist du gewesen?«

Sie nickte. »Ich bleibe eine Weile bei Asher, werde aber bald zurück sein.«

»Aha.« Das Mädchen nickte kurz. »Guckst du mit uns zusammen?«

Asher brauchte einen Moment, um zu erkennen, dass sie mit ihm redete. »Ja, klar.«

Sie klopfte auf den Platz neben sich und schenkte ihm ein zaghaftes Lächeln. Er war sicher, dass ihr freundliches Entgegenkommen nichts mit ihm persönlich zu tun hatte, sondern vom Vertrauen zu Naomi herrührte. Er ging zur Couch und nahm Platz, wobei er darauf achtete, sich nicht zu dicht neben das Mädchen zu setzen.

Trotzdem verkrampfte sie sich unwillkürlich, und ihm wurde ganz mulmig, während er versuchte, nicht an all die Gründe zu denken, warum sie vielleicht vor ihm Angst hatte; vor allem nicht, dass er ja ein Stammesvampir war.

Die ersten paar Minuten während des Vorspanns vergingen in verlegenem Schweigen. Seine ganze Aufmerksamkeit war dabei auf Naomis ausdruckslose Miene gerichtet, die starr auf den großen Bildschirm blickte. Aber schon bald zog der Film alle in seinen Bann. Asher schaute nie Fernsehen, und auch

Kinofilme sah er sich nicht an, doch er empfand es als angenehm, gemeinsam schweigend in einem Raum zu sitzen, wo er umringt war von völlig versunkenen Zuschauern und dem Knacken von Popcorn, das nach und nach in kleinen Mündern verschwand.

Irgendwann entspannte Penny sich und sank gegen seine Schulter. Ihre tiefen Atemzüge vibrierten an seinem Arm, während sie sich unschuldig wie ein Kätzchen an ihn schmiegte. Er musterte sie einen Moment lang, und als er wieder aufschaute, begegnete er Naomis zärtlichem Blick.

»Du solltest sie nehmen«, sagte er leise. Ehe ihm klar war, was er tat, streckte er die Hände aus, um das Kind in Naomis Arme zu legen. Doch sobald er Pennys bloßen Arm berührte, strömten ihre Erinnerungen mit voller Wucht auf ihn ein, sodass er plötzlich nicht mehr auf der Couch saß, sondern auf dem staubigen Boden unter einem kleinen Bett lag und durch einen zerrissenen, rosafarbenen Bettvolant hindurchsah. Entsetzen packte ihn und ließ alle Luft aus seiner Lunge entweichen.

Nein, nicht aus seiner Lunge … aus Pennys.

Ihre Angst kroch wie ätzende Säure durch seinen Körper.

Innerhalb eines Augenblicks prägte sich ihm ihre Erinnerung ein, ehe er sich zurückziehen konnte.

Er war da. Sie konnte hören, wie er durch den offenen Mund atmete. Sie konnte den Gestank von Whiskey und kaltem Schweiß riechen, den er ausdünstete. Die einzige Frage war, ob er zu betrunken war, um daran zu denken, unters Bett zu schauen oder ob er …

Die Angst schloss sich wie eine eisige Faust um ihr Herz, als dunkle Schuhe in ihr Zimmer kamen. Der Bettvolant flatterte, und wässrig graue Augen sahen sie im Dunkeln an.

»Da bist du ja, Pennylein. Wasissnlos? Komm raus und gib deinem Stiefpapa einen Gutenachtkuss.«

Die reine, unverfälschte Wut, die Asher plötzlich erfasste, ließ ihn abrupt aufstehen. Penny regte sich und sah verschlafen blinzelnd von ihrem kurzen Schlummer zu ihm auf. Irgendwie gelang es ihm, einen ruhigen Ton anzuschlagen, als er in die Augen des kleinen Mädchens schaute.

»Entschuldige. Der Film sagt mir wohl doch nicht so zu. Ich brauche etwas frische Luft.«

Er marschierte aus dem Haus und atmete auf der Veranda mehrmals tief ein und aus, sodass die warme Luft Nevadas in seine Lunge strömte.

Als die Tür ein paar Minuten später knarrend aufging, rechnete er damit, Naomi zu sehen. Er hatte sich schon eine Entschuldigung zurechtgelegt, doch er sagte nichts, als er merkte, dass es Michael war.

»Alles in Ordnung mit dir?«

»Ja«, erwiderte Asher kurz angebunden. »Alles gut.«

Michael nickte, aber sein besorgter Blick blieb. »Selbst mir fällt es manchmal schwer, die Dinge zu verarbeiten, und so ging es mir schon vor meinem Unfall. In manchen Nächten, wenn ein neues Kind zu uns kommt, liege ich wegen dem, was sie haben durchmachen müssen, voller Wut und Schmerz im Bett. Manchmal müssen sie gar nicht viel sagen. Wenn man Schmerz kennt, dann weiß man, wo man in ihren Gesichtern danach suchen muss.« Michaels Blick ging in die Ferne, während seine Hände locker auf den Rädern seines Rollstuhls lagen. »Nay ist in all diesen Dingen so viel besser als ich. Sie lässt die Kinder nie die Wut darüber, was sie durchgemacht haben, sehen … diese Wut, die mit dieser Art von Arbeit einhergeht. Ich dagegen …« Er warf Asher einen schiefen Blick zu. »Wollen wir es mal so sagen: Es gibt viele Momente, in denen es so schwer wird, dass ich auch nach draußen gehen muss, um frische Luft zu schnappen. Oder wohl eher nach draußen fahren muss.«

Asher lachte leise. »Nach dem, was ich heute gesehen habe, machst du deine Sache aber ziemlich gut.«

Michael winkte ab. »Egal, das ist nicht der Grund, weshalb ich nach draußen gekommen bin. Ich wollte dir danken dafür, dass du Naomi geholfen hast. Sie ist die loyalste, selbstloseste Person, die ich kenne. Sie ist natürlich auch impulsiv und hitzköpfig, aber das brauche ich dir wohl nicht zu erzählen.«

Asher spürte, dass ein Grinsen um seine Mundwinkel zuckte. »Das sind wohl eher ihre netten Eigenschaften.«

Michael nickte. »Meine Freundin ist verflucht unabhängig, aber das heißt nicht, dass sie nicht gelegentlich jemanden braucht, der ihr hilft.«

»Sie hat doch dich«, stellte Asher fest.

»Nein, davon rede ich nicht. Was ich wohl fragen will, ist, ob sie dich jetzt auch hat?«

Asher wusste nicht, was er darauf antworten sollte. Einerseits wollte er den Mann, der Naomi wie ein Bruder liebte, beruhigen und ihm sagen, dass Naomi nichts passieren würde, solange er lebte. Andererseits wusste er nicht, wie er überhaupt so ein Versprechen geben konnte, wenn er gar nicht das Recht hatte, diesen besitzergreifenden Beschützerinstinkt ihr gegenüber an den Tag zu legen.

»Ich werde dafür sorgen, dass ihr nichts passiert«, schwor er ernst.

Sogar wenn es bedeutete, dass er sie von sich selbst fernhalten musste.

17

Sie fuhren fast eine Stunde in angespanntem, verlegenem Schweigen, ehe Asher schließlich doch etwas sagte.

»Wir brauchen noch ein bisschen Benzin, bevor wir zur Ranch zurückfahren.«

Er deutete auf eine schwach erleuchtete Tankstelle mit einem angeschlossenen kleinen Laden. Das war das einzige Zeichen von Zivilisation, das ihnen nach unzähligen Meilen auf der I-15 begegnete. Als sie von der Wüstenstraße herunter zu der schäbigen Tankstelle im Nirgendwo fuhren, dachte Naomi an etwas, das Asher ihr mal erzählt hatte.

»Bist du hier Ned das erste Mal begegnet?«

Er nickte kurz und schaltete den Motor aus. Ein Teil ihrer Begeisterung, sich an genau der Stelle zu befinden, wo Asher vor fünfzehn Jahren gewesen war, schwand angesichts der Tatsache, dass er sie kaum beachtete. Er schien sogar leicht verärgert darüber, dass sie etwas über seine Vergangenheit wusste. Als wäre sie nun nach allem, was sie miteinander geteilt hatten, vereinnahmend.

Er ging emotional auf Abstand zu ihr und wurde wieder zu dem gefühllosen Einzelgänger, den sie in jener ersten Nacht in der Wüste kennengelernt hatte. Für die plötzliche Veränderung bei ihm konnte sie wohl nur sich selbst die Schuld geben. Schließlich war sie diejenige gewesen, die versucht hatte so zu tun, als wäre nichts zwischen ihnen, in dem Moment, in dem es so ausgesehen hatte, als wollte er sie daran hindern, Michael und die Kinder zu sehen. Sie hatte das Gefühl gehabt, in die

Enge getrieben zu werden, und deshalb war sie auf die Barrikaden gegangen. Jetzt wusste sie nicht recht, wie sie zurücknehmen sollte, was sie gesagt hatte, und ob es ihm überhaupt wichtig war.

»Asher …«

»Es wird nicht lange dauern«, sagte er und stieg aus dem Wagen.

Sie lehnte sich auf dem alten Ledersitz zurück und wartete, während er tankte. Einen Augenblick später hörte sie, wie der Tankdeckel sich schloss, und dann klopfte er auch schon an die Scheibe auf der Beifahrerseite.

»Ich gehe rein, bezahlen«, sagte er durch die Scheibe. »Bin gleich zurück.«

Sie nickte und sah ihm hinterher, als er auf die Tankstelle zuging. Die junge Frau, die hinter der Kasse stand, beobachtete ihn auch. Die große, vollbusige Blondine im tief ausgeschnittenen Tanktop mit der typischen Vegas-Showgirl-Schminke, die mehrere Schichten ausmachte, konnte ihr Interesse an dem muskulösen Mann, der mit überirdischer Anmut die leere Tankstelle durchquerte, kaum verbergen.

Sie setzte ein breites, verführerisches Lächeln auf, als Asher eintrat und zur Kasse ging. Sie sprachen kurz miteinander, während er ein paar Scheine aus der Gesäßtasche hervorholte und ihr reichte.

Naomi gefiel das besitzergreifende Gefühl nicht, das sie durchzuckte, als sie Asher mit einer anderen Frau sprechen sah, nachdem er mit ihr kaum zehn Worte gewechselt hatte, seit sie von Michael weggefahren waren. Frustriert drehte sie den Zündschlüssel halb herum und begann im Radio nach einem Sender mit Musik zu suchen. Es gab keine große Auswahl – nur einen Kanal mit alter Country-Musik, die klang, als würde sie aus einer Konservendose übertragen werden.

»Dann eben nicht«, sagte sie, schaltete das Radio aus und ließ sich wieder nach hinten in den Sitz fallen, um durch die Windschutzscheibe nach Asher zu schauen.

Er war weg.

Und die hübsche Kassiererin auch.

Naomi sackte der Magen kalt und schwer wie ein Felsbrocken nach unten. Wo waren sie? Sie wollte nicht darüber nachdenken, warum die beiden so plötzlich verschwunden waren; genauso wenig wollte sie Schmerz und Misstrauen wahrhaben, die von ihr Besitz ergriffen.

Kurz darauf erspähte sie Ashers Kopf und seine Schultern, die in einem der Gänge auftauchten. Während er den Kassenraum verließ und auf den Truck zukam, ging die Kassiererin wieder hinter den Tresen und zupfte dabei die Träger ihres Tops zurecht.

Asher stieg ein, ohne eine Erklärung abzugeben, warum er kurzzeitig verschwunden gewesen war.

Naomi beobachtete ihn dabei, wie er den Gang einlegte und wieder auf die Straße fuhr. »Alles in Ordnung?«

Er nickte. »Schön, dass wir weiterfahren. Wir sollten in weniger als zwanzig Minuten wieder auf der Ranch sein.«

So sehr es Naomi auch wurmte, ihrer Eifersucht nachzugeben, war sie doch nicht in der Lage, die hochkochenden Emotionen lange zu unterdrücken. Sie waren keine fünf Meilen weit gefahren, als sie ihm im Schein des Armaturenbretts einen Blick zuwarf.

»Sie war hübsch. Ich meine, das Mädchen von der Tankstelle war hübsch.«

Er zuckte mit den Achseln. »Ja. Das stimmt wohl.«

»Bist du deshalb reingegangen?« Sie versuchte, ganz gleichmütig zu klingen, ja unbeteiligt, aber selbst in ihren eigenen Ohren hörte sie den schrillen Unterton.

Er warf ihr einen fragenden Blick zu. »Ich habe dir doch gesagt, dass ich reingehen würde, um zu bezahlen.«

»Ich weiß, was du mir gesagt hast, Asher.«

»Okay.« Ein Anflug von Verärgerung schwang in seiner Stimme mit. »Warum fragst du dann? Was willst du eigentlich wissen?«

»Nichts. Vergiss es.«

Schweigend sah sie lange aus dem Fenster und wusste, dass sie eigentlich kein Recht hatte zu fragen. Er schuldete ihr keine Antworten oder Erklärungen. Und schon gar keine Entschuldigungen. Schließlich war sie freiwillig mit ihm ins Bett gegangen, und er hatte ihr im Gegenzug nichts versprochen.

Trotzdem schmerzte die Vorstellung, dass er sich zu einer anderen Frau hingezogen fühlte. Und noch mehr schmerzte es, zu denken, dass er diesem Reiz nachgegangen war – vor allem während sie draußen in seinem Wagen gesessen hatte und auf ihn wartete.

Aber zum Teufel noch mal! Sie musste es wissen.

Als sie schließlich auf die unwegsame Schotterstraße abbogen, die zur Ranch führte, konnte sie die Worte nicht mehr zurückhalten.

»Hast du's mit ihr getrieben?«

Er bedachte sie mit einem harten Blick. »Was? Allmächtiger! Ist es das, was du denkst?«

»Hast du?«

»Nein.« Er parkte den Wagen und zog den Schlüssel ab. Seine Gesichtszüge waren angespannt.

Die Sehnen an seinem Hals traten wie dicke, straffe Kabel hervor, und seine Wangenknochen wirkten auf einmal wie gemeißelt und fast schon unnatürlich. Sogar im schwachen Schein im Innern des Pick-ups konnte sie erkennen, dass die Glyphen auf seinen Armen und am Hals dunkel pulsierten.

»Ich wollte keinen Sex von der Frau, Naomi. Ich wollte ihr Blut.«

Vielleicht hätte sie erleichtert sein sollen. Schließlich wusste sie, was er war. Sie verstand, dass er Nahrung zu sich nehmen musste. Aber selbst diese Worte versetzten ihr einen schmerzhaften Stich. »Das ist der wahre Grund, weshalb du reingegangen bist, nicht wahr? Du wolltest ihr Blut trinken.«

»Ja.« Nur dieses eine Wort – völlig tonlos mit seiner gefährlich kalten Stimme gesprochen.

Sie nickte steif und stürzte sich dann förmlich auf den Türgriff. Sie konnte gar nicht schnell genug aus dem Wagen, konnte gar nicht schnell genug von ihm wegkommen. Sie sprang aus dem Wagen auf den sandigen Boden und rannte los, um erst anzuhalten, als sie den Paddock erreichte, wo die Pferde standen.

Asher war direkt hinter ihr. »Was machst du denn?«

»Bitte geh.«

»Warum bist du so außer dir?«

Sie wirbelte herum und stürmte in die entgegengesetzte Richtung davon. Doch schon stand er wieder vor ihr. »Sag es mir, Naomi. Warum macht dich die Vorstellung, dass ich das Blut einer anderen Frau trinke, so wütend?«

»Weil ich offensichtlich eine Idiotin bin«, zischte sie höhnisch.

Er schüttelte kurz den Kopf. »Du weißt, dass ich ein Stammesvampir bin. Du weißt, dass ich so veranlagt bin – dass es eine verdammte Notwendigkeit für mich ist, mir einen Blutwirt zu nehmen.«

»Ja, das weiß ich alles«, fuhr sie ihn an und sah ihm finster ins beherrschte Gesicht. »Ich weiß, was du bist und was du brauchst.«

Seine Augen sprühten winzige, bernsteinfarbene Funken.

»Warum bist du dann jetzt so versessen darauf, mich dafür zu verdammen?«

»Weil ich dich liebe.« Das Geständnis platzte aus ihr heraus. Und kaum hatte sie es gesagt, spürte sie, wie der Druck auf ihrer Brust ein bisschen weniger wurde. Doch der Schmerz blieb. »Ich liebe dich, Asher. Und die Vorstellung, dass du mit einer anderen Frau zusammen bist – von einer anderen Frau trinkst –, zerreißt mich innerlich.«

Er sah sie finster an, und ein leises Knurren kam in ihm hoch. »Du solltest so etwas nicht sagen.«

»Warum denn nicht? Weil du es nicht hören willst?« Sie kochte jetzt vor Wut, denn sie hatte alle Karten auf den Tisch gelegt. Sie hatte sich in ihrem ganzen Leben noch nie so verletzlich gefühlt. »Ich habe mich in dich verliebt, Asher, und das ängstigt mich fast zu Tode.«

Die Funken in seinen Augen schmolzen zu glühender Lava, sodass seine Pupillen nicht mehr zu erkennen waren. Als er den Arm hob, um eine Hand an ihre Wange zu legen, sah sie, dass seine Glyphen sich in satten Farben wanden. »Lass uns nach drinnen gehen. Hier draußen ist nicht der richtige Ort für die Dinge, die gesagt werden müssen. Außerdem bist du im Freien nicht sicher … vor allem nicht im Dunkeln.«

Langsam schüttelte sie den Kopf. »Drinnen ist es für mich auch nicht sicher. Denn jede Minute, die wir miteinander verbringen, sorgt dafür, dass ich so tun will, als gäbe es die Welt – die wahre Welt – nicht.« Sie entzog sich seiner Berührung, obwohl es ihr schwerfiel, da sie so angenehm war. »Ich habe einfach so eine große Angst, Asher. Ich habe schon früher schmerzvolle Erfahrungen gemacht, aber ich habe noch nie jemandem die Macht gegeben, mich so zu verletzen, wie du es kannst. Ich habe erst heute Abend begriffen, was das bedeutet.«

»Das Letzte, was ich will, ist, dir wehzutun.« Er umfasste ihr Gesicht mit beiden Händen und zog sie zärtlich zu einem Kuss an sich. Einem sanften, ruhigen, atemberaubenden Kuss. »Und das einzige Blut, das ich wirklich will, ist deins.«

Verwirrt runzelte sie die Stirn. »Aber du und die Frau …«

»Ich bin mit der festen Absicht reingegangen, Nahrung zu mir zu nehmen, aber ich habe es nicht getan. Ich konnte mich nicht dazu überwinden, jemand anders als dich mit meinem Mund zu berühren.«

»Asher …«

»Nicht«, sagte er und schüttelte abwehrend den Kopf. »Sieh mich nicht so erleichtert an. Denn du hast recht. Mit mir zusammen bist du auch nicht sicher. Sollte ich je dein Blut trinken, gäbe es kein Zurück mehr. Ich würde dann nur noch dich wollen, ich würde mich nach dir sehnen … mich nach dir verzehren.« Er holte tief Luft und stieß einen leisen, erstickten Fluch aus. »Verdammt, so wird es mir gehen, ob ich nun dein Blut in mir habe oder nicht.«

Sie hatte einen ganz trockenen Hals, als sie schluckte. »Dann nimm es dir, Asher.«

Seine Miene wurde noch finsterer. »Das solltest du nicht sagen. Du weißt eigentlich gar nicht, was für ein Mann ich bin. Ich besitze nicht genug Ehre, um dein Angebot abzuschlagen.«

»Dann tu es auch nicht.« Sie streckte die Hand aus und streichelte sein schönes Gesicht. Sie konnte seine Qual jetzt so deutlich erkennen. Er wollte sie, aber er verzehrte sich auch in anderer Weise. Der Schmerz, den ihm dies bereitete, stand ihm ins Gesicht geschrieben. »Und was Ehre angeht, habe ich nie einen Mann gekannt, der mehr davon besaß als du.«

Ein schwaches Lächeln zuckte um seine Mundwinkel. »Du kennst mindestens einen – Michael.«

»Das meinte ich nicht. Ich habe nie einen Mann gekannt, den ich so wollte, wie ich dich will.«

Sie legte den Kopf auf die Seite und löste das Band, das ihr Haar zusammenhielt. Dann strich sie es zur Seite und entblößte ihren Hals seinem sengenden Blick ... seinen spitzen Fängen, die noch weiter hervorzutreten schienen, als sein Blick sich an ihrer pochenden Halsschlagader festsaugte.

»Allmächtiger«, ächzte er. Sein Atem ging keuchend, als er den Kopf auf ihren Hals senkte. Seine Zunge war nass und heiß, als er damit vorsichtig über die Ader strich. »Ich kann spüren, wie dein Herz rast. Ich schwöre dir, ich spüre es sogar schon, wenn ich nur in deiner Nähe bin.«

Er leckte wieder über ihre Haut. Diesmal war es eine zielstrebigere Bewegung, ein leises Necken, ein Erforschen ihres flatternden Pulses. Naomi spürte das aufgeregte Schlagen ihres Herzens, das in Erwartung seines Bisses pochte.

Asher knurrte. Es war ein animalischer Laut, der sie bis ins Mark erbeben ließ.

Dann drückte er den offenen Mund seitlich auf ihren Hals und bohrte seine Fänge tief in ihr Fleisch.

»Oh Gott.« Sie war nicht vorbereitet ... weder auf den stechenden Schmerz noch auf die heiße Glut, die sie kurz darauf durchströmte. Es fühlte sich so gut an, so richtig. Es war überwältigend.

Erregung erfasste sie, durchfuhr sie wie ein Blitz und entfesselte einen Vulkan. Leidenschaftlich und wild drängte sie sich an ihn. Sein Körper war hart, und seine Männlichkeit pochte ihr fordernd entgegen. Keuchend warf sie den Kopf in den Nacken und sah, wie der Sternenhimmel über ihr zu einem Meer aus Diamanten verschmolz, während sie sich der Lust an seiner Glut und seinem verzehrenden Durst hingab.

Jedes Mal, wenn Ashers Lippen und Zunge das Blut aus ihrer Ader sogen, fand dies einen Widerhall in einem sinnlichen Druck tief in ihrem Innern, der immer größer wurde. Sie war nass und keuchte. Sie wollte ihn unbedingt in sich spüren.

»Asher, ich ertrage es nicht … die Lust ist zu groß. Bitte …«

Er stöhnte laut an ihrer Kehle, während seine Zunge über die Löcher glitt, die er mit seinen Fängen gebohrt hatte. Sie spürte ein leichtes Kitzeln, als die Wunden sich schlossen. Ein Beben ging durch seinen Körper, und als er den Blick hob, um ihr tief in die Augen zu schauen, strahlte ihr eine Hingabe entgegen, die sie taumeln ließ.

»Jetzt bringe ich dich nach drinnen«, krächzte er. Seine riesigen Fänge schimmerten im Licht der Sterne. Er schlang die Arme um sie und nahm sie hoch. »Meine süße, köstliche Narumi. Du gehörst in mein Bett.«

18

Er hätte sie heute Abend gehen lassen sollen. Er hätte ohne sie wegfahren sollen, um sie entweder bei Michael zu lassen oder sie zur Ordenszentrale in Lake Tahoe zu bringen, sodass er sich um Slater und Cain und all die hätte kümmern können, die Naomis Wohlergehen bedrohten.

Alles wäre besser gewesen als das, was er gerade getan hatte.

Aber es war zu spät, es sich noch einmal anders zu überlegen oder es zu bedauern.

Der berauschende Geschmack von Naomis Blut brannte immer noch wie süßes Feuer auf seiner Zunge – nährte jede einzelne Zelle in seinem Körper –, und das ließ sich nicht mehr rückgängig machen. Und er war der größte Mistkerl auf Erden, denn er wollte es noch nicht einmal rückgängig machen.

Asher trug sie ins Haus – vorbei an einem verdatterten Sam und den Flur entlang ins Schlafzimmer. Er trat die Tür mit dem Fuß hinter sich zu und legte sie aufs Bett. »Heute Nacht teile ich dich mit niemandem. Du gehörst mir.«

Sie lächelte mit einem verlangenden Ausdruck im Gesicht zu ihm auf. »Das hört sich gut an.«

Heute Nacht gefiel es ihr.

Heute Nacht war er noch der Mann, den sie zu kennen meinte, ein Mann, dem sie meinte, vertrauen zu können. Er würde eher sterben, als sie dieses Glaubens zu berauben. Er wollte ihr Vertrauen nicht zerstören, doch er hatte es bereits getan, indem er ihr verschwiegen hatte, woher er stammte … und welche Sünden er begangen hatte.

Naomis Angst vor einem Killer wie Cain würde sich in Bezug auf Asher verzehnfachen, wenn sie je erfuhr, was er getan hatte.

Und sie würde es erfahren, sollte er je so unbesonnen sein, sie sein Blut trinken zu lassen.

Sie würde alles sehen und erkennen, dass sie sich mit einem Monster verbunden hatte.

Aber vorerst liebte sie ihn.

Durch ihr Blut, welches jetzt durch seine Adern strömte, und das Band, das zwischen seiner und ihrer Seele geknüpft worden war, spürte er ihre funkelnde Gegenwart in seinem Innern. Er kannte die Güte und die Empathie, die Naomi ausmachten. Ihre Lust, ihren Schmerz … auch das gehörte ihm jetzt.

Ihre Zuneigung umhüllte ihn wie eine liebevolle Umarmung und entzündete sein Blut, während eine unerträgliche Sehnsucht in seinem Herzen entfacht wurde.

»Du bist so schön«, murmelte er, als er sie langsam entkleidete und jeden Zentimeter Haut, den er entblößte, küsste, während er ihr das T-Shirt und den mit Spitze verzierten BH auszog. Er streifte ihre Jeans und das Höschen ab und hielt dann inne, um in ihrer herrlichen Nacktheit zu schwelgen.

Er war völlig ausgehungert nach ihr, und das machtvolle Wogen ihres Blutes in seinem Körper verstärkte noch seine Gier und sein Verlangen, ihr Lust zu bereiten.

»Bitte, Asher«, wisperte sie mit vor Leidenschaft heiserer Stimme, als er sich auszog. »Lass mich nicht warten.«

Er wollte sich Zeit lassen und den Körper, den sie ihm schenkte, genießen, obwohl sie ihm schon so viel gegeben hatte. Aber durch die Verbindung spürte er ihr rasendes Verlangen, und zusammen mit seiner eigenen Begierde war es sogar für ihn mehr, als er aushalten konnte.

Als er zu ihr aufs Bett kam, fuhr sie mit den Fingern über seine Schulter und den Arm nach unten, um seine Hand zu nehmen. Sie legte sie zwischen ihre Beine und drängte sich hemmungslos dagegen, und auch ihr kühner Blick war voller Leidenschaft, als sie ihm tief in die Augen sah, während er sie streichelte und mit den Fingern ihren engen Körper erforschte.

Sie seufzte und stöhnte, und ihr schlanker, zierlicher Körper wand sich in schmerzhafter Lust.

Er beobachtete sie mit kaum verhülltem Hunger. Beim Gedanken, dass sie ihm gehörte – auch wenn er tief in seiner Seele wusste, dass er ihrer nicht würdig war –, fühlte er sich wie ein König, ja wie ein Gott, wenn sie ihn mit dieser Sehnsucht ansah, die ihn wanken ließ.

»So wunderschön«, raunte er, obwohl die Tiefe seiner Empfindungen ihm die Kehle zuschnürte.

Beim Anblick der kleinen, rosigen Spitzen ihrer Brüste lief ihm das Wasser im Munde zusammen, und er konnte nicht widerstehen, den Kopf zu senken und die eine mit seinen Zähnen zu umschließen. Dabei ritzten seine Fänge ihre Haut auf, sodass er noch einmal von ihrem Blut kosten konnte. Keuchend stieß sie seinen Namen hervor, während ihr Rücken sich bog, um ihm entgegenzukommen.

»Du schmeckst himmlisch«, krächzte er, während er das winzige Rinnsal aufleckte. Ihr Geschmack auf seiner Zunge, der Geruch ihrer Haut und der noch süßere Duft ihres Stammesgefährtinnenbluts steigerten sein Verlangen in einem Maße, das schon an Wahnsinn grenzte.

»Asher …«

Der Ausdruck, der auf ihrem Gesicht lag, ging über bloße Lust, bloßes Verlangen hinaus, als er ihren Schoß streichelte und gleichzeitig mit Zähnen und Zunge an ihrer Brust zupfte. Ihre Erregung zog auch sein Innerstes immer mehr zusammen. Über die Verbindung nahm er all ihre Empfindungen wahr – höchste Freude und Ekstase, größte Furcht und stechendsten Schmerz.

So überwältigend es auch war, ihr Verlangen nach ihm zu spüren und zu fühlen, wie hemmungslos sie auf seinen Körper und seine Berührungen reagierte, bereitete es ihm doch Folterqualen, wenn er nur daran dachte, Naomis Kummer oder Unbehagen hautnah mitzuerleben. Er würde alles in seiner Macht Stehende tun, damit sie nie etwas anderes als Glück erfuhr. Und wenn das bedeutete, sie für alle Zeit Tag und Nacht in seinem Bett zu behalten, konnte er sich doch nichts vorstellen, was er mehr genießen würde.

Seinem stillen Schwur folgte ein leises Knurren. Er versiegelte die kleine Wunde mit seiner Zunge und stemmte sich dann über Naomi hoch, um die richtige Position zwischen ihren gespreizten Schenkeln einzunehmen. Sie war nass und bereit, und sie hob die Hüften, um seinem Stoß entgegenzukommen.

Die Intensität ihrer Vereinigung ließ beide stöhnen. Asher bebte, während er immer wieder in sie eintauchte. Jede einzelne Zelle seines Körpers brannte vor Verlangen, sie in Besitz zu nehmen, sie zu behalten … sie bis in alle Ewigkeit als seine Gefährtin zu lieben.

Während er sich in ihr bewegte, war es leicht, alles andere, was er fühlte, zu verdrängen … die Furcht, sie an jemanden wie Slater oder dessen Männer zu verlieren … die ungewisse Zukunft, auch wenn es ihm gelang, diese Bedrohung auszuschalten, und der Schmerz, der auf ihn zukommen würde, wenn Naomi erfuhr, dass sie sich einem Monster hingegeben hatte.

Bis zu diesem Moment hatte er sich nie für einen Feigling gehalten. Doch während er ihren Körper zum Höhepunkt trieb und sie sich an seinen Schultern festklammerte, während sie in höchster Ekstase seinen Namen rief, begriff er, wie schwach er in Wirklichkeit war; denn diese Frau hatte ihn mit jedem keuchenden Atemzug, jedem lustvollen Seufzer und mit jedem wuchtigen Schlag ihres Herzens in Besitz genommen.

Asher beobachtete, wie sie sich vollkommen hingab. Er spürte es in seinem Innern über die Verbindung, die zu knüpfen er kein Recht gehabt hatte.

Der Himmel stehe ihm bei, aber es war so leicht, sich besser zu fühlen, wenn Naomi sich in seinen Armen wand und den Höhepunkt erreichte.

Es war leicht, in diesem Moment sein absolut schändliches Verhalten zu verdrängen, seine egoistischen Beweggründe, seinem Verlangen nach ihr nachzugeben … und die Schuldgefühle, weil er nicht in der Lage war, es zu bedauern.

19

Naomi trat am nächsten Morgen aus der Dusche und fühlte sich in vielerlei Hinsicht anders – stärker, ausgeruhter, während jede einzelne Faser ihres Seins summte in Erinnerung an Ashers unglaubliche Leidenschaft letzte Nacht.

Und an seinen Biss.

Sie stöhnte schon, wenn sie nur daran dachte, wie gut es sich angefühlt hatte, seinen Mund zu spüren, während sich seine Fänge durch das nachgiebige Fleisch an ihrem Hals gebohrt hatten. Jetzt, da sie wusste, wie es war, sich seinem Hunger hinzugeben, hatte eine andere Sehnsucht begonnen, in ihren Gedanken Gestalt anzunehmen.

Sie wollte wissen, wie er schmeckte.

Sie wollte sein Blut trinken und die gleiche Verbindung spüren, die er beschrieben hatte, nachdem er sich an ihr gelabt hatte.

Sie wollte ihn in ihrem Blut spüren.

Es ängstigte sie, wie sehr sie es sich wünschte, selbst wenn sie wusste, dass es dann kein Zurück mehr geben würde. Dann stünde ihr eine Zukunft mit Asher bevor. Als seine im Blut verbundene Gefährtin.

Seine Stammesgefährtin.

Sie schlang ein Tuch um sich und trat vor den Badezimmerspiegel, um sich zu mustern. Sie legte den Kopf auf die Seite, und zum ersten Mal in ihrem Leben musterte sie das kleine, rote Mal unter ihrem Kinn ohne Verärgerung oder Vorbehalte. Sechsundzwanzig Jahre hatte sie versucht so zu tun, als wäre das Zeichen aus Träne und Halbmond auf ihrer Haut nichts weiter als ein Muttermal, das man nicht weiter beachtete. Wenn sie es jetzt betrachtete, dachte sie unwillkürlich an Asher und die unglaublich leidenschaftliche Welt, die sich ihr eröffnet hatte, nachdem er in ihr Leben getreten war.

Sie strich mit den Fingern über die Ader, die genau unter ihrem Ohr pochte, und war nicht in der Lage, das strahlende Lächeln zu unterdrücken, das sich auf ihrem Gesicht ausbreitete.

Sie liebte ihn.

Er hatte ihr die Worte zwar nicht in genau der gleichen Weise zurückgegeben, doch er hatte andere Dinge gesagt. Zärtliche Dinge. Besitzergreifende Dinge. Und die ganze Zeit hatte sein glühender Blick sie mit seiner Intensität und seiner tiefen Ehrlichkeit versengt.

Himmel, sie war total verliebt in ihn.

Seit sie Asher kennengelernt hatte, war sie immer mehr dazu übergegangen, sich eine strahlende Zukunft auszumalen … eine Zukunft, die auch Michael und den Kindern viel Platz einräumte, in der Asher aber immer den Mittelpunkt bildete. Verblüfft erkannte sie, wie sehr sie sich nach diesen Dingen sehnte und dass die andere bisher alles beherrschende Antriebsfeder in ihrem Leben – Rache an Leo Slater – angefangen hatte, etwas anderem Platz zu machen … Hoffnung.

»Du bist eine liebeskranke Närrin«, erklärte sie ihrem fröhlichen Spiegelbild. Doch noch nicht einmal das schaffte es, den glücklichen Ausdruck auf ihrem Gesicht zu vertreiben.

Sie schüttelte den Kopf und trocknete sich ab. Dann beeilte sie sich mit dem Anziehen, damit sie nach Asher suchen und ihn vielleicht dazu überreden könnte, ihr wieder aus den Sachen zu helfen, nachdem sie sich einen Tee gemacht und etwas zu essen gefunden hatte.

Sie war gerade dabei, ihr Haar mit den Fingern zu entwirren, als ihr Handy anfing zu klingeln. Sie nahm es von der Kommode und runzelte die Stirn, als sie sah, dass der Anrufer seine Nummer unterdrückt hatte.

Es gab nicht viele, die ihre Nummer hatten ... an erster Stelle Michael und die Kinder. Sofort gingen ihre Gedanken zu Slater, aber sie konnte sich nicht vorstellen, wie er wohl an ihre Nummer gekommen sein sollte. Trotzdem schwebte ihr Finger kurz über dem Display, ehe sie sich entschloss, den Anruf anzunehmen.

»Ja?«

»Hallo«, meldete sich eine Frauenstimme. »Naomi, hier ist Sheila aus der Praxis von Dr. Davis.«

»Ah ja, hallo.« Naomi stieß den angehaltenen Atem aus, als sie merkte, dass es nur die Arzthelferin der preisgünstigen Klinik war, zu der sie die Kinder immer brachten. »Ist alles in Ordnung?«

»Ja, alles gut. Tyler ist heute zu einer Routineuntersuchung wegen seines Asthmas hier.«

»Ah ja.« Naomi erinnerte sich schwach an den Termin, aber normalerweise war es Michael, der sich um diese Dinge kümmerte und dafür sorgte, dass die Kinder auch hingingen. »Kann ich etwas für Sie tun, Sheila?«

»Nun ja, ich wundere mich gerade ein bisschen ... Tyler wartet schon seit über einer Stunde hier, dass jemand ihn abholt, deshalb hab ich überlegt, ob Sie vielleicht ...«

»Moment mal«, unterbrach Naomi sie. »Hat Michael ihn denn nicht zu dem Termin gebracht?«

»Doch, hat er. Aber Tyler sagt, dass Michael ihn nur abgesetzt hätte und sich um irgendwelche Banksachen und Besorgungen kümmern wollte, ehe er ihn wieder abholte. Wie ich schon sagte, sind wir schon eine ganze Weile mit Tyler durch, und der arme kleine Kerl wird langsam ein bisschen unruhig, weil niemand kommt und ihn abholt.«

»Das kann ich mir vorstellen«, murmelte Naomi, und ein immer stärker werdendes Unbehagen erfasste sie. »Haben Sie schon versucht, Michael zu erreichen?«

»Ja. Wir haben ihn mehrmals angerufen, aber es geht immer sofort die Mailbox ran.«

»Okay.« Naomi kniff sich in die Nasenwurzel, während sie nachdachte. »Okay, ich werde es auch noch mal versuchen. Ich bin im Moment nicht in der Stadt, aber ich kann in ungefähr einer Stunde da sein. Könnte Tyler noch eine Weile bei Ihnen bleiben?«

»Er kann gern so lange bleiben, wie es notwendig ist«, sagte die Arzthelferin. »Ich bin mir sicher, er wird erleichtert sein, wenn er hört, dass wir jemanden erreichen konnten.«

»Natürlich. Bitte, sagen Sie ihm, dass er sich keine Sorgen machen soll.«

Als sie den Anruf beendete, erschien Asher in der offenen Tür zum Schlafzimmer. »Was ist los?«

»Ich bin mir nicht sicher. Vielleicht ist es nichts.«

Er schüttelte den Kopf. »Für mich fühlt es sich nicht nach ›nichts‹ an.«

Sie wusste sofort, worauf er anspielte – die Blutsverbindung, über die er offensichtlich gleich mitbekommen hatte, dass sich ihr Magen gerade vor Sorge zu einem Stein zusammenzog. »Einer der Jungs, Tyler, sitzt in einer Arztpraxis in der Stadt und wartet darauf, von Michael abgeholt zu werden. Er sitzt da schon mehr als eine Stunde lang.«

Asher runzelte die Stirn. »Das sieht Michael überhaupt nicht ähnlich, ein Kind so zu versetzen.«

»Nein. Tut es nicht. Er hat Tyler erzählt, er müsste sich um irgendwelche Banksachen kümmern und dass er dann noch ein paar Besorgungen machen wollte.« Sie wählte Michaels Nummer auf ihrem Handy und schüttelte den Kopf, als sofort die Mailbox ranging. »Asher, ich brauch den Wagen.«

Ein finsterer Ausdruck legte sich auf sein Gesicht. »Das ist keine gute Idee, Naomi. Vor allem, da ich nicht mitkommen kann. Das gefällt mir nicht.«

Sie ging zu ihm und legte ihre Hand an seinen angespannten Kiefer. »Ich weiß, dass es dir nicht gefällt, aber ich kann den kleinen Jungen nicht ganz allein da sitzen lassen. In seinem kurzen Leben wurde er schon von genug Leuten, denen er vertraute, im Stich gelassen. Ich werde mich da nicht einreihen.«

Sie brauchte keine Blutsverbindung, um zu wissen, dass Asher kurz davorstand, es zu verbieten. Aber er hatte eigentlich keine Wahl. Der Wagen gehörte zwar ihm, aber sie wusste, dass er ihn ihr nicht verweigern würde, wenn es um eins der Kinder ging.

»Du brauchst dir keine Sorgen zu machen«, beruhigte sie ihn. »Michael lässt sich manchmal ablenken. Er versucht wahrscheinlich gerade, zehn Sachen auf einmal zu machen, und wird bestimmt im selben Moment auf den Parkplatz der Klinik gedüst kommen, wenn ich dort eintreffe. Davon abgesehen haben wir ja nicht gerade tiefste Nacht …«

»Nein«, brummte Asher. »Es ist helllichter Vormittag, wo ich mich keine zehn Minuten draußen aufhalten kann, ohne eingeäschert zu werden.«

»Mir passiert schon nichts.« Sie stellte sich auf die Zehenspitzen und gab ihm einen Kuss, ohne seinem zweifelnden Blick auszuweichen. »Ich werde dich von unterwegs aus anrufen, und sobald ich von Michael höre und Tyler wohlbehalten abgeliefert habe, werde ich sofort nach Hause zurückkommen.«

Ein hellerer Glanz trat in seine Augen, als sie sagte, sie würde ›nach Hause‹ kommen. Seine angespannten Züge glätteten sich ein ganz klein wenig. Er schob die Finger in ihr Haar und zog sie wieder an sich, um ihr einen langen, innigen Kuss zu geben. »Du kannst mich anrufen, sobald du in der Stadt bist.«

»Das werde ich.«

Sie nahm ihr Handy, den Schlüssel vom Wagen und rannte zur Tür hinaus.

Auf der langen Fahrt nach Vegas versuchte sie mehrmals, Michaels Handy zu erreichen, doch jedes Mal sprang die Mailbox an. Mit jedem erfolglosen Anruf wurde ihre Unruhe größer und entwickelte sich langsam zu echter Sorge, dass mit der Bezahlung vom *Moda* etwas schiefgegangen sein könnte.

Oder schlimmer noch ... dass Michael in Schwierigkeiten geraten war.

Von seinem Van war nichts zu sehen, als sie auf den Parkplatz der Arztpraxis fuhr. Drinnen wurde sie von einem tief bekümmerten Tyler empfangen, der mit Tränen in den Augen auf einem der Stühle im Wartezimmer hockte.

»He, Kumpel«, sagte sie. Sie eilte zu ihm, hockte sich vor ihm hin und zerzauste ihm den roten Schopf. »Tut mir leid, dass du so lange warten musstest. Geht's dir gut?«

Sein niedliches, kleines Gesicht mit den Sommersprossen verzog sich. Die Nase war vom Weinen ganz geschwollen. »Wo ist Michael?«

»Er ist wahrscheinlich irgendwo aufgehalten worden. Ich weiß nicht genau, was los ist, aber wir werden ihn finden.«

Tyler runzelte die Stirn. »Ich dachte, ihr hättet mich vergessen.«

»Das würden wir nie tun«, versicherte sie ihm und schüttelte den Kopf. »Niemals. Hörst du?«

Er nickte steif, und sie nahm seine Hand, als er vom Stuhl herunterrutschte und aufstand. Naomi winkte Sheila zu, die am

Empfang saß, und trat mit ihrem schniefenden Schützling im Schlepptau auf den fast leeren Parkplatz.

»Ist das nicht Ashers Pick-up?«, fragte Tyler, als sie ihm half, auf den Beifahrersitz zu steigen.

»Ja, ist es.«

»Wo ist er?«

»Auf der Ranch, mein Schatz. Er wollte mitkommen, um dich abzuholen, musste aber drinnen bleiben.«

»Weil er ein Stammesvampir ist, nicht wahr?«

Sie nickte und war verblüfft, wie unkompliziert der Junge Asher als Teil ihrer kleinen Gemeinschaft akzeptiert hatte. Als sie alle zusammen in Michaels Haus gewesen waren, hatte sie eine Ahnung davon bekommen, wie sich eine richtige Familie anfühlte. Ihre Familie – die, in die sie nicht hineingeboren worden war, die sie sich aber für den Rest ihres Lebens inständig wünschte.

Sie strich dem kleinen Jungen über den Kopf. »Schnall dich an, ja? Jetzt bringen wir dich erst einmal nach Hause.«

So unauffällig wie möglich wählte sie erneut Michaels Nummer, als sie sich hinters Steuer setzte. Aber auch diesmal hatte sie kein Glück.

Verdammt, wo war er nur?

Dann nahm sie sich noch kurz die Zeit, bei Asher anzurufen, achtete aber sorgfältig darauf, sich beim Gespräch ihre Sorge nicht anmerken zu lassen, damit Tyler nicht mitbekam, dass sich langsam Panik in ihr breitmachte. Doch Asher wusste um ihren Zustand. Seine Stimme klang sanft und beruhigend, während er ihr mitteilte, dass er sich über Unfälle und Verkehrsprobleme informiert, aber keinen Grund zur Sorge entdeckt hätte.

»Danke«, sagte sie leise. »Ich rufe dich an, sobald ich Tyler nach Hause gebracht habe.«

Während der Fahrt ans andere Ende der Stadt unterhielt sich Naomi mit Tyler über die Schule, Hausaufgaben und was er gern zum Abendessen hätte. Das Gespräch plätscherte angenehm dahin, bis sie in die Straße abbogen, die zu Michaels Haus führte.

Und dann zog sich Naomis Herz mit einem Ruck zusammen.

Michaels Van stand in der Auffahrt. An jedem anderen Tag wäre das ein ganz normaler Anblick gewesen, doch in diesem Moment fühlte es sich ganz und gar falsch an.

»Hä? Was soll das denn?«, platzte Tyler heraus und sah sie verwirrt an. »Ist er etwa die ganze Zeit zu Hause gewesen?«

»Ich weiß nicht, mein Schatz.« Naomi parkte neben dem Van und war nicht in der Lage, die Eiseskälte abzuwehren, die sich in ihrem Körper ausbreitete. »Was hältst du davon, wenn du im Wagen sitzen bleibst und ich zuerst reingehe, hm?«

Zu ihrer Erleichterung erhob der Junge keinen Einspruch. Naomi stieg aus dem Pick-up und schloss die rostige Tür mit einem Knarren.

Als sie das Haus durch die nicht abgeschlossene Tür betrat, erinnerte sie sich kurz daran, Asher versprochen zu haben, ihn anzurufen, sobald sie angekommen war. Aber ihre Beine bewegten sich von ganz allein und trugen sie ins stille Haus. Himmel, es war viel zu still.

»Hallo, Michael? Irgendjemand zu Hause?«

Es war nicht unnormal, dass die Kinder unterwegs waren und während des Tages ihr eigenes Ding durchzogen. Das bedeutete, dass einige in der Schule waren, während andere dafür entweder zu jung oder zu aufmüpfig waren, um das mit der gebotenen Regelmäßigkeit zu tun, die sie eigentlich gebraucht hätten. Teil der Abmachung mit den Kindern, die kamen und gingen, war, dass sie nur deshalb blieben, weil sie es so wollten. Für die meisten bedeutete es, einen Platz zu haben, zu dem sie kommen konnten, wenn die Nacht hereinbrach oder es in der Wüste zu kalt oder zu heiß wurde, um im Freien zu überleben. Ihnen die Freiheit zu lassen, war also Teil des Deals, so schwer es Michael und ihr auch manchmal fallen mochte, sich an diese Vereinbarung zu halten.

Im Moment wäre es Naomis größter Wunsch gewesen, Horden von Teenagern und Kindern durchs Haus toben zu hören – am liebsten mit einem Michael, der hinter ihnen herfuhr oder in der Küche war und sie zum Essen rief.

Alles wäre besser gewesen als die Grabesstille, die sie umgab, während sie weiter ins Haus hineinging.

»Michael?«

Sie bewegte sich Richtung Schlafzimmer am Ende des Gangs. Die Tür stand halb offen – gerade weit genug, dass sie seinen leeren Rollstuhl darin stehen sehen konnte.

»Michael …«

Sie wurde immer langsamer, während sie sich dem Zimmer näherte. Ihr Verstand wollte nicht wahrhaben, was ihr Bauchgefühl ihr förmlich zuschrie. Etwas Schlimmes war passiert. Etwas ganz Entsetzliches.

Sie betrat den Raum, und ihr Blick fiel auf den Boden neben seinem Bett. Seine Beine waren völlig verdreht, als wäre er aus dem Stuhl in den offenstehenden Schrank hineingefallen. Dann sah sie sein blau angelaufenes, lebloses Gesicht … und den Ledergürtel, der fest um seinen Hals lag.

Ihr Herz blieb stehen.

Nein. Oh Gott, nein.

Sie taumelte einen Schritt zurück.

Und dann fing sie an zu schreien.

20

Das untätige Warten, ohne zu wissen, was los war, hatte ihn schier in den Wahnsinn getrieben, deshalb hatte Asher in einem Anfall von Aktionismus das neue Betthaupt im Schlafzimmer angebracht. Er würde es sowieso nie zu seiner vollen Zufriedenheit fertigstellen, und da er sich mit irgendetwas beschäftigen musste, hatte er spontan beschlossen, das blöde Ding endlich seiner lange geplanten Bestimmung zuzuführen.

Er war gerade einen Schritt zurückgetreten, um sein Werk zu betrachten, als sich ein unsichtbarer Dolch in seine Brust bohrte. Er taumelte nach hinten und war einen Moment lang verwirrt, denn er wusste nicht, von wo der Angriff gekommen war.

Doch dann wurde es ihm klar.

Naomi.

Der Schmerz, den er spürte, war ihrer. Daran bestand nicht der geringste Zweifel.

»Nein.« Ein erstickter Schrei stieg in ihm auf und würgte ihn. »Nein!«

Das Entsetzen und die Trauer, die sie erlebte, durchfuhr ihn wie gezackter Stahl und ging mit einem so qualvollen Schmerz einher, dass er fast in die Knie gegangen wäre. Aber sie war am Leben. Dem Himmel sei Dank, dass sie noch lebte und atmete.

Er konnte ihre Energie in seinem Blut spüren, woran er erkannte, dass ihre Verbindung nicht durch etwas so Undenkbares wie ihren Tod abgerissen war. Aber sie litt große Schmerzen – nicht aufgrund einer körperlichen Verletzung, sondern wegen eines Verlustes, den sie kaum ertragen konnte.

Sie hätte sich eigentlich längst bei ihm melden sollen. Eigentlich hätte sie nach Ashers Schätzung schon vor mehreren Minuten bei Michaels Haus angekommen sein müssen.

Sein Körper stand immer noch ganz im Banne ihrer Qual, als er sein Handy hervorzerrte und sie anrief.

»Asher.« Ihre Stimme war völlig tonlos und kaum mehr als ein Flüstern. Sie schluchzte auf. »Oh mein Gott … Asher. Er ist tot. Michael ist tot.«

»Allmächtiger.« Er schluckte mühsam und hasste es, dass er nicht bei ihr war. »Dir ist nichts zugestoßen? Erzähl mir, was passiert ist.«

Sie schilderte ihm, wie sie Michael eben gefunden hatte – tot, vordergründig, nachdem er Selbstmord begangen hatte. Sie erzählte ihm, dass sie jetzt vor dem Haus stünde und auf die Polizei wartete, mit der sie kurz vor seinem Anruf gesprochen hatte.

»Er hat sich nicht selbst umgebracht, Asher. Slater steckt dahinter.«

»Ja.« Er schaute kurz auf sein Handy, um zu sehen, wie spät es war, und hätte am liebsten vor Wut gebrüllt.

Es waren noch mehrere Stunden bis Sonnenuntergang. Die Frau, die er vergötterte, war achtzig Meilen von ihm entfernt, und er konnte nichts tun, um ihr zu helfen. Er konnte sie nicht beschützen, falls die Bedrohung, der Michael zum Opfer gefallen war, als Nächstes sie ins Visier nehmen sollte.

Zumindest in Bezug auf eine Sache konnte er sicher sein – Cain hatte ihrem Freund das nicht angetan. Der gefährliche Mistkerl war durch das UV-Licht genauso eingeschränkt wie Asher.

Doch selbst ein Mensch, der hinter Naomi her war, stellte

eine Gefahr dar, die Asher nicht hinnehmen konnte, wenn sie nicht seinen Beistand hatte.

»Du musst da raus, mein Liebling. Sofort. Komm nach Hause, Naomi.«

»Ich … ich komme, sobald ich kann«, sagte sie, wobei ihre Stimme fast von dem näher kommenden Martinshorn übertönt wurde. »Ich habe Tyler gesagt, was passiert ist, und er hat jetzt Angst, dass die Polizei ihn und die anderen Kinder in ein Waisenhaus bringt.«

»Jesses«, zischte Asher. »Sag ihm, dass wir das niemals zulassen werden.«

Er hörte den erstickten Ton in ihrer Stimme. »Das tue ich. Ich werde es ihm sagen, Asher. Okay. da kommt gerade die Polizei. Sie biegen in die Auffahrt ab, und Tyler sitzt im …« Sie unterbrach sich mit einem Keuchen. »Oh nein. Tyler hat die Polizei gerade gesehen und ist weggelaufen. Tyler!«

»Naomi, sag mir, was da los ist.«

Er hörte, wie sich ihre Atemzüge beschleunigten, als sie schnell zu den Polizisten lief. »Ich muss gehen. Ich ruf dich an, sobald es mir möglich ist.«

Er hörte, wie Autotüren zugeschlagen wurden und wie die Beamten mit ihr redeten, kurz bevor sie den Anruf beendete.

Er nahm das Handy vom Ohr und sah es mit loderndem Blick an. Eisige Furcht zerfleischte sein Inneres. Doch diesmal war es nicht Naomis Emotion, sondern seine eigene.

Er hatte sich in seinem ganzen Leben noch nie so machtlos gefühlt … er, der unaufhaltsame Killer, der vor nichts Angst gehabt hatte, weil er nichts zu verlieren hatte – nie irgendetwas geliebt hatte, für das es sich gelohnt hätte zu leben.

Und jetzt konnte er nichts anderes tun, als zu warten.

Und sich vor Sorge zu verzehren.

Und inständig zu hoffen, dass die Frau, die er liebte, ihm

nicht entrissen wurde, ehe er die Chance hatte, ihr zu sagen, wie viel sie ihm bedeutete.

Er umklammerte sein Handy mit stählerner Faust, wusste aber, dass er das Gerät – die einzige Kommunikationsverbindung zu Naomi – nicht zerstören durfte.

Und so stieß Asher ein Brüllen aus, das die Mauern, die ihn am Tag gefangen hielten, zum Beben brachte. Dann hob er die Faust und hieb damit auf das Betthaupt, das er angefertigt hatte, ein, sodass die Splitter in alle Richtungen flogen.

Naomi lehnte an Ashers Pick-up und beantwortete die Fragen, die die Polizei und die Ersthelfer am Tatort ihr stellten.

Nein, sie sei nicht im Haus gewesen, als der Verstorbene sich das Leben genommen hatte.

Nein, sie wisse nichts von irgendwelchem Drogenmissbrauch, finanziellen Problemen oder anderen Gründen, die ihren besten Freund und Mitbewohner dazu getrieben haben könnten, sich einen Gürtel um den Hals zu legen und sich damit zu erhängen.

Nein, sie wisse nichts von irgendwelchen Angehörigen, die über Michaels Tod in Kenntnis gesetzt werden sollten.

Es gäbe nur sie. Und eine Gruppe von obdachlosen Kindern, die am Boden zerstört sein würden, wenn sie erfuhren, dass einer der freundlichsten und mitfühlendsten Menschen auf Erden plötzlich und unwiderruflich fort wäre.

»Wie viele Kinder gingen bei Mr. Carson regelmäßig ein und aus, Miss Fallon, und was schätzen Sie, wie alt sie sind?«

»Wie bitte?«

Der weibliche Officer von JUSTIS, der Polizeitruppe, die sich aus Menschen und Stammesvampiren zusammensetzte, warf ihr einen entschuldigenden Blick zu. »Ich weiß, dass ein paar der Fragen nicht ganz einfach sind, aber ich versuche nur herauszufinden, in was für einem mentalen Zustand Mr. Carson sich in seinen letzten Stunden befunden hat. Könnte er Geheimnisse oder Schuldgefühle gehabt haben bezüglich der Kinder, die er dazu einlud, bei ihm zu wohnen?«

»Das meinen Sie ja wohl nicht im Ernst.« Naomi kochte vor Wut. »Nein. Natürlich nicht. Michael war das einzig Gute, was diesen vom Leben gebeutelten Kindern je widerfahren ist.«

Die Beamtin zog eine Schulter hoch. »Ich versuche nur, alle Möglichkeiten in Betracht zu ziehen.«

»Nun, das haben Sie jetzt ja getan«, fuhr Naomi sie an. »Das war's von meiner Seite.«

Ihr Blick ging zur Bordsteinkante, wo der schwarze Leichensack, in dem ihr Freund lag, von einer Trage in den wartenden Krankenwagen verladen wurde.

»Hier ist meine Nummer«, sagte die Frau von JUSTIS und reichte ihr eine Karte, auf der auch ihr Name stand. »Wenn Ihnen noch irgendetwas einfällt, was wir wissen sollten, rufen Sie mich einfach an.«

Naomi stopfte Officer Rachel Reynolds' Karte in die Hosentasche, ohne sie eines Blickes zu würdigen. Sie würde nie auf sie zurückgreifen.

Sie hatte der Polizistin nicht erzählt, dass sie bereits wusste, was ihrem Freund widerfahren war … dass Slater oder seine Handlanger Michael aufgelauert hatten und den Mord an ihm wie einen Selbstmord hatten aussehen lassen. Sie wusste zwar nicht, wie sie es gemacht hatten, aber der Grund war ihr sehr wohl bekannt.

Wenn hier jemand unerträgliche Schuldgefühle mit sich herumschleppte, dann war sie das.

Und jetzt war ihr bester Freund ihretwegen tot.

Warum hatte sie sich bloß von Michael überreden lassen, dass er beim letzten Job mitmachte? Er hatte so hartnäckig darauf bestanden, aber sie hätte es trotzdem ablehnen können. Verdammt, sie hätte es tun sollen.

Die Polizei darüber in Kenntnis zu setzen, was sie wusste, zog sie gar nicht erst in Erwägung, denn auch wenn dadurch vielleicht eine Untersuchung von Slaters kriminellen Machenschaften in Gang gesetzt werden würde, hatte sie doch keinerlei Hoffnung, dass er für das, was er Michael angetan hatte, irgendwann zahlen müsste.

Genau wie er für das, was er ihrer Mutter angetan hatte, nie zur Kasse gebeten worden war.

Männer wie Slater waren unangreifbar.

Warum sie sich mit dieser Tatsache nicht abgefunden hatte, ehe es Michael das Leben gekostet hatte, war eine Schuld, die sie immer mit sich herumschleppen würde.

Naomi stieg in den Pick-up und ließ den Motor an. Als sie rückwärts von der Auffahrt auf die Straße fuhr, überkam sie tiefe Trauer. Diese war zu groß für Tränen, und der Schock umhüllte Naomi wie ein Kokon, sodass sie alles um sich herum nur noch am Rande wahrnahm. Sie wollte sich jetzt nur noch irgendwo verkriechen und eine Woche lang weinen. Aber es gab Dinge, die sie erledigen musste. Oberste Priorität hatte es, Tyler und die anderen Kinder aufzuspüren, ehe sie sich in alle Winde verstreuten, weil sie Angst hatten, bei irgendwelchen Fremden untergebracht zu werden.

Und dann musste sie zur Ranch zurück.

Nach Hause zu Asher.

Er würde wissen, was zu tun war. Er würde ihr beim Aufspüren der Kinder helfen können. Sie würden heute Abend, sobald es dunkel war, in die Stadt zurückkommen und dann mit der Suche beginnen, bis sie alle gefunden hatten.

Sie war keine hundert Meter gefahren, als ein vertrauter Klingelton ihr Handy bimmeln ließ.

Michaels Klingelton.

Einen Moment lang – während sie das Handy hastig aus der Gesäßtasche zog und seine Nummer auf dem Display sah –, dachte sie, sie hätte sich den ganzen schrecklichen Tag nur eingebildet. Doch die furchtbare Realität war sofort wieder präsent, als sie das Handy ans Ohr legte und eine tonlose, bedrohliche Stimme am anderen Ende der Leitung hörte.

Eine Stimme, die sie, seit sie acht war, nur in ihren Albträumen gehört hatte.

»Hallo Naomi … oder sollte ich lieber Narumi sagen?« Sie spürte, wie ihr alles Blut aus dem Gesicht wich, als er ihren richtigen Namen voll böser Erheiterung aussprach. »Tut mir leid wegen deines Freundes. Selbstmord ist so eine widerliche Geschichte.«

»Sie haben es getan.« Es bestand keine Notwendigkeit, so zu tun, als wüsste sie nicht, wie abgrundtief böse Slater war. »Sie sadistischer Mistkerl. Sie haben ihn umgebracht.«

Sein leises Lachen jagte ihr einen Schauder über den Rücken. »Nein, meine Liebe. Das warst du.«

Sie konnte die Rolle, die sie bei der ganzen Sache gespielt hatte, kaum leugnen. Schuldgefühle schlugen wie eine Woge über ihr zusammen, und sie konnte gerade noch verhindern, dass sie aufschluchzte. »Reden Sie weiter, Slater. Ich werde alles, was ich über Sie weiß, an die Polizei weitergeben und selbstverständlich auch das, was Sie meiner Mutter angetan haben.«

»Nein, Narumi. Das wirst du nicht.« Er klang so selbstsicher, dass sie am liebsten geschrien hätte. »Du wirst es nicht tun, denn wenn du es vorgehabt hättest, würdest du immer noch mit den Beamten reden, die jetzt in der Auffahrt deines verkrüppelten Freundes stehen.«

Sie holte ganz flach Luft. Er war nah genug gewesen, um sie

zu sehen? Lauerte er immer noch irgendwo in der Nähe? Ihr Blick schoss zum Rückspiegel und zu den Seitenspiegeln, und sie sah all die Autos um sich herum. Er konnte überall sein. Vielleicht verfolgte er selbst sie oder wurde dabei von einem oder mehreren seiner Handlanger begleitet.

»Was wollen Sie?«, fuhr sie ihn an, wusste aber, dass er ihr jetzt nichts mehr nehmen konnte, was ihr mehr bedeutete als das, was sie bereits verloren hatte.

»Ich bin mir sicher, du weißt, was ich will. Mein Geld. Alles.«

Sie schluckte und schüttelte den Kopf, während ihr Blick auf der im hellen Sonnenschein liegenden Straße und den grellen Schildern lag, die den Strip säumten. »Wenn es das ist, was Sie wollten, hätten Sie Michael nicht umbringen dürfen. Das Geld liegt auf seinem Konto. Ich komm da nicht ran.«

»Finde eine Möglichkeit, Narumi. Und alles andere will ich auch. Nach meinen Berechnungen schuldest du mir weitere zweihundertsiebenunddreißigtausend Dollar neben dem, was du und dein Freund mir neulich Nacht gestohlen habt.«

»Ich habe keine Ahnung, wovon Sie überhaupt reden«, meinte sie spöttisch, während ihr Herz vor Furcht raste.

Er schnaubte ungeduldig. »Du magst mich vielleicht direkt vor meiner Nase betrogen haben, aber halte mich ja nicht für einen Narren. Ich habe die Überwachungsvideos meiner Kasinos der letzten paar Monate gesehen. Ich weiß zwar nicht, wie du es gemacht hast, aber es ist mir auch egal. Ich will mein Geld zurückhaben. Jeden einzelnen Cent.«

Er verlangte das Unmögliche – sogar mehr noch –, und sie glaubte keine Sekunde lang, dass er das nicht wusste. Sie hatte mehr als die Hälfte seines Geldes für die Kinder aufgewendet und Michael beim Unterhalt des Hauses unterstützt. Das Geld war für Essen, Kleidung und unzählige andere Dinge, die man so brauchte, draufgegangen. Das, was sie ab und an mit

Kellnern und anderen Gelegenheitsjobs verdiente, war nicht einmal ein Bruchteil von dem, was sie ihm schuldete, und davon abgesehen waren die Hungerlöhne, die sie bekam, meist schon aufgebraucht, ehe sie sie mit nach Hause brachte. »Ich habe nicht die gesamte Summe, um sie Ihnen zurückzugeben.«

»Dann finde eine Möglichkeit, das Geld aufzutreiben. Die volle Summe«, sagte er wieder, und es schwang ein drohender Unterton in seiner gemeinen Stimme mit. »Ansonsten zwingst du mich, dir etwas anderes abzunehmen, wenn es dir nicht gelingt.«

Ohne ein weiteres Wort legte er auf, und Naomi stieß den angehaltenen Atem teils erleichtert und teils gelähmt vor Furcht aus. Es war ihr eigentlich ziemlich egal, was Slater ihr vielleicht persönlich antun könnte, aber sie wollte sich gar nicht erst vorstellen, wie weit er unter Umständen ging und jemandem wehtat, den sie liebte.

Ihre Hände zitterten so stark, dass sie an den Rand fahren musste. Mehrere Minuten lang stand sie in einer Ladezone, bis ein Laster sie anhupte, sodass sie vor Schreck zusammenfuhr.

Himmel! Was hatte sie getan?

Die letzten achtzehn Jahre ihres Lebens hatte sie nur danach getrachtet, mit Leo Slater abzurechnen. Er sollte dafür zahlen, was er ihrer Mutter angetan hatte, dafür dass er sie ihr weggenommen und damit alles zerstört hatte, was Naomi besaß.

Seit jetzt fast zwei Jahren war sie dem Monster ihrer Vergangenheit zu Leibe gerückt und hatte ihn dort getroffen, wo es ihm wehtat, an der einzigen Stelle, wo ein Mann wie Slater bluten würde. Doch selbst als sie ihm sein Geld genommen hatte, hatten sich diese kleinen Siege schal angefühlt. Deshalb hatte sie immer weitergemacht, hatte wieder und wieder zugeschlagen.

Jetzt war sie die Einzige, die verloren hatte.

Und auch wenn sie die Chance hätte, Slater um sein ganzes Vermögen zu erleichtern – selbst, wenn sie sicher sein könnte, ihn eines Tages ganz und gar zu vernichten, ehe sie ihm einen Dolch in sein schwarzes Herz trieb –, würde auch das ein schaler Triumph sein. Das war ihr klar.

Einfach gesagt ... Leo Slater war unwichtig.

Der Preis für ihre Rache war bereits zu hoch.

Sie wollte einfach nur, dass es vorbei war.

Wenn sie könnte, würde sie ihm sein ganzes verdammtes Geld – genau wie er es verlangte – auf der Stelle zurückgeben. Aber sie hatte keinen Zugriff auf Michaels Bankkonto, und genauso wenig war sie im Besitz von mehr als zweihunderttausend Dollar, die sie sich im Laufe der Zeit aus Slaters Kasinos geholt hatte.

Aber ein bisschen was hatte sie schon.

Und ausgeben würde sie es sowieso nie können, denn jeder Penny, den sie Slater gestohlen hatte, war jetzt mit Michaels Blut befleckt.

Völlig erstarrt und erledigt von den Tränen, die sie nicht fließen lassen wollte, sah sie ihr Handy an und wählte eine der Nummern, die auf dem Gerät gespeichert waren.

Eine forsche Stimme meldete sich. »24-Stunden-Schließfach-Service – kann ich etwas für Sie tun?«

»Ja«, sagte Naomi. »Ich muss meinen Safe leeren.«

21

Weniger als eine Stunde später betrat Naomi das Kasino *Moda* mit einem Las-Vegas-Souvenirbeutel voll mit siebenundachtzigtausend Dollar in großen Scheinen. Das Geld, das von ihren wiederholten Angriffen auf Leo Slaters Kasinos übrig geblieben war.

Asher hatte sie immer wieder angerufen, seit sie von Michael weg war, aber das Gespräch mit ihm stand noch aus. Sie fühlte sich schrecklich, weil sie ihr Handy stumm gestellt hatte, aber sie wusste genau, was er sagen würde, wenn sie ihm erzählte, dass sie auf dem Weg zu Slater war, um ihm zu geben, was er haben wollte ... oder zumindest einen Teil davon. Sie hoffte, ihn mit dem Geld so weit zu beschwichtigen, dass er davon absah, jemandem etwas zu tun, der ihr nahestand.

Und falls sie bis ans Ende ihres Lebens arbeiten musste, um das restliche Geld, das sie ihm schuldete, zu verdienen, war sie voll und ganz bereit dazu. Sie wollte nur, dass er für immer und ewig aus ihrem Leben verschwand.

Sie wollte endlich um Michael trauern können und dann Tyler, Penny und die anderen Kinder wieder nach Hause holen, um sie nie wieder gehen zu lassen.

Dieser Plan gab ihr Auftrieb, während sie durch das Kasino auf den gläsernen Fahrstuhl in der Mitte zumarschierte, mit dem sie in die Räume der Geschäftsführung im obersten Stock fahren würde. Ihre Finger zitterten nur leicht, als sie auf den Knopf drückte, um dann auf den Fahrstuhl zu warten.

Jemand war auf dem Weg nach unten.

Während die Kabine sanft nach unten glitt, merkte sie, dass sie in das Gesicht eines Mannes schaute, den sie noch nie zuvor gesehen hatte. Es handelte sich um einen dunkelhaarigen Mann mit faszinierenden silbernen Augen, die sie noch nicht einmal im Traum für menschliche Augen gehalten hätte.

Der riesige Stammesvampir, der aus dem Fahrstuhl trat, war bestimmt genauso groß wie Asher und ähnlich muskulös gebaut, was auch das strahlend weiße Hemd und die perlgraue Anzugshose nicht verbergen konnten. Da der oberste Knopf seines Hemds offenstand, waren die verschlungenen Dermaglyphen, die sich über seinen Hals zogen und wanden, zu sehen.

Ihr Bauchgefühl teilte ihr überdeutlich mit, dass dies nicht nur ein Stammesvampir war, sondern der ausgebildete Killer, der auf Slaters Gehaltsliste stand und vor dem Asher sie gewarnt hatte.

Cain.

Die silbernen Augen des Jägers, denen nichts entging, richteten sich auf den Beutel in ihrer Hand, um gleich darauf Naomi voll finsterem Argwohn ins Gesicht zu sehen. »Wo gehen Sie eigentlich verdammt noch mal hin?«

»Ich muss Slater sehen.« Sie versuchte, um ihn herumzugehen, doch er war zu gewaltig. Sein Körper blockierte den Zugang zum Fahrstuhl, dessen Tür sich mittlerweile leise summend hinter ihm geschlossen hatte.

»Den Teufel werden Sie tun. Was ist in dem Beutel?«

Sie wusste, dass sie angesichts des drohenden Blicks des Mannes eigentlich um ihr Leben fürchten müsste, aber sie stand wegen Michaels Tod immer noch unter Schock und war deshalb zu benommen, um etwas anderes als Wut zu empfinden, da sie jetzt zu einem der Männer aufschaute, der sehr wahrscheinlich für Michaels Tod verantwortlich war.

»Ich bin mir sicher, Sie wissen, warum ich hier bin. Ich bringe Ihrem Boss, was er haben will. Sein Blutgeld.«

Cain schüttelte den Kopf, und der finstere Ausdruck auf seinem Gesicht verstärkte sich noch. »Ich kann Sie das nicht tun lassen.«

»Was wollen Sie denn machen?«, fragte sie höhnisch. »Mich hier mitten im Kasino umbringen? Oder wollen Sie mich irgendwo hinschaffen und aufknüpfen, damit es so aussieht, als hätte ich mich selbst umgebracht, wie es die anderen Handlanger, die für Slater arbeiten, meinem Freund angetan haben?«

Leise knurrend presste der Vampir die Lippen fest zusammen. »Damit hatte ich nichts zu tun. Tatsächlich habe ich es sogar nur von ein paar Männern vom Sicherheitsteam gehört.«

Sie sah ihn wütend an, und in ihrer Stimme schwang Bitterkeit mit. »Soll ich Ihnen das etwa glauben? Ich bin mir sicher, dass Slater und ihr anderen miesen Schläger euch gegenseitig die Schulter geklopft habt, weil es so ein tolles Gefühl gewesen ist, einen Mann umzubringen, der kaum eine Chance hatte, sich zu verteidigen.«

Ein Muskel zuckte an Cains angespannter Wange, auf der ein Bartschatten lag. »Sie könnten nicht falscher liegen … zumindest was mich betrifft. Und bei den Gelegenheiten, wo ich jemanden umgebracht habe, hatte ich es ganz bestimmt nicht nötig, es wie etwas anderes aussehen zu lassen.«

Sie schluckte, als sie einen kurzen Blick auf die Kälte erhaschte, die in seinem Innern herrschte. »Sie schlafen jede Nacht bestimmt wie ein Baby, wenn man bedenkt, was für hohe Maßstäbe Sie setzen. Und jetzt gehen Sie mir endlich aus dem Weg und lassen mich vorbei.«

»Naomi.« Seine Finger schlossen sich wie ein Eisenring um ihr Handgelenk. Während seine Miene sich noch mehr verfinsterte, flammten in seinen Augen bernsteinfarbene, wütende

Funken auf. »Wenn Sie da hochgehen, wird Slater Sie nie wieder laufen lassen. Zumindest nicht, solange Sie noch atmen.«

Sie versuchte, sich seinem Griff zu entwinden, doch das war ein vergebliches Bemühen. Die Kraft, die er besaß, war ihm so zu eigen, dass er noch nicht einmal darüber nachdachte.

»Machen Sie der Sache ein Ende und verlassen Sie die Stadt so schnell wie möglich«, sagte er zu ihr. »Es gibt viele Orte, zu denen Sie hinkönnen. Als Stammesgefährtin finden Sie in diesem Land und in jedem anderen einen sicheren Unterschlupf in allen Stammesvampirgemeinschaften. Gehen Sie dorthin. Halten Sie sich von Las Vegas fern.«

Schon seltsam, wie anders dieser Rat klang, wenn er nicht von Asher kam. Anfangs hatte Asher strikt darauf bestanden, dass sie die Stadt weit hinter sich ließ und nie wieder zurückkommen sollte. Bereits damals hatte sie sich gegen die Idee gesperrt, aber die Möglichkeit, aus ihrer Stadt und ihrem Leben vertrieben zu werden, war etwas, das sie jetzt noch nicht einmal mehr in Erwägung zog.

Vor allem, wenn Cain ihr damit nahelegte, auch Asher zurückzulassen.

Sie schaute nach unten und merkte erst jetzt, dass neben Cain eine Reisetasche aus schwarzem Leder auf dem Boden stand. »Wo wollen Sie hin?«

»Ich weiß es nicht«, brummte er. »Ich will einfach nur weg von hier. Ich habe viel zu lange für Abschaum wie Slater gearbeitet. Damit bin ich jetzt durch.«

Erschrocken runzelte sie die Stirn und wusste nicht recht, ob sie ihm glauben sollte. Doch als er ihrem Blick nicht auswich, sah sie dunkle Schatten in seinen kalten, silbernen Augen. Es lag der gleiche gehetzte, trostlose Ausdruck darin, den sie auch manchmal in Ashers tiefblauen Augen erhaschte.

»Ich helfe Ihnen, an einen sicheren Ort zu gelangen«, sagte

er. Er klang zu ernst, als dass es eine Lüge hätte sein können. Selbst ein kaltblütiger Mörder wie er konnte so etwas nicht spielen. »Sie können jetzt gleich mitkommen, Naomi. Ich verspreche, dass Sie mir in dieser Sache vertrauen können.«

Vielleicht stimmte das sogar, aber sie wollte nicht, was Cain ihr anbot. Ihr Leben war hier, und wenn sie einen sicheren Unterschlupf brauchte, hatte sie Asher.

Sie schüttelte den Kopf und blieb standhaft. »Ich gehe nirgends hin. Ich bin genau da, wo ich hingehöre.«

Cain musterte sie schweigend und atmete dann tief durch. »Sie machen einen Fehler.«

»Ich laufe vor niemandem davon … nicht einmal vor Slater. Vor allem nicht vor ihm.«

»Nein«, sagte er. »Ich rede nicht von Slater. Ich rede von Asher.«

Sie war verdutzt. Plötzlich voller Argwohn gegenüber dem Killer hob sie das Kinn. »Sie wollen mich vor ihm warnen? Das kann man ja wohl nicht ganz ernst nehmen, wenn es von jemandem wie Ihnen kommt.«

»Wie mir?« Cains kalte Augen wurden ganz schmal, als er sie fragend ansah.

»Ich weiß, was Sie sind. Asher hat es mir erzählt. Sie sind ein kaltblütiger Killer. Ein gedungener Mörder.«

Eine ganze Weile gab Cain keinen Ton von sich. »Es stimmt. Ich bin all das, Naomi. Ich wurde als Jäger geboren. Aber das ist er auch.«

»Was?« Das wenig angenehme Gefühl von Unsicherheit breitete sich in ihr aus. Sie kannte den Begriff Jäger, aber ihr Wissen darüber war eher rudimentär. Vor rund zwanzig Jahren hatte es einen Wahnsinnigen unter den Stammesvampiren gegeben, der über Jahrzehnte eine Armee in seinen geheimen Laboren gezüchtet hatte. Es waren alles Jungen gewesen, die vom selben abscheulichen Vater abstammten und von Dutzenden von gefangenen Stammesgefährtinnen ausgetragen worden waren. Die Babys, die im Labor geboren worden waren, hatte Dragos vom ersten Atemzug an versklavt und zu Killermaschinen ausgebildet, bis der Orden ihm das Handwerk gelegt hatte.

Wollte Cain damit etwa sagen, dass er und Asher Teil dieses schrecklichen Zuchtprogramms gewesen waren? Und wenn das so war, warum hatte Asher das nie erwähnt?

»Sie haben es nicht gewusst.« Er lachte leise, doch es war ein eher mitfühlender Laut, aus dem herauszuhören war, dass er fast schon Mitleid mit ihr hatte. »Eigentlich überrascht es mich nicht, wenn man bedenkt, dass er Sie tatsächlich gernzuhaben scheint. Hätte nie gedacht, dass ein Mistkerl wie Asher zu so einem Gefühl in der Lage sein könnte.«

Der Beutel mit dem Geld war schon vorher schwer gewesen, doch jetzt fing er an, sich wie Blei anzufühlen. »Erzählen Sie mir, was Sie wissen.«

Abwehrend schüttelte er den Kopf und schob sich an ihr vorbei. »Was soll's? Geht mich sowieso nichts an.«

»Jetzt schon«, erwiderte sie und hielt ihn am Ärmel fest. »Verdammt, jetzt erzählen Sie mir endlich, was Sie über Asher wissen.«

»Sie wissen bereits das Schlimmste, indem Sie nur seinen Namen aussprechen.«

»Wovon reden Sie überhaupt?«

»Einer der Grundsätze des Zuchtprogramms war der absolute Gehorsam gegenüber unserem Herrn und Meister, Dragos. Aber es gab immer welche, die sich widersetzten – sture Burschen, aufmüpfige Teenager, erwachsene Männer, die sich nicht brechen ließen. Dragos' oberstes Prinzip war Disziplin. Damit alle seine Regeln befolgten oder es lernten, statuierte er gern Exempel. Um uns unter Kontrolle zu behalten, bediente er sich sogenannter Geistsklaven oder Lakaien, die uns beobachteten, aber es gab auch Vollstrecker – andere Jäger, die sich während der Ausbildung besonders hervorgetan hatten und herangezogen werden konnten, Bestrafungen durchzuführen, die er für angemessen hielt.«

»Was hat all das mit Asher zu tun?«

Nach dem schrecklichen Schmerz, den sie heute erlitten hatte, überraschte es sie, dass sie überhaupt in der Lage war, noch mehr Angst und Schrecken zu spüren. Doch das tat sie. Ein gähnender Abgrund öffnete sich in ihr, während sie darauf wartete, dass Cain ihr auch alles andere erzählte, was er wusste.

»Alle Angehörigen des Zuchtprogramms trugen ein ultraviolettes Halsband, das explodierte, wenn wir versuchen sollten wegzulaufen oder uns in irgendeiner Form auflehnten. Oder Dragos Grund gaben, einen von uns weghaben zu wollen. Es gab einen Vollstrecker, auf den er sich am meisten verließ ... ein Jäger aus dem Zuchtprogramm, der keine Skrupel hatte, den Knopf zu drücken, der das Band, das um den Hals eines Jägers – den Hals seines Bruders – lag, in ultraviolettem Licht strahlen lassen würde, sodass nur ein Häufchen Asche übrig blieb.«

Naomi schloss die Augen, als sie auf einmal begriff. »*Asher.*«

Cain bestätigte es mit einem Brummen. »Es gab Gerüchte, er würde das Töten so genießen, dass er die Verdammten einige Sekunden, bevor er sie tötete, berührte, nur um in ihrem Schmerz zu schwelgen, um ihr Entsetzen zu spüren, wenn einige, kurz bevor er sie einäscherte, um Gnade flehten.«

Naomi wurde schlecht, als sie an Ashers Gabe dachte, durch eine Berührung die furchtbarste Erinnerung von jemandem abzurufen – zu durchleben. Himmel, wenn das stimmte, machte ihn das zu einem Scheusal, schlimmer noch ... zu einem sadistischen Monster. Sie wollte es nicht glauben. Innerlich wehrte sie sich dagegen. Sie kannte Asher erst seit ein paar Tagen, doch sie konnte den Mann, den sie liebte, nicht mit dem eiskalten Killer, den Cain beschrieb, unter einen Hut bringen.

»Ich kann es nicht fassen, dass er nach all den Jahren diesen Namen benutzt. Er hätte sich jeden Namen aussuchen können, nachdem er befreit worden war – diese Möglichkeit hatten wir alle.« Er zuckte mit den Achseln. »Himmel, vielleicht trägt er den Namen ja auch aus irgendeinem kranken Stolz heraus.«

»Hören Sie auf.« Naomi schüttelte den Kopf. Es war einfach zu viel, was da auf sie einstürmte. Sie hatte es wissen wollen, doch sie konnte nichts mehr aufnehmen. Nicht jetzt. Nicht nach dem heutigen Tag und nach dem, was passiert war.

»Er hat Ihnen von alldem nichts erzählt.« Es war keine Frage, denn ihr schockierter Gesichtsausdruck hatte wohl gereicht, alle Zweifel bei Cain auszuräumen. Doch dann schien ihm noch etwas anderes klar zu werden. »Oh, verdammt. Lieben Sie ihn etwa?«

Eigentlich wollte sie es leugnen, aber sie brachte die Worte nicht über ihre völlig ausgetrockneten Lippen. Nicht einmal, wenn Cain ihr mit seinem durchdringenden Blick sagte, dass sie der größte Dummkopf auf Erden war.

»Gehen Sie weg, Naomi. Lassen Sie alles hinter sich. Slater. Asher. Den ganzen Mist. Tun Sie es für sich selbst ... ehe Sie es am Ende noch mehr bereuen, als Sie es wohl ohnehin schon tun.«

22

Er hatte sie mehr als ein Dutzend Mal angerufen und doppelt so viele SMS geschickt, aber sie hatte sich immer noch nicht gemeldet.

Asher lief wie ein in einem Käfig eingesperrter Löwe im Haus hin und her. Seine Glyphen wanden sich auf seinem ganzen Körper, und seine Augen glühten wie Kohle. Die Fänge waren vollständig hervorgetreten, und er knurrte und fluchte, während er eine tiefe Spur auf dem Wohnzimmerteppich hinterließ. Die ganze Zeit über beobachtete Sam ihn nervös.

Asher war nicht wütend auf Naomi. Der ganze Selbsthass und sinnlose Zorn richteten sich gegen ihn selbst.

Er hätte sie heute einfach nicht weglassen sollen. Sie hätten eine andere Lösung für den Jungen finden können, der in der Arztpraxis auf seine Abholung wartete. Alles wäre besser gewesen, als Naomi alleine nach Vegas fahren zu lassen. Doch schon in dem Moment, als er das dachte, war ihm klar, dass sie sich niemals vor der Verantwortung gegenüber einem Kind gedrückt hätte, das sich auf sie verließ. Himmel, noch nicht einmal Asher hätte so etwas vorgeschlagen.

Und nichts davon hätte etwas an der Tatsache geändert, dass Michael Carson tot war.

Man hatte ihn kaltblütig ermordet.

Er konnte es kaum fassen, dass der freundlich lächelnde, junge Mann nicht mehr war.

Dafür gab Asher sich auch die Schuld.

Er hätte wissen müssen, dass Slater einen so großen Verlust

in seinem Kasino nicht einfach hinnehmen würde. Natürlich hatte er Michael genau beobachten lassen, um einen Grund zu finden, die Auszahlung nicht vornehmen zu müssen, oder sich das Geld zurückzuholen, ehe er keinen Zugriff mehr darauf hatte.

Den Gewinner zu ermorden, war bestimmt nicht die schlaueste Vorgehensweise, aber wenn Slater eine andere Möglichkeit gesehen hätte, wieder an sein Geld zu kommen …

Verdammt noch mal. Wo zum Teufel war sie?

Er griff erneut nach seinem Handy und tippte gerade ihre Nummer ein, als er in der Ferne das Knirschen von Kies hörte. Endlich.

Es war früher Nachmittag, und die Sonne stand hoch am Himmel, aber das war ihm egal. Als Neds alter Pick-up über den schmalen Schotterweg gehüpft kam und auf das Haus zuhielt, riss Asher die Fliegengittertür fast aus der Halterung, weil er so schnell wie möglich zu Naomi wollte, während sie vor dem Haus zum Stehen kam.

Durch das helle Licht konnte er kaum etwas sehen, und der aufgewirbelte, sandfarbene Staub brannte wie Zunder in seiner Kehle, als er zur Fahrerseite des Wagens raste und die Tür aufriss.

»Dem Himmel sei Dank … es geht dir gut. Ich bin hier draußen fast verrückt geworden.«

Sie antwortete nicht. Sie sah ihn noch nicht einmal richtig an, als sie vom Sitz rutschte und ausstieg. Er zog sie fest an sich und ignorierte die schmerzhaften Stiche der tödlichen Sonnenstrahlen, die auf seine unbedeckte Haut trafen. Erleichterung durchströmte ihn, sie wieder im Arm halten zu können und mit eigenen Augen zu sehen, dass sie unversehrt war.

»Naomi.« Er wollte sie nicht loslassen, aber sie erwiderte seine Umarmung nicht und lag völlig regungslos an seiner Brust.

Ihr Atem ging flach, und ihre Miene war völlig ausdruckslos. »Baby, ist alles in Ordnung mit dir?«

Er konnte spüren, dass es ihr körperlich gut ging – über die Blutsverbindung wusste er, dass sie unverletzt war. Aber sie wirkte völlig verstört, und das machte ihn fertig. Er kannte diesen Blick. Er hatte diesen betäubten Zustand bereits gesehen, damals, bei anderen Jägern, als er noch ein Kind gewesen war. Und er war selbst davon erfasst worden, nachdem er in Dragos' Auftrag seinen ersten Mord ausgeführt hatte. Ein abgrundtiefes Entsetzen, das einen innerlich ganz leer zurückließ.

Als er sie jetzt berührte, schoss eine neue und schreckliche Erinnerung aus ihr heraus, überflutete seine Sinne und fraß sich in seinen Verstand. Es handelte sich um Naomis Trauer und Entsetzen, als sie ihren toten Freund im Schlafzimmer entdeckt hatte und sein Gesicht wegen der furchtbaren Verfärbung und Schwellung durch die Lederschlinge um seinen Hals kaum noch zu erkennen gewesen war.

Er umfasste ihr Gesicht mit beiden Händen und strich ihr das glatte, ebenholzschwarze Haar aus der Stirn. »Was ist passiert, nachdem du von Michael weg warst? Ich habe dir die ganze Zeit SMS geschrieben und versucht, dich anzurufen. Warum hast du dich nicht gemeldet? Warst du auf der Suche nach Tyler oder den anderen Kindern?«

Sie schluckte und schüttelte den Kopf. Ihr Blick war immer noch leer. Wie sie es in diesem Schockzustand geschafft hatte, nach Hause zu kommen, war ihm völlig schleierhaft, und er wollte auch nicht darüber nachdenken.

Er sah an ihr vorbei und entdeckte etwas Seltsames im Fußraum des Pick-ups liegen.

Es war ein Beutel, wie er gern von Touristen gekauft wurde und der mit einem glitzernden Las-Vegas-Slogan bedruckt war. Der Beutel war voller Geld. Viel Geld.

Was zum Teufel hatte das zu bedeuten?

Er sah sie forschend an, während sich allmählich Furcht in ihm ausbreitete. »Naomi, nein. Sag nicht, dass du zu Slater gegangen bist ...«

Nein, sagte ihm seine Vernunft. Wenn sie das getan hätte, würde sie jetzt nicht lebend vor ihm stehen.

Sie blinzelte verwirrt, und eine Falte bildete sich zwischen ihren Augenbrauen. »Du brennst, Asher. Du darfst nicht hier draußen sein.«

Er spürte noch nicht einmal den Schmerz der hellroten Flecken, die auf seinen nackten Unterarmen und im Gesicht brutzelten. Seine ganze Aufmerksamkeit, seine ganze Sorge galt ihr. »Lass uns reingehen.«

Er nahm den Beutel aus dem Wagen, schloss die Tür und zog dann Naomi hinter sich her ins Haus. Sam kam sofort angetrottet und übergoss sie mit seiner Zuneigung, die sie kaum zu bemerken schien.

»Komm weiter«, sagte Asher und führte sie ins Wohnzimmer, wo er sie auf dem Sofa Platz nehmen ließ.

Den Beutel stellte er auf dem Boden ab, ehe er sich neben sie setzte. Als sich ihre Blicke wieder begegneten, spürte er eine Abwehr in ihr, die nichts mit Michael oder den Qualen des heutigen Tages zu tun hatte.

Irgendetwas anderes stimmte nicht. Wenn ihr waidwunder Blick es ihm nicht bereits gesagt hätte, würde der schmerzhafte Stich, der ihn über die Blutsverbindung durchfuhr, keinen Zweifel daran gelassen haben.

»Rede mit mir, Naomi. Sag mir, wo du gewesen bist.« Er schaute wieder zu dem Beutel, der voll mit großen Scheinen war, und stieß einen unterdrückten Fluch aus. Es mussten Zehntausende von Dollars sein, die in dem Beutel steckten. »Was willst du mit dem ganzen Geld?«

»Ich fuhr von Michaels Haus weg, nachdem ich mit der Polizei gesprochen hatte«, erzählte sie leise, und ihre Stimme klang rau, als hätte sie sie lange nicht mehr benutzt. »Ich bekam einen Anruf. Im Display stand Michaels Nummer. Nur dass nicht Michael dran war.«

»Slater.« Asher spie den Namen förmlich aus.

»Er sagte, er wollte sein Geld zurückhaben. Nicht nur das, welches Michael und ich zusammen abgestaubt hatten, sondern alles. Das ganze Geld, das ich ihm gestohlen habe.«

Asher erinnerte sich an die hohe Summe, die Cain genannt hatte. »So viel Geld hast du nicht in dem Beutel da«, sagte er, und Furcht breitete sich in seinem Innern aus, als er erkannte, welche Richtung das Gespräch nehmen würde. »Sag jetzt nicht, dass du vorhast zu tun, was Slater gefordert hat. Du willst ihm doch nicht etwa das Geld bringen, oder?«

»Ich habe es nicht vor«, sagte sie leise. »Ich habe es bereits getan. Oder habe es versucht, sollte ich wohl eher sagen.«

Mit einem deftigen Fluch auf den Lippen sprang er auf. »In drei Teufels Namen. Was meinst du damit, du hättest es versucht?«

Sie schaute mit düsterer Miene zu ihm auf. »Ich habe zufällig jemanden getroffen, den du kennst. Ich war auf dem Weg zu Slater im *Moda*, und Cain war gerade dabei, das Kasino zu verlassen. Er hätte seinen Job gekündigt und würde die Stadt verlassen, sagte er.«

Mit dieser überraschenden Information würde Asher sich später beschäftigen. Im Moment war das einzig wichtige Detail die Tatsache, dass Naomi dem früheren Jäger offensichtlich Auge in Auge gegenübergestanden hatte.

»Was hatte er denn sonst noch zu berichten?«

»Eine ganze Menge, Asher. Hauptsächlich ging es darum, dass ich in Bezug auf dich vorsichtig sein sollte.« Sie sah ihm direkt ins Gesicht, und ihre sanften, sherryfarbenen Augen ließen ihm keine Möglichkeit, sich irgendwo zu verstecken. »Er hat mir von deiner Vergangenheit erzählt … dass du Teil des berüchtigten Zuchtprogramms gewesen wärst und alles andere. Er empfahl mir dringend, Las Vegas und dich zu verlassen und nie wieder zurückzukommen.«

Seine Brust fühlte sich an, als wäre sie mit einem Schwert gespalten worden. Er brauchte nicht im Einzelnen zu hören, was Cain ihr sonst noch erzählt hatte. Die Details spielten keine Rolle. Wegen ihres Gesprächs mit dem anderen Jäger hatte sich nun alles zwischen ihnen verändert.

»Warum hast du es mir nicht erzählt? Warum musste ich es von jemand anders erfahren, Asher?«

Er wich einen Schritt zurück, denn er war nicht in der Lage, ihrem vorwurfsvollen Blick standzuhalten. »Ich wollte nicht, dass du es weißt.«

Sie atmete zischend aus. »Das ist wahrscheinlich verständlich. Wäre ja ansonsten auch schwer gewesen, mir zu verkaufen, dass nur du mich vor einem Mann wie Slater oder gar Cain beschützen kannst, wenn sich herausstellt, dass du gefährlicher bist als beide zusammen. Ist es so? Meinst du nicht, ich hätte es verdient, das zu wissen?«

»Anfangs sah ich keinen Grund, warum ich es dir erzählen sollte. Und dann … dann hat es nicht mehr lange gedauert, bis ich hoffte, du würdest es nie herausfinden.«

Sie erhob sich und stand auf leicht wackeligen Beinen da, ehe sie sich abwandte, um den Raum zu verlassen. Asher sagte sich, dass er sie gehen lassen sollte. Sie hatte recht. Er war schlimmer als Slater und Cain zusammen. All die Dinge, die er getan hatte. Die Morde, die er auf Befehl von Dragos ausgeführt hatte. Dutzende Morde, die sich in allen Einzelheiten in sein Gehirn eingebrannt hatten.

Wenn Naomi ging, nachdem sie alles erfahren hatte, war das ganz und gar seine Schuld.

Aber er war nicht bereit, sie gehen zu lassen.

Himmel, er würde nie dazu bereit sein.

Er bewegte sich schneller, als sie ihm mit den Augen folgen konnte, und verstellte ihr den Weg. »Du verdienst es, alles zu erfahren. Sosehr ich mir auch wünsche, dass du nie herausgefunden hättest, was ich getan habe, schulde ich dir doch die Wahrheit. Auch wenn du mich dann verlässt und nie wieder zurückkommst.«

»Stimmt es denn? Du warst nicht nur Teil dieses schrecklichen Zuchtprogramms, sondern auch sein Vollstrecker? Hast du wirklich kleine Jungen und Männer – deine Brüder – für Dragos umgebracht?« Ihre Fragen kamen wie aus der Pistole geschossen … eine ganze Ladung abscheulicher Wahrheiten. »Asher, mein Gott, was hast du getan?« Sie bekam kaum noch Luft, während sie ihn durchdringend musterte. »Hast du es wirklich so sehr genossen, dass du deine Gabe genutzt hast, um im Leid der von dir Getöteten zu schwelgen?«

Aha, Cain hatte also nicht einmal diesen Teil seiner Vergangenheit ausgelassen. Das überraschte ihn nicht weiter. Seine Brüder bei den Jägern hatten viel Grund, ihn zu verabscheuen, aber in einer Sache lag Cain falsch.

»Nein. Ich habe nicht darin geschwelgt, wenn ich meine Befehle ausführte. Ich habe jede Sekunde davon gehasst … Aber ich habe es getan, weil ich überleben wollte … und wenn ich Dragos' Befehle nicht ausgeführt hätte, wäre ein anderer gezwungen gewesen, es zu tun. Und das wünschte ich keinem, am allerwenigsten meinen Brüdern.«

Er sah, wie sie mit sich rang, zu akzeptieren, was sie von ihm hörte. Er spürte durch die Blutsverbindung, wie sie sich emotional vor ihm zurückzog. Aber sie wandte sich nicht von ihm ab. Sie versuchte nicht zu gehen, um nie wiederzukommen. Zumindest noch nicht.

»Cain sagte, du hättest es darauf angelegt, diejenigen zu berühren, die du …« Sie stockte und schloss kurz die Augen. »Er sagte, ehe ein anderer Jäger von dir hingerichtet wurde, hättest du deine Gabe benutzt, um ihre Angst zu spüren, während sie um ihr Leben flehten. Er sagte, du wolltest ihre Qual spüren, ehe du sie umgebracht hast.«

Asher nickte langsam. »Ja, der Teil ist richtig.«

»Oh mein Gott.« Ekel – bitter und ölig – fraß sich über die Verbindung in sein Blut. »Oh shit. Ich wollte ihm nicht glauben …«

Sein Geständnis stieß sie ab. Das konnte er an ihrer bekümmerten Miene erkennen, und er spürte es auch in ihrem Blut. Sie wich vor ihm zurück, doch Asher hielt sie fest, indem er seine Hand um ihren Nacken legte.

»Es stimmt, dass ich jeden Jäger berührte, den ich hinrichten sollte. Ich wollte ihr Entsetzen und die Todesangst spüren.« Als sie erstickt stöhnte, sprach er lauter, damit sie auf jeden Fall hörte, was er sagte, während er sie zwang, ihm in die Augen zu schauen, denn sie sollte den schwärzesten Teil seiner Seele sehen, als er sich vor ihr entblößte. »Ich habe es getan, weil ich sie niemals vergessen wollte, Naomi. Ich wollte mich an jedes einzelne Gesicht erinnern, an die verängstigten Blicke oder trotzig schauenden Augen, während ich das Letzte war, das sie in ihrem irdischen Leben sahen. Ich wollte die Brüder nicht vergessen, die ich umbrachte, damit ich weiterleben konnte. Das war meine Strafe, dass ich sie niemals vergessen würde.«

Sie entspannte sich unter seinem lockeren Griff, wenn auch nur ein kleines bisschen. Ihr Körper sackte in sich zusammen, als sie den angehaltenen Atem ausstieß. Als sie sprach, war sie fast zu leise, als dass man sie hätte hören können, während sich ein zärtlicher, fast schon mitleidiger Ausdruck in ihre Augen stahl. »Wie viele, Asher?«

Er schüttelte den Kopf. »Zu viele. Auch damals war ich schon egoistisch und besaß keine Ehre. Wenn ich Dragos' Befehle nicht ausgeführt hätte, wäre ich derjenige gewesen, den man umbrachte. Ich sorgte immer für einen schnellen Tod, auch wenn Dragos wollte, dass meine Brüder litten.«

»Ich kann gar nicht ermessen, wie schrecklich dein Leben gewesen ist«, murmelte sie. »Das Leben aller Jäger.«

Nein, das konnte sie nicht. Er wünschte, keiner wäre in der Lage, sich solch eine brutale, trostlose Existenz vorzustellen. Aber er und Cain waren nicht die einzigen Jäger auf Erden mit Erinnerungen an diese Jahre und an die Sünden, mit denen sie leben mussten.

Es gab noch mehr. Scythe, der jetzt in Italien lebte; genau wie Trygg – ein weiterer ehemaliger Jäger, der dort dem Orden diente.

Es gab unzählige weitere, die es in alle möglichen Winkel der Erde verschlagen hatte, nachdem das Zuchtprogramm und Dragos vernichtet worden waren.

Asher strich mit dem Daumen über Naomis Lippen. »So schrecklich das Leben damals auch gewesen sein mag, wollte ich doch nicht sterben. Lange Zeit wusste ich nicht, warum es für mich so wichtig war, weiterzumachen und am Leben zu bleiben. Jetzt endlich weiß ich, worauf ich gewartet habe.«

Sie weinte leise, doch ihre Arme hingen weiter schlaff herunter, während sie sich weigerte, ihn zu berühren.

»Es war unfair von mir, von deinem Blut zu trinken, ehe du wusstest, wer ich war … und was ich getan hatte. Ich verdiene diese Blutsverbindung nicht, und ich weiß, dass ich deiner nie würdig sein werde. Ich werde mich deiner Liebe nie als würdig erweisen, wenn ich sie nicht sogar bereits verloren habe.« Zärtlich umfasste er ihr Gesicht mit beiden Händen und erforschte ihren ratlosen, schmerzerfüllten Blick. »Ich liebe dich, Naomi. Alles was ich will, ist eine Zukunft mit dir an meiner Seite, aber ich weiß nicht, ob du mich je wieder so anschauen kannst, wie du es früher getan hast.«

»Nein, das kann ich nicht«, gestand sie leise. »Aber ich kann dir auch nichts vorwerfen. Ich werde dir nicht vorwerfen, wozu du geboren und ausgebildet worden bist, Asher. Am meisten schmerzt jedoch, dass du mir keine Chance gegeben hast. Du hast mir nicht genug vertraut, um ehrlich über deine Vergangenheit zu sprechen und wie sehr du dich deshalb schämst. Stattdessen musste ich es von jemand anders erfahren. Ich bin mir noch nie so dumm vorgekommen.«

»Ich weiß«, brummte er, und der Abscheu vor seinem eigenen Verhalten brannte wie Säure in seinem Hals. »Es tut mir leid. In Bezug auf dich gibt es so vieles, was mir leidtut.«

Sie löste sich von ihm und trat einen Schritt zurück. Ihre Stimme war so angespannt, dass sie fast erstickt klang. »Das spielt jetzt alles keine Rolle. Michael ist tot, Asher. Meinetwegen ist mein bester Freund tot. Und Tyler und die anderen Kinder könnten wer weiß wo in der Stadt sein, ohne zu wissen, wo sie unterkommen können.«

»Wir regeln das«, schwor er. »Und sobald die Sonne untergeht, werde ich mich um Leo Slater kümmern.«

»Nein.« Sie schüttelte den Kopf und wirkte erschöpfter, als er sie je zuvor gesehen hatte. »Er hat mir bereits alles genommen. Ich werde nicht weiter gegen ihn kämpfen. Er hat gewonnen. Er ist nicht mehr wichtig … nur das Wohl der Kinder liegt mir noch am Herzen.«

Sie trat einen weiteren Schritt zurück und verschränkte die Arme vor der Brust. Dann drehte sie sich um, ging durch den Flur ins Schlafzimmer und schloss die Tür hinter sich.

Er stand da und wusste, dass sie nicht wollte, dass er hinter-
herkam. Dieses Mal nicht.

Er spürte ihren Kummer in seinem Blut, als sie hinter der
Tür zusammenbrach, den Tränen freien Lauf ließ und allein
um ihren Freund trauerte.

23

Es klopfte leise an der Tür. Naomi war irgendwann auf dem Bett eingeschlafen, nachdem Erschöpfung und Trauer schließlich ihren Tribut gefordert hatten. Jetzt regte sie sich und fühlte sich zwar ausgeruht, aber auch völlig ausgelaugt.

»Herein.«

Es war schon ein bisschen komisch, Asher zu erlauben hereinzukommen, wo es doch sein Schlafzimmer war, sein Haus – sein Leben –, in das sie mit all ihren Problemen eingedrungen war.

Sie setzte sich auf dem Bett auf, als die Tür aufging und er zusammen mit Sam hereinkam. Der Hund wedelte mit dem ganzen Körper vor Aufregung und Freude, als er auf sie zukam und sie anschaute, als hätte er sie eine Woche lang nicht gesehen.

»Na, mein Süßer«, begrüßte sie ihn und konnte nicht widerstehen, ihn am Nacken zu kraulen und die Schlappohren zu streicheln. Mit heraushängender Zunge tanzte und winselte er vor ihr herum. Seine Ahnungslosigkeit bezüglich der vielen schrecklichen Dinge, die heute passiert waren, tröstete sie ein wenig.

»Wie geht es dir?«, fragte Asher, der sie dabei beobachtete, wie sie den glücklichen Hund mit Streicheleinheiten verwöhnte. »Ich hoffe, ich habe dich nicht geweckt.«

»Nein.« Sie schüttelte den Kopf. »Ich war schon wach, als du geklopft hast. Wie spät ist es?«

»Kurz nach fünf.«

Sie blinzelte verwirrt. »Du hast mich den ganzen Nachmittag schlafen lassen?«

Asher lächelte etwas verhalten. »Du hast die Ruhe gebraucht.«

Das hatte sie in der Tat, und sei es auch nur, um der Trauer zu entfliehen, die sie wegen Michaels Verlust beherrschte. Aber Schlaf verschaffte einem nur eine vorübergehende Erleichterung. Früher oder später musste sie erwachen.

Genau wie sie sich früher oder später mit allen Arrangements und Regelungen befassen musste, die nicht nur für ihren Freund, sondern auch für die Kinder getroffen werden mussten, die gerade den einzigen sicheren Hafen verloren hatten.

Und dann waren da noch Asher und sie.

Irgendwann würden sie sich entscheiden müssen, wie es nach dem heutigen Tag mit ihnen weitergehen sollte. Ob das nun hieß, gemeinsam oder jeder für sich, war etwas, worüber sie noch nicht bereit war nachzudenken.

Asher zog die Augenbrauen zusammen, während er, mittlerweile im Schlafzimmer stehend, sie ansah. »Ich dachte, du wärst vielleicht hungrig, deshalb habe ich dir etwas zu essen gemacht.«

Sie wusste nicht, ob sie Hunger hatte oder nicht, doch dass er daran gedacht hatte, sie mit Essen zu versorgen, rührte sie, während sie ansonsten innerlich ganz kalt war. »Danke.«

Sie konnte ihn nicht mehr so anschauen, wie sie es vorher getan hatte. Cains Enthüllung und Ashers späteres Geständnis zeigten ihn jetzt in einem anderen Licht. Als Mann barg Asher jetzt nicht mehr so viele Geheimnisse wie am Anfang, als sie ihn kennengelernt hatte, aber jetzt war er sogar noch viel komplizierter, als sie es sich je hätte vorstellen können.

Ihre Gefühle für ihn waren auch kompliziert.

Nicht einmal nachdem Cain ihr mehr als Grund genug gegeben hatte, Asher zu misstrauen, ja ihn zu verabscheuen, war ihre Liebe zu ihm weniger geworden. Sie konnte einfach nicht aufhören, ihn zu lieben … nicht einmal, nachdem sie die ganze Wahrheit aus seinem eigenen Munde gehört hatte.

Asher, dachte sie, und das Herz tat ihr weh wegen all der Dinge, die er hatte ertragen müssen.

Und was seinen Namen anging – den Schimpfnamen, den er die ganze Zeit behalten hatte –, verstand sie jetzt, dass es nicht aus krankem Stolz geschehen war, wie Cain vermutet hatte. Asher hatte den abwertenden Namen aus dem gleichen Grund nicht abgelegt, wie er die Erinnerungen an all die Jäger behalten hatte, die er hatte hinrichten müssen – er war eine weitere Mahnung an sein Bedauern, an seine Buße.

Cain hatte Asher völlig missverstanden.

Und Naomi war es nicht anders gegangen … bis heute.

Sie sah zu den zerbrochenen Holzstücken, die auf dem Boden des Schlafzimmers lagen. »Was ist mit deinem wunderschönen Betthaupt passiert?«

Er zuckte mit den Achseln und presste die Lippen zu einer schmalen Linie aufeinander. »Nachdem du Michael gefunden hast … ich deinen Schmerz und deine Furcht durch dein Blut spürte … und wusste, dass ich viel zu weit weg war, um dir zu helfen, als du mich brauchtest?« Abrupt hörte er auf zu sprechen und stieß einen leisen Fluch aus. »Es hat mich innerlich zerrissen, nicht bei dir sein zu können.«

»Ach Asher.«

Das handgefertigte Stück, an dem sie ihn tagelang hatte arbeiten sehen und das offensichtlich ein Projekt war, mit dessen Fertigstellung er schon viel länger beschäftigt gewesen war, als sie wusste, war vollkommen zerstört. Das Mittelteil sah aus, als wäre es von einem Vorschlaghammer zertrümmert worden.

Oder von der wütenden Faust eines Stammesvampirs.

»Es ist nur ein Stück Holz«, meinte er. »Vielleicht werde ich eines Tages ein neues schnitzen.«

Naomi rutschte vom Bett, ging zu ihm und legte eine Hand an seine Wange. Es erstaunte sie, wie viel ihr dieser Mann nach nur ein paar kurzen gemeinsamen Tagen und Nächten bedeutete. Wie groß würde diese Zuneigung werden, wenn ihnen die Ewigkeit offenstand?

Sie stellte sich auf die Zehenspitzen und drückte einen Kuss auf seine Lippen. Es sollte eigentlich nur ein schneller Kuss sein, doch sie merkte erst, wie sehr sie seine Berührung vermisst hatte, als sich seine starken Arme um sie schlossen und er sie fest an sich zog.

Sie küssten sich lange, zärtlich und einander verzeihend. Als Asher sie schließlich losließ, glitzerten in seinen Augen bernsteinfarbene Funken. Er wollte sie, hielt dieses Verlangen aber – wenn auch mühsam – in Schach. Naomi spürte es auch – die Sehnsucht, sich in etwas Gutem zu verlieren nach all dem Schrecklichen, was sie heute durchgemacht hatte.

Aber sie durfte ihren Wünschen und Bedürfnissen nicht nachgeben.

Nicht, wenn noch vieles in der Stadt zu regeln und zu erledigen war.

»Komm«, sagte er und nahm ihre Hand. »Bis du was im Magen hast, wird es draußen dunkel sein. Dann können wir nach Vegas fahren und anfangen, nach Tyler, Penny und den anderen Kindern zu suchen.«

»Danke.« Sie schob ihre Finger durch seine, als sie Richtung Küche gingen. Sie war unsäglich dankbar dafür, dass er sie verstand, ohne dass sie etwas sagen musste. »Was hast du mir zu essen gemacht? Es duftet köstlich.«

Überrascht – und amüsiert – sah sie, was für ein Festmahl er ihr bereitet hatte. Auf dem Tisch stand eine große Schüssel mit

Hühnersuppe aus der Dose, gebratene Hähnchenbrust ange-
richtet auf einem Teller Salat, ein Schälchen mit Cerealien neben einem Schüsselchen frisch zubereitetem Obstsalat sowie
ein ganzer Laib französisches Brot, das sie gestern Abend im
Lebensmittelgeschäft gekauft hatten.

»Ich wusste nicht, wie hungrig du sein würdest«, meinte er
ruhig. »Deshalb habe ich alles gemacht, von dem ich weiß, dass
du es magst.«

Sie lachte trotz des Kummers, der sie den ganzen Tag begleitet hatte. »Das ist perfekt. Ich glaube, ich weiß, wen ich das
nächste Mal anrufe, wenn ich eine ganze Armee von hungern-
den Kindern mit Essen versorgen muss.«

Sie setzte sich hin und aß, wobei es sie erstaunte, dass sie
überhaupt Appetit hatte.

Sobald sie satt war, verließen sie und Asher die Ranch und
fuhren nach Las Vegas, um mit der Suche nach den Kindern
zu beginnen.

Sie fingen mit den Parks und den Unterkünften auf dem
Strip und der näheren Umgebung an. Da hingen viele Kinder
und Jugendliche herum, doch nicht die, die sie aufzuspüren
hofften.

Sie waren auch in zwielichtige Gegenden der Stadt gefahren, durch Industriegebiete und Bezirke voller Lagerhallen.
Das waren einige der Orte, wo verzweifelte Kinder gern nach
einem Unterschlupf suchten, wenn ihnen keine besseren Möglichkeiten zur Verfügung standen.

Als die Nacht immer weiter voranschritt, ohne dass sie eins
der Kinder fanden, konnte Naomi ihre Frustration – und ihre
Furcht – nicht mehr verbergen.

»Ich hasse die Vorstellung, dass sie irgendwo da draußen
sind und nicht wissen, dass ich nach ihnen suche. Was, wenn sie
nun weggelaufen sind, Asher? Wenn wir sie nie wiederfinden?«

»Wir werden sie finden«, versicherte er ihr mit seiner tiefen, festen Stimme. »Wir werden den ganzen Staat auf den Kopf stellen, wenn es sein muss.«

Sie nickte und betrachtete die blitzenden Lichter der Kasinos und die hoch aufragenden Hotels durch das Fenster des Pick-ups. Das *Moda* stach wie ein aus Diamanten zusammengesetzter Turm hervor, die bis hinauf zu den Blinklichtern des Hubschrauberlandeplatzes auf dem Dach glitzerten. Schlank und hoch, wirkte es über die Maßen einladend, und nichts ließ vermuten, welch ein Monster im Innern sein Unwesen trieb.

Asher räusperte sich. »Vielleicht sollten wir bei Michaels Haus vorbeifahren.«

Sie hatte es bewusst vermieden, ihn zu bitten dorthinzufahren, denn sie wollte nicht an den Ort zurück, der jetzt für immer der Quell ihrer schlimmsten Albträume sein würde. Aber Asher hatte recht. Sie durften keine Möglichkeit auslassen.

Als sie nickte, bog er auf die Straße ab, über die man ins Wohngebiet abseits des Strips gelangte. Sie streckte den Arm aus und griff nach seiner Hand, als sie in Michaels Straße hineinfuhren. Erst als sie sich mit dem Pick-up dem dunklen Haus, in dessen Auffahrt immer noch Michaels Van stand, näherten, merkte sie, dass sie den Atem anhielt. Mit einem erstickten Schluchzen wich die Luft aus ihrer Lunge.

»Es tut so weh, Asher.«

»Ich weiß, mein Liebling.« Er zog ihre Finger an seine Lippen und küsste sie.

»Ich kann nie wieder zurück, um hier zu wohnen … genauso wenig wie die Kinder, die hier gelebt haben.«

Er nickte und sah sie mit ernstem Blick an. »Das musst du auch nicht. Keiner von euch muss das. Draußen auf der Ranch gibt es genug Platz für alle.«

»Meinst du das im Ernst?«

»Ja. Wir werden eine Möglichkeit finden, sodass es auch funktioniert.«

Vor Freude begann ihr Herz zu flattern. Sie versuchte, ihn zu umarmen, doch der Gurt hinderte sie daran. »Shit.« Trotz ihrer Tränen löste sie lachend den Gurt, warf sich ihm an die Brust und übersäte sein Gesicht mit Küssen der Dankbarkeit.

Er neigte den Kopf in ihre Richtung. Ein Lächeln spielte um seinen sinnlichen Mund. »Vielleicht sollte ich an den Rand fahren und halten, hm?«

Sie war so hingerissen von diesem Moment, dass es einen Moment dauerte, ehe sie das Klingeln ihres Handys, das in der Gesäßtasche ihrer Jeans steckte, bemerkte.

Es war wieder Michaels Klingelton, nur dass es ihr diesmal einen Schreck versetzte, der ihr durch Mark und Bein ging.

»Oh mein Gott.«

Ashers Miene verfinsterte sich, während seine Augen anfingen vor Wut zu funkeln. Er fuhr an den Bordstein und nahm den Gang heraus. »Wenn das Slater ist, lass mich das regeln.«

Doch sie hatte das Handy bereits am Ohr. »Hallo.«

»Du enttäuschst mich, Narumi.« Slaters Stimme ging wie ein Messer durch ihr Fleisch. »Ich war davon ausgegangen, ich hätte mich heute klar genug ausgedrückt. Aber trotzdem hast du mir immer noch nicht mein Geld gebracht.«

»Ich habe Ihnen doch gesagt, dass ich es nicht habe. Ich habe ein bisschen, aber …«

»Die volle Summe«, unterbrach er sie schroff. »So lautet meine Forderung.«

Ashers Augen blitzten, während er dem Gespräch folgte. Wäre Slater in Reichweite gewesen, hätte Asher dem Mann längst mit bloßen Händen den Garaus gemacht. In der Hinsicht hegte Naomi keinerlei Zweifel.

»Warum beharrst du darauf, dass ich dir wehtue, Narumi?

Erinnerst du dich daran, was ich gesagt habe? Wenn du mir das Geld nicht gibst, werde ich gezwungen sein, mir etwas anderes zu nehmen, das dir am Herzen liegt.«

Sie mochte gar nicht daran denken, was das unter Umständen sein konnte. Er hatte ihr heute bereits einmal das Herz aus der Brust gerissen. Was konnte er sonst noch tun?

»Ich kann Ihnen geben, was ich habe. Siebenundachtzigtausend Dollar. Der Rest …«

»Jeden einzelnen Penny will ich haben«, sagte Slater. Dann fing er an zu lachen. Der Wahnsinn, der darin mitschwang, ließ ihr das Blut in den Adern gefrieren. »Meine Pennys im Tausch gegen deine Penny, Narumi.«

Ihr stockte der Atem. »Was?«

Im Hintergrund hörte sie einen Tumult und dann das hysterische Schluchzen eines kleinen Mädchens.

»Bring sie her«, befahl Slater.

Das Weinen wurde lauter, als das Mädchen näher ans Telefon kam. Sie schniefte und erstickte fast an ihren Tränen. »N… Naomi?«

»Oh mein Gott.« Pennys haltloses, angsterfülltes Schluchzen schnitt ihr wie ein scharfes Messer ins Herz. »Penny, mach dir keine Sorgen. Wir werden nicht zulassen, dass dir irgendetwas pass…«

Das klatschende Geräusch einer schallenden Ohrfeige drang durchs Handy. Penny kreischte auf und weinte dann laut, während sie Naomi anflehte, ihr zu helfen.

»Bring das Geld. Alles«, knurrte Slater. »Sonst wird die süße, kleine Penny leider auch in einen schrecklichen Unfall verwickelt werden. Außer ich beschließe, meine Schulden einzutreiben, indem ich sie auf den Fleischmarkt bringe.«

24

»Allmächtiger! Ich habe gerade tausend Dollar gewonnen!«

»Jackpot! Oh mein Gott!«

»Zweitausendfünfhundert Mäuse! Ich fass es nicht!«

Asher ging ungefähr zwanzig Schritte hinter Naomi, während sie durch den breiten Gang mit den großen Glücksspielautomaten im *Moda* marschierte. Sie fuhr angelegentlich mit den Fingern über jeden Automaten, an dem sie vorbeikam, und verharrte gerade lang genug, um das Gerät dahingehend zu manipulieren, dass es bei jeder Drehung des Rades einen Gewinn ausspuckte.

Das Dröhnen der aufgeregten Stimmen schwoll in ihrem Kielwasser an und wurde fast übertönt vom ohrenbetäubenden Lärm der klingelnden, summenden und hupenden Automaten, während diese Tausende über Tausende von Leo Slaters Geld als Gewinn ausspuckten.

Es dauerte nicht lang, bis die Jubelrufe der zwanzig, dreißig, fünfzig und mehr Gewinner einen Ansturm von neuen Spielern auslösten, die sich nach vorn drängten, um auch ihr Glück an den Automaten zu versuchen, die anscheinend förmlich überströmten. Auch die Leute von der Straße begannen jetzt ins *Moda* zu stürmen, als sich die Nachricht verbreitete, dass drinnen etwas Ungewöhnliches vor sich ging.

»Schnappt euch das Geld!«, brüllte jemand. »Die Automaten spucken Bargeld aus!«

Asher konnte über Naomis eiskalte Entschlossenheit, direkt vor Slaters Nase einen Hexenkessel zu entfesseln, nur staunen.

Der Plan, in die Offensive zu gehen, war von ihr gekommen. Statt vor Verzweiflung in eine Schockstarre zu verfallen, nachdem Slater vor ein paar Minuten seine Drohung ausgestoßen hatte, war Naomi durch die Nachricht, dass Penny von ihm festgehalten wurde, wachgerüttelt worden.

»Es gibt gar nicht genug Geld, um ihn jemals zufriedenzustellen«, hatte sie im Wagen zu Asher gesagt, als sie die wenigen Möglichkeiten, die ihnen zur Verfügung standen, durchgegangen waren. »Selbst wenn ich die Einskommadreimillionen und die Zweihunderttausend hätte, die ich ihm schulde, würde er mich nicht gehen lassen. Und jetzt wird er auch Penny nicht gehen lassen. Das Ganze endet erst, wenn ich es beende.«

Sie hatte recht. Da war Asher sich ganz sicher.

Deshalb war sie wie ein Krieger auf dem Weg in die Schlacht in Slaters Hoheitsgebiet zurückgekehrt ... vor Wut kochend, bewaffnet mit einem Rückgrat aus Stahl und mit der Macht ihrer einzigartigen Gabe.

Und mit ihm.

Asher achtete darauf, von den zahlreichen Überwachungskameras im Kasino nicht erfasst zu werden. Wenn das Überraschungsmoment auf seiner Seite war, würde er ihr am besten helfen können. Aber jetzt hatte sie ihren Auftritt, und er war in seinem ganzen Leben noch nie stolzer auf jemanden gewesen.

Als das Gebrüll immer lauter wurde, liefen die Leiter der verschiedenen Bereiche – die *pit bosses* – in der Mitte des Kasinos zusammen; fünf Typen, bekleidet mit schwarzen Westen und weißen Hemden, die verwirrt und ratlos herumstanden.

Als das Chaos seinen Höhepunkt erreichte, sah Naomi zu Asher. Er nickte ihr zu und rückte nahe genug heran, um zuzuhören, als sie ihr Handy hervorholte und Michaels Nummer wählte.

Slater brauchte einen Moment, um ranzugehen, doch dann

war klar, dass er kurz davorstand, einen Schlaganfall zu erleiden.

»… und sagen Sie Thompson, dass er seinen Arsch hierher bewegen soll, um meine Fragen zu beantworten. Und damit meine ich, auf der Stelle! Wofür zum Teufel bezahl ich euch eigentlich? Narumi«, knurrte er. »Ich hoffe für dich, dass du mir mitteilen willst, dass du mein verdammtes Geld hast.«

»Ja, ich habe Ihr Geld. Ich habe meine Hand auf jeden einzelnen Dollar in Ihrem Kasino gelegt, Slater. Und wenn Sie Penny nicht in den nächsten zwei Sekunden laufen lassen, werde ich jeden Automaten in diesem Haus ausbluten lassen.«

»Wovon zum Teufel redest du überhaupt?«

»Hiervon.« Sie nahm das Handy einen Augenblick lang vom Ohr und ließ ihn den immer lauter werdenden Tumult im Kasino hören. »Wenn Sie Penny nicht gehen lassen, ist das erst der Anfang.«

»Die kleine Schlampe werde ich als Erstes umbringen«, zischte er. »Dann werde ich zu dir kommen.«

»Falsche Antwort.« Naomis Stimme war knallhart.

Asher lächelte, als er beobachtete, wie seine unglaubliche Frau an einer weiteren Reihe von Automaten vorbeiging und jeden berührte, sodass Slater jede Fanfare und jeden Tusch mitbekam, als ein Jackpot nach dem anderen zur Ausschüttung kam. Die Menge tobte förmlich, schwärmte heran und stürzte sich kreischend mit gieriger Erregung auf die Automaten.

Naomi sah Asher an. Ihr Blick war stählern vor Entschlossenheit. »Ich will Penny«, sagte sie zu Slater. »Schicken Sie sie runter. Sofort.«

»Dafür wirst du bezahlen, du mieses, kleines Stück Scheiße.«

»Sie zuerst«, erwiderte sie ruhig und leerte im Vorbeigehen ein halbes Dutzend Automaten, während sie sprach. »Lassen Sie Penny gehen.«

»Jemand soll das verdammte Kind holen!«, brüllte er. Seine Stimme überschlug sich. »Keiner droht mir. Keiner bestiehlt mich. Verstanden? Du bist tot, Schlampe. Mausetot!«

Naomi zuckte angesichts dieser Drohung noch nicht einmal mit der Wimper. Sie legte auf und drehte sich zu Asher um. »Glaubst du, dass das hier funktioniert?«

Er streckte die Hand aus und legte sie an ihre Wange. »Du hast gerade den schwierigsten Teil erledigt. Du bist einfach großartig. Weißt du das?«

Sie sah ihn ängstlich an. Es war das erste Mal, dass sie heute Abend eine kleine Schwäche zeigte. »Ich will nur, dass Penny in Sicherheit ist.«

»Wir werden nicht ohne sie gehen.« Er schaute auf, und mit Kopf und Schultern überragte er den größten Teil der aufgeregten Menge. »Wir bekommen Gesellschaft.«

Die *pit bosses* hatten die Störung schließlich lokalisiert. Ein paar legten die Hand an den kabellosen Kopfhörer und wurden ganz bleich, da sie zweifellos Zielscheibe von Slaters Tobsuchtsanfall wurden. Alle fünf Männer setzten sich rennend in Bewegung und kamen auf sie zu.

»Geh«, sagte Asher zu Naomi. »Halte dich bedeckt. Ich kümmere mich um die Idioten.«

Die Männer teilten sich – drei liefen weiter auf Asher zu, während zwei ausschwärmten, um am Rand der schreienden und tobenden Kasinogäste Stellung zu beziehen. Naomi tauchte in der Menge unter. Mit ihrer zierlichen Gestalt und ihrer Gewandtheit fiel es ihr leicht, sich unsichtbar zu machen.

Asher drehte den Kopf in Richtung der heranstürmenden *pit bosses*. Er brauchte nur einmal seine Fänge aufblitzen zu lassen, um den ersten in die Flucht zu schlagen, doch die anderen beiden kamen weiter auf ihn zugestürmt.

Er stürzte sich auf sie, packte ihre zum Angriff gesenkten

Köpfe und ließ sie zusammenkrachen, sodass sie bewusstlos zu Boden sanken. Doch schon kam mehr Ärger auf ihn zu. Slaters Sicherheitstrupp hatte beschlossen, bei der Party mitzumischen.

Ein halbes Dutzend Männer kamen aus anderen Teilen des Kasinos herangeeilt, um ihn auszuschalten. Ein schießwütiger Geselle hatte bereits die Pistole in der Hand und fuchtelte damit herum, als er auf Asher zugestürmt kam. Das war ein unkluger Schachzug. Asher hatte bereits zugeschlagen, ehe der Mann wusste, was ihn getroffen hatte; der Wachmann flog mehrere Meter weit über den Boden.

Ein weiterer privater Sicherheitsmann, dessen Finger auch bereits am Abzug lag, feuerte seine Waffe über die Köpfe der wimmelnden Kasinogäste ab, und plötzlich wandelten sich das helle Kreischen und die Jubelschreie in panikerfülltes Brüllen.

Während die Menge schrie und versuchte, in Deckung zu gehen, eröffneten weitere Sicherheitskräfte das Feuer. Die Schüsse kamen aus mehreren Richtungen und ein paar trafen ihr Ziel. Asher spürte das Stechen der vielen Kugeln nicht, die in seinen Körper eindrangen, denn seine ganze Aufmerksamkeit war auf etwas anderes gerichtet.

Quer durchs große Kasino hindurch sah er den gläsernen Fahrstuhl ins Erdgeschoss hinabgleiten. In der Kabine stand der kleine, vierschrötige Slater, dessen Haar langsam grau wurde und dessen Gesicht mit den Hängebäckchen vor Wut verzerrt war. Seine Hände umklammerten die schmalen Schultern von Penny, die vor ihm stand, als wolle er das schlanke Mädchen als Schild benutzen. Umgeben war das Paar von Slaters schwer bewaffneten Leibwächtern.

Verflucht. Wo war Naomi?

Asher suchte den Bereich um ihn herum mit seinem Blick ab, während die Sicherheitskräfte schießend immer näher rückten. Er wich dem Kugelhagel und dem nicht nachlassenden Strom panischer Zivilisten aus, die aus allen Richtungen kommend zu den Ausgängen drängten.

»Naomi!«

Ein weiterer Schuss traf ihn mitten in der Brust. Ashers Wut befand sich jetzt auf dem Siedepunkt. Brüllend mähte er den angreifenden Trupp nieder. Seine Bewegungen verschwammen vor den Augen, als er Knochen brach und Glieder verrenkte, während er sich einen Weg in Richtung Slater und dem Kind freiräumte.

Als sich die Fahrstuhltüren öffneten, strömten weitere bewaffnete Männer daraus hervor.

Und dann sah er Naomi.

Slater ließ Penny los, als er aus dem Fahrstuhl stieg, und stierte mit großen Augen auf das Chaos, das in seinem exklusiven Kasino tobte. Dieser Moment der Unaufmerksamkeit war offensichtlich die Gelegenheit, die Naomi gebraucht hatte. Sie stürmte nach vorn und machte einen verzweifelten Satz auf den Fahrstuhl zu.

»Nein«, knurrte Asher. »Naomi, nein!«

Er war zu weit entfernt, und es wurde gerade eine neue Salve auf ihn abgegeben, sodass er nicht schnell genug zu ihr konnte, ehe Slater sie bemerkte.

»Naomi!«, brüllte Asher.

Sie war in der offenen Kabine und hatte sich das schluchzende Mädchen unter den Arm geklemmt, als Slater herumwirbelte und die beiden sah. Ohne Vorwarnung hieb er seine Faust in Naomis Gesicht. Sie ging wie ein Stein zu Boden und krachte gegen die Rückwand der Glaskabine.

Mit einem Kampfschrei auf den Lippen stürmte Asher los.

Er war nur eine Sekunde zu langsam. Sein blutiger Körper prallte gegen die geschlossene Tür, als die Kabine auch schon

nach oben glitt. Er sah noch, wie Slater sich über Naomis reg-
losen Körper beugte, während Penny in einer Ecke zusammen-
gesackt war und entsetzte Schreie ausstieß.

25

Stöhnend öffnete Naomi die Augen. Ihr Gesicht wurde gegen den kalten Marmorboden des Fahrstuhls gedrückt, als dieser in der Mitte des *Moda* nach oben schoss.

Penny hatte ihre dünnen Ärmchen um Naomis Schultern geschlungen und schluchzte über ihrem zusammengesunkenen Körper. Naomis Kiefer schmerzte entsetzlich, aber sie lebte. Und Penny lebte.

Oh Gott. Asher.

Sie hatte gesehen, dass er unter schwerem Beschuss durch die Sicherheitskräfte des Kasinos und Slaters Leibwächter gestanden hatte. Er war ein Stammesvampir, deshalb wusste sie, dass es schon einiges brauchte, um ihm Einhalt zu gebieten, doch das verringerte nicht das Entsetzen, das wie ein Eisklumpen auf ihrer Seele lag.

»Barnes, rauf zum Landeplatz und starten Sie den Hubschrauber.« Slater redete über sein Handy mit jemandem und war ein paar Schritte von der Stelle entfernt, wo Naomi hingefallen war, nachdem er sie geschlagen hatte. »Nur ich. Ich bin jetzt auf dem Weg nach oben.«

Naomi stemmte sich mit den Armen hoch. Vor ihren Augen verschwamm alles. Ein schwerer Tritt traf sie mitten im Rücken, was alle Luft aus ihrer Lunge presste und sie wieder flach auf die Marmorfliesen stürzen ließ.

»Lassen Sie sie in Ruhe!«, heulte Penny. »Hören Sie auf, ihr wehzutun, Sie Arschloch!«

Wie eine Klapperschlange stieß Slater ohne jede Vorwarnung zu. Der brutale Hieb ließ das Mädchen nach hinten gegen die Kabinenwand krachen. Als ihr blonder Kopf dabei gegen den scharfkantigen Handlauf schlug, sackte sie schlaff in sich zusammen und hinterließ eine Blutspur auf der Scheibe hinter sich.

»Sie Hurensohn!« Naomi sprang auf, als Adrenalin und Wut ihr Blut zum Kochen brachten. Sie hätte sich auf Slater gestürzt, doch als sie zu ihm herumfuhr, stellte sie fest, dass sie in den Lauf einer großen, schwarzen Pistole blickte.

Slaters Miene verdunkelte sich drohend. »Auf geht's, Narumi.«

Der Fahrstuhl hielt an, und die Türen glitten lautlos zu einem privaten Stockwerk des Gebäudes auf. Naomi gelang es, einen verstohlenen Blick zu Penny zu werfen und war erleichtert – wenn auch nur ein ganz klein wenig –, dass sich die Brust des Mädchens, obwohl es sich noch nicht wieder bewegt hatte, hob und senkte.

»Setz dich in Bewegung.« Grob packte Slater von hinten Naomis Haar und ging mit ihr mit vorgehaltener Waffe auf eine Stahltür zu, auf der *Zugang Dach – privat* stand.

»Du bist mir immer so auf den Sack gegangen«, schimpfte er. »Du und deine Mutter – ihr beiden. Ihr habt mehr Ärger gemacht, als ihr wert wart. Es überrascht mich nicht, dass du dich als genauso dreist erweist, wie sie es war.«

Es entging Naomi nicht, dass er von ihrer Mutter in der Vergangenheit sprach. »Haben Sie sie deshalb umgebracht?«

Er lachte leise und gehässig. »Ich wollte ihren Tod nicht, aber was ließ sie mir für eine andere Wahl? Am letzten Abend kam sie doch tatsächlich mit so 'nem Scheißultimatum – ich sollte mir professionelle Hilfe wegen meiner Wutanfälle holen, sonst würde sie mich anzeigen. Die blöde Schlampe hatte 'ne Kamera voller Fotos, die all die Prellungen, all die Brüche zeigten, die ich ihr zugefügt hatte. Also wirklich! Für wen zum Teufel hielt die sich überhaupt?«

Bittere Galle stieg in Naomi hoch, als sie das hörte. Nachdem sie jahrelang nach Antworten gesucht hatte und dachte, ihre Mutter wäre nicht stark genug gewesen, sich aus einer zerstörerischen Beziehung zu befreien, schmerzte die Wahrheit jetzt umso mehr. »Dann hat sie Ihnen also die Stirn geboten, und Sie haben sie daraufhin von Ihren Handlangern beseitigen lassen? Oder haben Sie Cain das für Sie erledigen lassen?«

»Cain.« Slater schnaubte. »Dieser Mistkerl von einem Stammesvampir hat sich als ein gottverdammter Verräter erwiesen. Ich habe dem Arschloch eine Million pro Jahr bezahlt, damit er meine Interessen wahrt – innerhalb und außerhalb des Kasinos –, und was tut er? Er fällt mir in den Rücken. Er muss schon seit Monaten von deinen Diebstählen gewusst haben, aber ich erfahre es erst von einem meiner Bürohengste aus der Buchhaltung des *Gold Mine*.«

Überrascht holte Naomi tief Luft, denn mit dieser Information hatte sie nicht gerechnet. Aber Slater hatte noch nicht alle Fragen zu ihrer Mutter beantwortet. »Was ist mit meiner Mutter passiert? Sie können es mir doch ruhig erzählen. Denn bestimmt haben Sie nicht vor, mich am Leben zu lassen.«

Und sosehr sie diese Vorstellung auch entsetzte, tröstete es sie doch etwas, dass Penny im Fahrstuhl noch lebte, und wenn Asher es schaffte, zu ihr zu gelangen, würde er für die Sicherheit des Mädchens sorgen.

Sie wollte gar nicht daran denken, wie viele Kugeln Slaters Männer auf Asher abgefeuert hatten.

Sie hatte ihn im Einsatz gesehen. Er war nicht zu stoppen gewesen. Aber er war nicht unsterblich; selbst ein Stammesvampir konnte an seinen Verletzungen sterben, wenn sie schwer genug waren.

Sie wollte nicht weiter darüber nachdenken. Sie ertrug es nicht, sich vorzustellen, dass er vielleicht litt ... oder Schlimmeres.

»Sagen Sie's schon, Sie mieser Feigling«, würgte Naomi hervor. »Haben Sie meine Mutter von Ihren Männern umbringen lassen?«

Er riss an ihrem Haar und zerrte ihren Kopf nach hinten, bis sie nach oben in seine kalten Reptilienaugen sah. »Nein, Narumi, ich habe sie nicht umbringen lassen. Das Vergnügen habe ich mir selbst vorbehalten. Ich habe sie tief in die Mojave gefahren und ihr den Schädel mit einem Montierhebel eingeschlagen. Dann habe ich sie für die Geier und andere Aasfresser liegen gelassen, damit sie den Rest erledigten.«

Naomi stieß ein ersticktes Keuchen aus. Obwohl sie so etwas die ganzen Jahre vermutet hatte, kam ihr bittere Galle hoch, als sie es ihn sagen hörte – die zufriedene Stimme hörte, als er beschrieb, wie er eine Frau, die so dumm gewesen war, ihn wahrhaft zu lieben, brutal ermordet hatte.

»Sie sind ja krank, Sie Monster!«

»Es war toll, in Erinnerungen zu schwelgen, Narumi, aber ich muss jetzt fliegen.« Die Faust, die ihr Haar umklammerte, packte noch härter zu, und die Pistole drückte sich kalt und hart gegen ihre Schläfe. Er stieß sie einmal kurz an, als sie vor der Tür standen, durch die man aufs Dach gelangte. »Mach die Tür auf.«

Sie tat, wie ihr befohlen, und hoffte auf eine Gelegenheit, die Waffe zu berühren, die entsichert und geladen an ihrem Kopf lag. Eine Waffe hatte sie zwar noch nie versucht zu manipulieren, aber wenn es noch einen Funken Hoffnung gab, würde sie es versuchen.

Warmer Wind schlug ihnen oben auf dem zweiundfünfzig Stockwerke hohen Kasino entgegen. Der Himmel über ihnen war pechschwarz, denn die Sterne wurden von den Lichtern vom Strip und seiner Umgebung überstrahlt. Der Mond tauchte die Dachoberfläche aus Beton in einen milchigen Schein und ließ den schwarzen Helikopter, der auf dem großen kreisförmigen Hubschrauberlandeplatz stand, schimmern. Die Rotoren drehten sich nicht, und im Cockpit saß niemand.

Hinter ihr stieß Slater einen Fluch aus. »Wo zum Teufel ist mein Pilot? Barnes!«, brüllte er. »Warum ist der Vogel nicht zum Abflug bereit?«

»Barnes musste einer anderen Verpflichtung nachgehen.«

Ashers tiefe Stimme war nur ein außerirdisches Knurren, das von irgendwo hinten kam.

Slaters Hand krallte sich weiter in Naomis Haar, als er herumwirbelte und sie wie einen Schild vor sich zog. »Was zur Hölle hat das zu bedeuten?«

Asher stand auf dem Vorsatz einer riesigen Klimaanlage und sah aus wie etwas, das direkt einem Horrorfilm entsprungen war. Riesig, vor Wut kochend und mit außerirdischem Aussehen durch die Glyphen, die sich überall, wo sie sichtbar waren, auf seinem Körper wanden. Seine Augen erinnerten an glühende Kohle und strömten eine Hitze wie ein Schmelzofen aus. Die Lippen waren zu einem mörderischen Knurren zurückgezogen, sodass man seine Zähne und die riesigen, dolchartigen Fänge deutlich sehen konnte.

Er hatte nie beeindruckender gewirkt als in diesem Moment, doch Naomi bemerkte nur, wie mühsam sich seine Brust bei jedem Atemzug hob.

Und sein Blut strömte aus mehr Wunden, als sie zählen konnte.

»Dein Freund ist ein Stammesvampir?« Slater lachte glucksend. »Ich hätte mir denken können, dass dein Geschmack in Bezug auf Männer genauso fragwürdig ist wie in Bezug auf Mitbewohner.«

Gott stehe ihr bei, aber sie wollte Slater leiden sehen. Sie träumte davon, ihm einen langsamen, schmerzvollen Tod zu bescheren – er hatte nichts mehr als das verdient.

Wenn Ashers zu schmalen Schlitzen verengte Augen irgendetwas andeuteten, dann, dass auch er Slaters Schmerz wollte.

Er sprang in die Luft und machte einen weiten Satz, der ihn in weniger als einer Sekunde über Naomi und Slater hinwegtrug. Slater schaute auf und keuchte, als Asher in der Dunkelheit verschwand.

»Verfluchter Mist! Wo ist er hin?«

Sein Griff um Naomis Haar löste sich, als Slater mit seiner Waffe wild herumwirbelte. Und dann stand Asher vor ihm und packte ihn bei der Kehle.

Slater brüllte wie ein Besessener und drückte immer wieder auf den Abzug. Doch es war nur ein schnelles Klicken zu hören, bei dem sich kein einziger Schuss löste.

»Was… was ist das?«, stotterte er völlig fassungslos. »Was hast du mit meiner Pistole gemacht?«

Asher sah Naomi mit fragend hochgezogenen Augenbrauen an. Sie zuckte mit den Achseln und lächelte.

Slaters Griff um seine Waffe wurde schlaff, als Asher ihn mit der Kraft nur eines Arms auf die Spitzen seiner polierten Slipper hochzog. Dann setzte er sich in Bewegung und schob Slater rückwärts über das Dach und hielt erst an, als sie ganz nah an der Kante waren, wo es mehr als zweihundert Meter in die Tiefe ging.

Slater klammerte sich an Ashers Arm, doch es nützte nichts. »B… bitte«, blubberte er. »L… lassen Sie mich los. Oh, shit, shit, shit!«

Asher drängte ihn noch dichter an die Kante und hob ihn weiter an, sodass seine Füße kaum mehr den Beton des Daches berührten. Slaters Gesicht war zu einer Maske des Schreckens erstarrt, die schlaffen Züge waren kreidebleich. Seine grausamen Augen sprangen hin und her, als wüsste sein Gehirn nicht, wo es hinschauen sollte – runter auf den tief unter ihm liegenden Strip oder in das ausdruckslose Gesicht des Stammesvampirs, der sein Schicksal buchstäblich in der Hand hatte.

»Das können Sie nicht machen«, keuchte Slater. »Was wollen Sie? Ich gebe Ihnen alles!«

»Flehe«, sagte Asher und schob ihn noch ein Stück weiter. Slaters Absätze hingen jetzt in der Luft, und nur noch seine Zehenspitzen tänzelten auf der äußersten Kante. »Bettel um dein Leben, und vielleicht lass ich dich dann am Leben.«

»Bitte!«, heulte Slater. »Ja, ich flehe Sie an! Ich bitte Sie! Tun Sie mir das nicht an!«

Asher schüttelte den Kopf. »Nicht mich sollst du bitten, sondern sie.«

Slater schluckte – ein ersticktes Krächzen durch den Druck, den Ashers Finger auf seine Luftröhre ausübten. »B… bitte … Narumi, ich flehe dich an! Vergib mir. Ich habe deine Mutter geliebt. Ich schwöre es. Ich wollte ihr nie etwas tun. Wenn ich es ungeschehen machen könnte, würde ich … würde ich alles zurücknehmen. Das musst du mir glauben.«

»Nein, ich muss Ihnen nicht glauben.«

Er würgte an einem gurgelnden Schluchzen. »Dann lass es mich wiedergutmachen. Behalt das Geld – alles. Du kannst es behalten … ich gebe dir noch mehr, wenn es das ist, was du willst.«

»Das ist es nicht, was ich will«, erwiderte sie tonlos und war jetzt bar aller Gefühle gegenüber diesem Mann. Da war noch nicht einmal mehr Hass. Er bedeutete ihr nichts. Weniger als nichts. »Ich dachte, ich wollte Sie einen langsamen Tod sterben sehen, nach dem, was Sie meiner Mutter angetan haben. Aber was Sie dann Michael angetan haben …«

»Ich werde alles gestehen«, gurgelte er mit wachsender Verzweiflung, als Asher ihn weiter über den Lichtern und dem Lärm des Vegas Strip baumeln ließ. Er fing jetzt richtig an zu schluchzen. Von seinem Stolz war nichts mehr übrig. »Bitte! Bei der Liebe Gottes, sag mir, was du von mir willst!«

»Nichts.«

Sie schüttelte den Kopf und ging dichter an ihn heran, sodass er ihr Gesicht im Dunkel sehen konnte – ein Gesicht, das dem ihrer Mutter so sehr ähnelte – und wusste, dass Aiko Sato in ihr, Narumi, weiterleben würde, lange nachdem Leo Slater und sein Imperium zu Staub geworden waren.

»Ich will nichts von Ihnen«, sagte sie zu ihm. »Und Sie bekommen auch nichts von mir. Am allerwenigsten Vergebung.«

Ein leises Wimmern kam in ihm hoch, während er sie anstarrte, und dann brach jäher, heftiger Zorn aus ihm heraus. Speichel flog von seinen schlaffen Lippen, als er fluchend über sie herfiel. »Du Schlampe! Du miese kleine Diebin! Ich hätte deinen Schädel in derselben Nacht zerquetschen sollen, als ich deine Schlampe von Mutter umgebracht habe. Verdammt noch mal! Lassen Sie mich los!«

Asher schaute nicht zu ihr hin, um die Erlaubnis zu bekommen, es zu erledigen. Sein Urteil über Slater war längst gefällt, jetzt blieb nur noch die Festsetzung des Strafmaßes. Sein Griff wurde fester, und eine ganze Weile schloss er die Augen.

Naomi erkannte, was es war – dieser konzentrierte Moment des Innehaltens.

Er genoss Slaters letzte Sekunden der Angst, absorbierte jede Facette seines Entsetzens und seiner Verzweiflung, sodass er sich bis in alle Ewigkeit daran erinnern würde.

Slater wehrte sich panisch, stieß Drohungen und Verwünschungen aus. »Du verdammter Blutsauger. Lass mich los.«

Asher atmete ruhig aus und öffnete die Augen. »Okay.«

Dann ließ er Leo Slater über die Kante fallen.

»Asher.« Naomi eilte so schnell sie konnte zu ihm und warf sich in seine offenen Arme. Der Geruch seines Blutes überwältigte sie schier. Überall, wo sie ihn berührte, wurden ihre Finger nass und klebrig. »Oh mein Gott, Asher. Was haben sie dir bloß angetan?«

Er drückte ihr einen Kuss auf den Scheitel. »Mit mir ist alles in Ordnung. Ich werde überleben. Lass uns Penny holen und dann von hier verschwinden.«

Penny kam im Fahrstuhl gerade wieder zu sich, als sie vom Dach zurückkamen. Sie warf sich in Naomis Arme, zitterte unkontrolliert am ganzen Körper und weinte vor Erleichterung, dass die Qual vorüber war.

Es sah so aus, als wäre im Erdgeschoss des *Moda* eine Bombe hochgegangen.

Das Kasino war fast ganz leer, bis auf ein paar verstörte Nachzügler und zahlreiche tote Sicherheitskräfte, die dort in ihrem eigenen Blut lagen, wo Asher sie niedergestreckt hatte. Geld und persönliche Gegenstände, die Hunderte von Menschen fallen gelassen hatten, als die Schießerei begann, waren über den ganzen Boden verstreut.

Das Klingeln und Dudeln der Glücksspielautomaten im fast vollständig zerstörten Kasino lieferte sich einen Wettstreit mit dem Geheul der Martinshörner, als draußen die Wagen von JUSTIS vorfuhren.

Während Penny sich an sie klammerte, fand Naomi Geborgenheit in der Wärme von Ashers Arm, der um ihre Schultern lag, als die drei aus dem Kasino traten.

»Verzeihung, Sir, Madam.« Eine Polizistin näherte sich ihnen, sobald sie nach draußen traten.

Es war dieselbe Frau, die heute Morgen auf ihren Anruf hin zu Michaels Haus gekommen war – Officer Reynolds. Naomi reagierte beim Anblick der Frau gereizt, obwohl sie ihr nicht übel nehmen konnte, dass diese ihren Job tat.

»Ah, hallo. Miss Fallon, nicht wahr?«

Als Naomi nickte, musterte die Frau sie mit mehr als nur oberflächlicher Neugier, ehe sie ihren argwöhnischen Blick auf Asher richtete. Mit den stark hervorgetretenen Fängen und den wie Kohle glühenden Augen würde keiner auf die Idee kommen, ihn für etwas anderes als einen Stammesvampir zu halten, aber die Beamtin zuckte noch nicht einmal zusammen.

»Kann mir einer von Ihnen sagen, was hier heute Abend vorgefallen ist? Soweit wir gehört haben, gab es eine Fehlfunktion bei den Automaten, und es klingt so, als hätte die Kasinoleitung auf die Situation etwas … überreagiert.«

»Mehr oder weniger«, brummte Asher.

Die Polizistin musterte ihn von oben bis unten. »Sie sehen ziemlich mitgenommen aus. Es sind mehrere Krankenwagen da, falls Sie ärztlich versorgt werden müssen … oder einen Notfall-Blutwirt brauchen.«

Er schüttelte den Kopf. »Ich benötige weder das eine noch das andere.«

»Was ist mit Ihnen, Miss Fallon?«

Naomi drückte sich enger an Asher. »Ich will nur nach Hause. Das ist alles, was ich brauche.«

Sie wollten schon gehen, als die JUSTIS-Beamtin sich räusperte. »Noch eins, wenn's recht ist.« Als sie stehen blieben, deutete sie auf eine Stelle, die ein paar Meter vom Eingang des Kasinos entfernt war. »Sie wissen nicht zufälligerweise etwas über den Mann, der vor ein paar Minuten auf den Bürgersteig gestürzt ist, oder? Es ist zwar schwer zu sagen, aber wir glauben, dass es sich um den Besitzer des *Moda*, Leo Slater, handelt.«

Asher sah Naomi an, ehe er dem durchdringenden Blick der

Beamtin begegnete. »Nach der Menge von Geld, die er heute Abend verloren hat, kann man wohl davon ausgehen, dass Slater gesprungen ist.«

»Also ein Selbstmord?«, schnaubte die Frau.

»Es sind schon seltsamere Dinge passiert«, erwiderte Asher.

Die Beamtin nickte. »Okay, na gut. JUSTIS wird das Ganze untersuchen … aber vielleicht nicht zu eingehend«, fügte sie noch leise hinzu, als spräche sie mit sich selbst.

Und als sie ihnen mit einer Armbewegung bedeutete, dass sie gehen könnten, erhaschte Naomi einen Blick auf ein ungewöhnliches Mal am Handgelenk der Frau. Es war das gleiche Zeichen aus Träne und Halbmond, das Naomi unter dem Kinn hatte.

»Machen Sie's gut«, rief ihnen die Polizistin noch hinterher.

26

Naomi klebte während der ganzen Fahrt zurück zur Ranch förmlich an seiner Seite. Asher wusste, dass seine Wunden so schwer wie zahlreich waren, aber sie wären noch viel schlimmer gewesen, hätte er nicht etwas von ihrem Blut in sich gehabt.

So schlecht sein Zustand auch sein mochte, hielt ihn dieser Gedanke doch aufrecht, als er das Letzte aus Neds altem Pickup herausholte, damit Naomi und Penny so schnell wie möglich wohlbehalten zu Hause ankamen. Seine eigenen Bedürfnisse konnten warten. Nach dem Abend, den sie gerade überstanden hatten – wo beide zu kurz davorgestanden hatten, den anderen zu verlieren –, wollte er keine weiteren Risiken eingehen.

»Kommt er wieder in Ordnung?«, fragte Penny Naomi im Flüsterton, als sie auf der Ranch ankamen. »Können Vampire sterben?«

»Asher wird nicht sterben.« Naomi legte ihre Hand an die Wange des besorgt schauenden Mädchens, richtete im schwachen Schein des Armaturenbretts ihren ernsten Blick aber gleichzeitig auf ihn. »Nicht solange ich da ein Wörtchen mitzureden habe.«

Sie gingen aufs Haus zu, wobei Naomi sich unter seinem Arm an ihn schmiegte. Ihre Sorge, die sich in ihrem vorsichtigen Schritt und im zwar gleichmäßigen, doch schnellen Schlag ihres Herzens erkennen ließ, entging ihm nicht. Ihre Liebe hielt ihn aufrecht, genau wie ihr zierlicher Körper, der sich fest an ihn drängte und ihn stützte, während er auf die Veranda hinkte.

»Du hast einen Hund?« Pennys Augen leuchteten auf, sobald sie Sam erspähte, der schon darauf wartete, sie alle zu begrüßen. Sie hatte von Slaters brutalem Schlag im Fahrstuhl eine ziemlich große Beule am Hinterkopf, doch die ganzen schrecklichen Ereignisse des Tages, die ihre Spuren im Gesicht des Mädchens hinterlassen hatten, verschwanden bei der überschwänglichen Begrüßung durch den alten Hund. Sie rannte Asher und Naomi voraus zur Fliegengittertür. »Schaut doch mal! Der ist ja so süß!«

Sogar Asher musste – wenn auch widerwillig – zugeben, dass der Hund ein willkommener Anblick nach den höllischen Stunden war, die hinter ihnen lagen. Sie traten ins Haus, wobei Asher sich schwer auf Naomi stützte. Sein Blut hinterließ mehrere kleine Pfützen auf dem Boden, was Sam zum Winseln brachte und ihn mit argwöhnischer Neugier den Kopf auf die Seite legen ließ.

Naomi legte die freie Hand zärtlich an den Kopf des Mädchens. »Penny, würdest du mir einen Gefallen tun? Nimm Sam mit nach hinten in die Küche und schau, ob er zu fressen hat oder Wasser braucht, während ich Asher beim Reinigen seiner Wunden helfe.«

»Klar, mach ich. Komm, Sam!« Angeführt von dem begeisterten Hund, der keine Fremden zu kennen schien, ging sie davon.

»Sie ist unverwüstlich«, brummte Asher.

»Das sind die meisten Kinder«, erwiderte Naomi. »Das ist die einzige Möglichkeit, wie sie das meiste heil überstehen. Im Moment mache ich mir aber viel mehr Gedanken um dich.«

Sie dirigierte ihn ins Badezimmer und ließ ihn auf der geschlossenen Toilette Platz nehmen. »Sitz still«, befahl sie und ging zum Badezimmerschrank, um nach einem sauberen Waschlappen, Handtüchern und einer Schere zu suchen, die sie benutzte, um sein mit Blut getränktes, schmutziges T-Shirt aufzuschneiden.

Er ließ sie machen und sagte sich, dass er sich nur aus purer Lust, ihr dabei zuzusehen, wie sie ihn verarztete, widerspruchslos fügte, doch in Wirklichkeit hatte er viele Treffer einstecken müssen. Die Schusswunden hatten ihn nicht getötet, aber sie hätten ihn ohne ihr Blut, das seinen Körper in einer Weise kräftigte, wie es menschliches Blut nie könnte, garantiert deutlich mehr geschwächt oder gar zusammenbrechen lassen.

»Du hast mich gerettet, Naomi.«

Sie warf ihm von der Seite einen Blick zu und schüttelte den Kopf. »Noch nicht.«

»Doch, hast du. Als ich vor ein paar Nächten auf dieser Straße in der Wüste angehalten habe, dachte ich, ich würde dich retten. Aber ich habe mich geirrt. Du warst es, die mich gerettet hat.«

Er konnte nicht widerstehen, ihr über das schwarze Haar zu streichen und eine Strähne hinter das Ohr zu legen, sodass er ihr ins Gesicht schauen und die sanften mandelförmigen Augen sehen konnte, die ihn mit so viel Aufmerksamkeit betrachteten.

Und so viel Liebe.

Es erfüllte ihn mit Demut, dass dieses Gefühl auf ihn gerichtet war und er es über die Blutsverbindung zu ihr lebendig pulsierend in sich spüren konnte.

»Du brauchst Blut, Asher.«

»Ja«, gab er zu. »Aber noch viel mehr als das brauche ich dich.«

Er legte die Hand um ihren Nacken und zog sie zu einem Kuss an sich. Stundenlang hätte er so verharren können, ohne sie loszulassen, aber die schlimmsten Wunden bluteten immer noch, und die Erregung, die sein Herz schneller schlagen ließ, machte es nicht unbedingt besser.

»Trink von mir«, drängte sie ihn, während sie sich von ihm löste, das Haar zur Seite strich und so ihren Hals entblößte. »Nimm dir, was du brauchst.«

Der Himmel stehe ihm bei, doch er hatte nicht die Willenskraft, es abzulehnen. Er schlug die Fänge ins zarte Fleisch ihrer Kehle und trank und trank. Ihr Blut setzte seine Regeneration sofort in Gang, fügte Fleisch und Muskeln wieder zusammen und ließ die von Kugeln zerschmetterten Knochen nachwachsen. Die Kugeln, die in seinem Körper steckten, traten eine nach der anderen hervor und fielen klickend auf die Fliesen des Badezimmerbodens.

Mit einem bebenden Seufzen schob Naomi die Finger in sein Haar und hielt ihn fest, während er sich der Kraft ihrer heilenden, berauschenden roten Zellen hingab. Als sein Körper vollständig genesen war, erfüllte ihn ein überwältigendes Verlangen.

Er wollte sie, aber nicht hier. Nicht so. Wenn er sie das nächste Mal liebte, wollte er es langsam und voller Ehrfurcht tun. Er wollte sich mit ihr als seiner Gefährtin der Liebe hingeben.

Er stöhnte und strich mit der Zunge über die beiden Stellen, wo sich seine Fänge in ihre Haut gebohrt hatten, um sie zu schließen.

»Ich brauche dich«, raunte er an ihrem Hals. Die Gefühle, die in seiner Stimme mitschwangen, ließen sie ganz rau klingen. »Nicht nur in meinem Blut, sondern für immer in meinem Leben.«

Er lehnte sich zurück und nahm ihr Gesicht in beide Hände. Seine bernsteinfarben leuchtenden Augen tauchten ihre zarte, helle Haut in einen sanften Schimmer. »Ich liebe dich so sehr. Ein paar Minuten lang habe ich heute Abend nicht gewusst, ob ich je in der Lage sein würde, es dir noch einmal zu sagen. Als ich sah, wie Slater mit dir im Fahrstuhl nach oben fuhr und ich nicht rechtzeitig bei dir sein konnte ... verdammt. Ich hatte so eine Angst, dass ich dich verlieren würde.«

Sie schüttelte den Kopf und beugte sich vor, um ihn zu küssen. »Ich liebe dich auch, Asher. Nichts soll uns jemals trennen.«

»Nichts wird uns jemals trennen«, versicherte er ihr. Dann holte er laut zischend tief Luft. »Ich war heute Abend so verdammt stolz auf dich. Zwar war ich außer mir vor Angst, als ich sah, wie du es mit Slater aufnahmst, aber gleichzeitig erfüllte es mich mit Ehrfurcht, dass du vor keiner Herausforderung davonläufst. Egal wie sehr ich mir das auch wünschen würde.«

Sie lachte leise und legte ihre Stirn an seine. »Ich bin meiner Mutter wohl ziemlich ähnlich. Es ist schon seltsam, wie genau ich das jetzt erkenne. Ich habe sie immer für schwach gehalten, aber Slaters Geständnis hat genau das Gegenteil bewiesen. Sie war ihm gewachsen. Und am Ende hat sie ihm sogar die Stirn geboten. Dafür hat er sie dann umgebracht.«

Asher fluchte, und Wut kam in ihm hoch. »Ich wollte, dass er in den letzten Minuten seines Lebens leidet.«

»Ich weiß«, wisperte sie. »Ich sah, was du getan hast ... mit deiner Gabe.«

Er konnte es nicht leugnen. »Es war das erste Mal, dass ich den Tod eines anderen genossen habe. Jetzt werde ich mich jedes Mal, wenn ich daran denke, was er dir und Michael und auch deiner Mutter angetan hat, an sein Entsetzen erinnern. Ich werde mich an seine Verzweiflung und an seine Hoffnungslosigkeit erinnern, und es wird mir gefallen.«

»Asher.« Mit sanftem Blick streichelte sie seine Wange. Dann senkte sie den Kopf und begann, die Stellen auf seiner Brust zu küssen, die frei von sich schließenden Wunden waren.

»Du hast mich geheilt, Naomi, und zwar auch in Bereichen,

die du nicht sehen kannst. Aber du hast mich auch in gewisser Weise zugrunde gerichtet, denn ich will nicht wissen, wie es sein müsste, auch nur einen Tag ohne dich zu sein.«

Sie schaute zu ihm auf. »Ich werde nirgendwo hingehen. Dies ist mein Zuhause. Genau hier«, sagte sie, hob den Kopf und küsste ihn auf den Mund. »Und hier.« Sie drückte einen Kuss in seine Halsbeuge und dann noch einen mitten auf seine Brust, wo sein Herz kräftig schlug. »Und hier auch.«

Asher grinste verschmitzt. »Mach weiter. Ich gehöre dir.«

Sie lachte, stand auf und nahm seine Hand, während sie in die Dusche griff und das Wasser anstellte. »Jetzt kümmern wir uns erst einmal um den Rest von dir. Aber diesen Gedanken werde ich später sehr gern weiterverfolgen.«

27

Naomi trat angetan mit Ashers T-Shirt aus dem Schlafzimmer. Ihr Haar war vom Duschen immer noch feucht. So gern sie sich auch in der Geborgenheit und Leidenschaft seiner Arme verloren hätte, waren ihre Gedanken doch bei dem kleinen Mädchen, das bei ihnen im Haus war.

Sie schlich den Flur entlang und lächelte, als sie sah, dass Penny auf dem Sofa eingeschlafen war und sich der große Sam auf dem schmalen Polster an sie gekuschelt hatte. Das Kind schlief so tief, als wäre es seit Wochen nicht mehr richtig zur Ruhe gekommen, und vielleicht war das auch der Fall. So leise wie möglich ging Naomi zu ihr und breitete eine Häkeldecke über den schnarchenden Hund und das Mädchen.

Sie trat zurück und betrachtete die friedliche Szene, während sich ein Gefühl der Zufriedenheit in ihr ausbreitete.

»Na?« Ashers leise Stimme streichelte ihre Sinne, als er sich nur mit einer locker sitzenden Sporthose bekleidet neben sie stellte. Seine Wunden waren kaum mehr zu sehen, die schlimmsten waren nur noch als leicht erhobene rosige Stellen auf seiner goldenen Haut zu erkennen. »Sam ist im siebten Himmel.«

Naomi nickte. »Ich muss die ganze Zeit an die anderen Kinder denken, die noch in der Stadt sind.«

Er hauchte einen sanften Kuss auf ihre Schulter. »Morgen Abend fahren wir wieder hin, sobald die Sonne untergegangen ist.«

»Wenn wir sie aber nicht alle finden, Asher?«

»Dann fahren wir die darauffolgende Nacht wieder hin und die nächsten Nächte auch, wenn's sein muss, bis wir sie alle wieder zu Hause haben.«

»Zu Hause«, sagte sie leise und drehte den Kopf, um ihn anzuschauen. »Mir gefällt es, wie sich das anhört.«

»Mir auch.« Er hob ihr Kinn an und strich mit seinen Lippen über ihre. »Komm mit, Naomi. Das Kind wird bis morgen früh schlafen.«

Er führte sie ins Schlafzimmer zurück und schloss die Tür leise hinter ihnen.

Seine Küsse waren leidenschaftlich, aber doch zärtlich. Andächtig. Voller Verehrung.

Von den hinter ihnen liegenden Anstrengungen war sie zwar völlig erschöpft, doch sein Mund auf ihrem weckte ein glühendes Verlangen. Sie wollte ihn. Jede Berührung ließ sie mehr brennen. Jeder Kuss ließ sie nach mehr verlangen.

Und er wollte sie auch.

Naomi schob ihre Hand in den lockeren Bund seiner Hose und nahm seine Männlichkeit in die Hand. Er war reiner Stahl, als sie ihn anfasste, und doch samtweich und heiß. Als er unter ihr T-Shirt griff, um ihre Brüste zu streicheln, sank sie gegen ihn. Und kaum bewegte er die Hand zu der feuchten und schmerzenden Stelle zwischen ihren Schenkeln, war sie verloren. Sie wimmerte leise vor Verlangen.

Da war kein Zögern, als er sie zum Bett führte. Er drang mit einem einzigen, langsamen Stoß so tief in sie ein, dass sie beinahe auf der Stelle gekommen wäre. Sie liebten sich ruhig und andächtig und suchten doch den schnellen, gemeinsamen Höhepunkt, bei dem sie vor Verlangen nach dem anderen bebten.

Es dauerte eine Weile, bis sie sich wieder bewegten und sprachen. Naomi war noch nie in ihrem ganzen Leben von so viel Freude erfüllt gewesen oder hatte sich je so erfüllt gefühlt. Aber trotzdem kehrten ihre Gedanken immer wieder zu Slater und dem nicht wiedergutzumachenden Preis zurück, den Michael wegen ihrer sinnlosen Jagd nach Vergeltung hatte bezahlen müssen.

Der mit Slaters Geld gefüllte Beutel lag in einer Ecke des Schlafzimmers. Sie starrte ihn an und hasste allein schon den Anblick.

»Ich kann das Geld nicht behalten«, sagte sie leise. »Ich meinte das ernst, als ich sagte, dass ich nichts von Slater wollte … noch nicht einmal das Geld.«

Asher stützte sich auf einen Ellbogen und sah sie mit ernstem Nicken an. »Wir brauchen es nicht.«

»Ja stimmt, nicht wahr? Wir kriegen das irgendwie hin. Ich kann irgendwo anfangen zu arbeiten.« Sie sah ihn mit einem verschmitzten Lächeln an. »Ein Job, für den man keine Perücken oder ein Dutzend falsche Ausweise braucht. Von heute an wird alles ganz legal bei mir laufen.«

Er lächelte. »Darüber brauchst du dir keine Gedanken zu machen.«

»Doch, das muss ich. Sich um ein halbes Dutzend Kinder zu kümmern, ist nicht ganz billig, Asher.«

»Das ist mir klar«, gab er zu. »Und korrigiere mich, wenn ich falsch liegen sollte, aber wollen wir nicht Raum für noch mehr Kinder schaffen? Ich dachte mir, für den Anfang haben wir Platz genug für acht. Und noch mehr, sobald ich die leeren Zimmer mit Neds Möbeln eingerichtet und noch ein paar Etagenbetten gebaut habe. Irgendwann könnten wir vielleicht auch noch anbauen.«

»Meinst du das im Ernst?« Naomi starrte ihn mit großen Augen an. »Ich finde die Idee ganz toll. Aber ich glaube nicht, dass wir das umsetzen können, außer du hast hier draußen eine

Goldmine entdeckt oder du besitzt irgendwelche Ölbohrrechte.«

»Ich habe weder das eine noch das andere.«

»Was hast du denn dann?«

»Als Ned starb, hinterließ er mir dieses Haus und das Land, auf dem es steht. Er hat mir den Pick-up hinterlassen, der aus dem letzten Loch pfeift, und auch noch den alten Hund draußen. Aber dann hat er mir noch etwas anderes vermacht.«

Er stieg aus dem Bett und ging in seiner ganzen herrlichen Nacktheit zum Schreibtisch, um etwas aus der obersten Schublade zu nehmen. Es war ein Briefumschlag, auf dem als Absender eine Bank aus Las Vegas stand. Er reichte ihn Naomi.

»Mach ihn auf.«

Sie riss ihn auf und zog ein gefaltetes Stück Papier heraus. »Das ist der Bankauszug vom letzten Monat, auf dem dein Name steht.« Ihr Blick ging zum Kontostand. »Mannomann. Das sind ziemlich viele Zahlen.«

Er lachte leise. »Wir werden über die Runden kommen. Wir werden sogar sehr gut zurechtkommen.«

»Aber woher …«

»Eine von Neds Leidenschaften war der Möbelbau. Eine andere, jede Woche ohne Ausnahme, bei der Lotterie mitzumachen. Zwei Jahre nach Ruths Tod zog er das große Los. Er gewann eineinhalb Millionen und ein paar Zerquetschte.«

»Oh mein Gott.« Naomi lehnte sich in die Kissen zurück, und ihre Finger zitterten, als sie sich noch einmal den Kontostand ansah, der inzwischen durch Zinseinkünfte eine fast doppelt so hohe Summe erreicht hatte.

»Er hat nicht einen einzigen Cent davon ausgegeben«, erklärte Asher. »Er meinte, was es ihm schon nützen würde, wenn Ruth nicht da wäre, um es mit ihm zu genießen. Ich glaube, nichts würde dem alten Mann mehr gefallen, als wenn sein

Geldregen einem Haufen Kinder einen neuen Start ins Leben ermöglicht.«

Sie konnte nicht fassen, was sie sah ... was sie hörte. »Asher, ich weiß nicht, was ich sagen soll.«

Er setzte sich auf die Bettkante und sah ihr tief in die Augen. »Sag, dass du es mich mit dir – und den Kindern – teilen lässt. Egal, wie viele Kinder du willst.«

Ein Bild schoss ihr durch den Kopf ... durch Herz und Seele. Sie sah Asher und sich in ein paar Jahren mit einem Haus voller plappernder, lebhafter Kinder und einer Ranch voller Tiere. Sie sah sich selbst ein winziges Baby im Arm halten, das genauso schöne Glyphen besaß wie sein Vater und von ihr die schwarzen Haare und mandelförmigen Augen geerbt hatte.

Asher nickte. »Das will ich auch. Ich will das alles ... mit dir zusammen, meine atemberaubende Narumi ... als meine Frau und Partnerin und die einzige Freundin, die ich je brauchen werde – als meine durch unser Blut verbundene Gefährtin.«

Vor Freude stiegen ihr Tränen in die Augen. »Ich kann mir nichts vorstellen, was ich lieber wollte.«

Ein leises Knurren ließ Ashers Brust beben, als er näher rückte und sein Handgelenk an den Mund hob. Mit hell blitzenden, glühenden Augen und Pupillen, die sich zu schmalen Schlitzen verengt hatten, schlug er seine Fänge in das muskulöse, sehnige Fleisch und öffnete seine Ader für sie.

»Trink«, sagte er zärtlich. »Sei für immer mein.«

»Asher«, wisperte sie und senkte den Kopf, um sein Geschenk – und sein Band – anzunehmen. »Ich bin die ganze Zeit schon dein gewesen.«

Er ließ den Kopf nach hinten fallen und stieß einen gezischten Fluch aus, als sie den ersten Schluck nahm. Sein Blut strömte würzig-heiß über ihre Zunge.

Jeder Schluck war wie eine Offenbarung, während sengende Hitze und Kraft mit der Wucht einer Flutwelle in ihren Körper schossen.

Sie stöhnte und nahm noch einen Schluck. Ihr Durst wurde größer und erweckte etwas zum Leben, von dessen Existenz sie gar nicht gewusst hatte.

Das war er … Asher.

Sie spürte ihn in ihren Sinnen, in ihrem Mark, in jeder schimmernden, sich ihm entgegenstreckenden Faser ihres Seins.

Sie spürte, wie seine Liebe sich mit ihrer verwob, als das Band geknüpft wurde.

Asher ließ sie wieder aufs Bett sinken, schob sich über sie und drang in sie ein, während sie von ihm zehrte und ihr hungriger Mund immer noch fest an seinem Handgelenk lag.

Sie konnte nicht genug von ihm bekommen – von diesem unglaublichen Stammesvampir.

Von ihrem Mann.

Von ihrer Liebe.

Von ihrem Gefährten bis in alle Ewigkeit.

Epilog

Vier Wochen später

Asher schlug den letzten Nagel ein und trat dann mit einem zufriedenen Brummen zurück.

»Na, was meint ihr, Jungs?«

Fünf Jungen standen im Halbkreis in der Werkstatt und begutachteten das frisch vollendete Etagenbett, an dem sie alle zusammen gearbeitet hatten. Max, einer der Zwillinge und der Älteste der Gruppe, ahmte mit den an die Hüften gelegten Händen und dem in einer Schlaufe am Gürtel hängenden Hammer unbewusst Ashers Haltung nach.

»Sieht in meinen Augen gut und stabil aus.«

Sein Bruder Billy stimmte mit einem begeisterten Nicken zu. »Mir gefällt's.«

Juan nickte auch. Er stand zwischen Tyler und dem neuesten Mitbewohner auf der Ranch, einem schüchternen Zwölfjährigen, der Kevin hieß.

Asher begegnete dem unsicheren Blick des Jungen. »Geht das für dich klar, Kev?«

»Ja«, murmelte dieser, während er versuchte, sein Lächeln zu verbergen.

Statt die Ranch wie eine Notunterkunft zu führen, hatten er und Naomi sich entschieden, sie zu einem echten Zuhause zu machen. Die Vormundschaft für Penny und die vier Jungs war beantragt, und wenn Kevin beschloss zu bleiben, würden sie auch ihn offiziell aufnehmen.

Normalerweise dauerte der bürokratische Vorgang Monate, wenn nicht Jahre, um ein Adoptionsverfahren bei Gericht durchzubekommen, doch glücklicherweise hatten Asher und Naomi ein bisschen Hilfe vonseiten einer gewissen JUSTIS-Beamtin, die mittlerweile eine Freundin geworden war. Rachel Reynolds hatte nicht nur die Untersuchung von Slaters Tod unter den Teppich gekehrt, sondern hatte auch dafür gesorgt, dass alles Filmmaterial der Überwachungskameras jenes Abends im *Moda* vernichtet worden war.

Slaters Geld hatte Naomi einer Betreuungseinrichtung in der Stadt gespendet. Darin enthalten war auch der Einskommadreimillionen-Dollar-Gewinn, den sie als einzige Begünstigte in Michaels Testament geerbt hatte. Sein Haus war abgerissen worden, und das Grundstück sollte bald in eine öffentlich nutzbare Grünfläche umgewandelt werden.

Asher lächelte die Jungs an und klopfte Max auf die Schulter. »Sollten wir vielleicht Naomi und Penny holen, damit die unsere Arbeit begutachten können?«

»Klar«, erwiderte Max. »Und dann zeigst du mir, wie man solche Sachen schnitzt wie bei dem Teil da drüben?«

Asher nickte und schaute zu dem neuen Stück, an dem er ganz allein seit ein paar Wochen arbeitete. Es war mit einem Tuch zugedeckt, damit Naomi nichts von dem Geschenk mitbekam, an dem er für sie arbeitete, aber den Jungen hatte er das Geheimnis bereits anvertraut.

»Ja, Kumpel. Ich bringe dir sehr gern bei, was ich weiß.«

Max schenkte ihm sein seltenes Lächeln. »Toll.«

Mit dem gerade fertiggestellten neuen Etagenbett und drei anderen, die bereits in den Gästezimmern standen, hatten sie ausreichend Platz für alle – und noch ein paar mehr. Asher hatte das Gefühl, dass es nicht lange dauern würde, die neuen Betten und den zusätzlichen Raum im Haus zu füllen. Wenn es nach ihm ginge, würden er und Naomi innerhalb eines Jahres auch die Wiege füllen, mit der er sie überraschen wollte, sobald sie fertig war.

»Dann mal los, Jungs.«

Er führte die Gruppe nach draußen auf die Veranda, wo Naomi mit Penny und Sam vor einer Weile Platz genommen hatte, um den Sonnenuntergang zu beobachten. Aber sie hatten wohl irgendwann beschlossen, zu einem Spaziergang übers Grundstück aufzubrechen. Asher machte sich keine Sorgen. Er konnte seine Stammesgefährtin in jedem Schlag seines zufriedenen Herzens spüren.

Die Abenddämmerung hatte sich über die Wüste herabgesenkt und hüllte alles in einen blauen Schimmer, der den Übergang von Tag zur Nacht beschrieb. Er liebte diese Tageszeit. Er lächelte, als er Naomi und Penny erspähte, die zusammen mit dem Hund von einer Ecke des Grundstücks im Westen zurückkamen, wo Naomi fast die ganze letzte Woche mit dem Umsetzen von Blühkakteen und Sukkulenten verbracht hatte.

Letzte Nacht hatte Asher ihr geholfen, zwei kleine Grabsteine neben den anderen beiden zu errichten, die dort schon seit Jahren standen. Jetzt hatten Naomis Mutter und Michael auch einen Platz bei ihnen – neben Ned und Ruth, die Asher immer als seine Familie ansehen würde.

Naomis Lächeln, als sie sich näherte, ließ Wärme in jede Zelle und jeden Knochen seines Körpers strömen – und in andere Körperteile auch.

»Das ist so ein schöner Abend«, sagte sie und begrüßte ihn mit einem kurzen Kuss. »Penny und ich hatten beschlossen, einen Spaziergang zu machen und ein paar Wildblumen für meine Mutter und Ruth zu pflücken. Wie geht der Möbelbau voran?«

Billy antwortete am schnellsten. »Wir haben das Etagenbett fertig, und es sieht toll aus!«

Naomi belohnte alle fünf Jungs mit einem strahlenden Lächeln. »Das ist ja eine großartige Nachricht. Ich kann es gar nicht erwarten, es zu sehen.«

Typisch Kinder hatten die sich aber längst von Sam ablenken lassen, der einen Stock gefunden hatte und jetzt bettelte, dass einer mit ihm spielte. Es dauerte nicht lange, und die Schar lief zusammen mit Penny davon, um abwechselnd Sams neues Lieblingsspielzeug zu werfen.

Asher schaute zu Naomi und sah ihre Freude, als sie die kichernde Horde ausgelassener Kinder beobachtete.

»Schau doch nur, wie glücklich sie sind, Asher.«

Brummend zog er sie in seine Arme. »Ich schau mir gern an, wie glücklich du bist.«

»Das bin ich«, sagte sie und schaute zu ihm auf. »Ich habe nie geahnt, dass ich einmal so glücklich sein könnte. Mir war nicht klar, wie gut es sich anfühlen würde, endlich zu Hause zu sein.«

Er küsste sie und ignorierte das angewiderte Schnauben von Tyler und Billy, die das beobachteten.

»Ich liebe dich«, sagte er zu seiner Gefährtin. »Das Zuhause, das mich am glücklichsten macht, ist das, welches ich in deinen Augen sehe.«

Naomi sah ihm in der Ruhe der sich herabsenkenden Dunkelheit tief in die Augen. »Komm, setz dich einen Augenblick mit mir hin«, sagte sie.

Sie nahm seine Hand und führte ihn zurück zu ihrem gemeinsamen Haus, wo Neds handgeschnitzte Schaukelstühle auf der Veranda auf sie warteten.